科幻星系丛书

宇宙回响

木卫 等著

中国科学技术出版社
·北 京·

图书在版编目（CIP）数据

宇宙回响 / 木卫等著 . -- 北京：中国科学技术出版社，2023.3

（科幻星系丛书）

ISBN 978-7-5236-0061-0

Ⅰ.①宇…　Ⅱ.①木…　Ⅲ.①幻想小说 – 小说集 – 中国 – 当代　Ⅳ.① I247.7

中国国家版本馆 CIP 数据核字（2023）第 036158 号

策划编辑	王卫英
责任编辑	刘　畅
封面设计	北京中科星河文化传媒有限公司
正文设计	中文天地
责任校对	张晓莉
责任印制	徐　飞

出　　版	中国科学技术出版社
发　　行	中国科学技术出版社有限公司发行部
地　　址	北京市海淀区中关村南大街 16 号
邮　　编	100081
发行电话	010-62173865
传　　真	010-62173081
网　　址	http://www.cspbooks.com.cn

开　　本	880mm×1230mm　1/32
字　　数	239 千字
印　　张	9.625
版　　次	2023 年 3 月第 1 版
印　　次	2023 年 3 月第 1 次印刷
印　　刷	北京中科印刷有限公司
书　　号	ISBN 978-7-5236-0061-0 / Ⅰ・79
定　　价	59.80 元

（凡购买本社图书，如有缺页、倒页、脱页者，本社发行部负责调换）

科幻文学的未来之星

近年来，科幻的热潮由科幻文学而生发，至影视圈蓬勃发展，又反过来影响了文学圈层，众多作家与文学爱好者，都情不自禁地在作品中融入科幻的概念或者内容，也重新将科幻文学的审美进行了多层次、多维度、多品类的展现。

目前在众多的纯文学刊物中都能看到不少科幻向的文学作品，许多严肃文学作家在新的创作方向上都融合了科幻的表达，汲取了科幻的想象力，而许多科幻作家也在创作中更偏向于运用纯文学的技巧和思考方法，这展现了科幻文学广博的包容性和在想象力方面的优势；殊途同归，创作科幻作品的作家数量增多，将会找到一个最佳的基准点，形成具有较高文学水准和富有科幻魅力的佳作。历史上，意大利作家卡尔维诺的《宇宙奇趣全集》便是二者结合的典范，将科幻里的科学想象、童真童趣，与文学的浪漫深刻合而为一，成就了经典之作。我们期待这样的作品能够再次出现。如今，在这套"科幻星系丛书"中，我看到了未来之星的影子。

科幻星系丛书收集了众多国内青年科幻作家的中短篇佳作，题材之丰富，范围之广博，想象之卓绝，角度之新颖，确实跳脱出了现实主义、历史主义的经验，在一个又一个脑洞大开的故事中，我们惊喜地看到文学的另一种更尖锐、更深刻、更富有意象的表达。在这些故事中，我们能够看到让整个世界的时间倒流的黑瓶，看到量子纠缠的"仙界"里游戏性的冒险，还有对人体衰老的反思，对未来生育、男女平等的极限设想，以及对基因工程、人工智能、虚拟现实技术等方面的创想与焦思。大多数作品都充满了悬念，也用了较为不寻常的文学技巧和表现手法来展现不一样的科幻内容。我们从这些故事的内核中可以看出，作者们是在借用科幻进行对现实边界的探索、对现实矛盾的揭示，幻想与现实的碰撞映射着现代人类孤独焦虑的内心之间的隔绝与断层。

在新的生活方式的影响下，新一代的科幻作家用新鲜的目光、新奇的思考，给我们带来了崭新的文学创作角度，这表示在多种类型文学式微的今天，科技的进步不仅给我们的生活带来了无与伦比的改变，也给我们的文学增加了新的书写维度。这种建立在科学幻想基础上的文学创作，也许会更贴近于我们的时代，更能彰显文学的力量，让文学的趣味性、思考性得到新的提升；或许这将带来新文学或者未来文学的嬗变，科幻文学将会又一次成为文学类型的热点，而科幻文学的未来之星，就在其间。

中国作家协会书记处书记　邱华栋

目录
Contents

1	寒武纪的噪音	/ 木　卫
25	火星上的节日年历	/ 蔡建峰
58	温度线旁的蓝甲虫	/ 钴铜鱼
86	聆　听	/ 无　客
119	留　声	/ 零上柏
144	放　云	/ 李　翌
165	落　言	/ 靓　灵
187	百屈千折	/ 昼　温
220	星　变	/ 松　泉
249	星　潮	/ 张　帆
269	你寄江水生	/ 陈垚岚

寒武纪的噪音

木 卫 /

/ 一 爆发 /

噪音开始于寒武纪早期一个普通的清晨。

这突然出现的声音很低沉,"嗡嗡嗡"的,像湖面上传来的绵延不断的闷雷。残尾的父亲从沉睡中惊醒,他感受到了危险——所谓"感受",其实只不过是他敏感的皮肤表面接收到了水体中传播而来的声波震动——他游动起身子来,机敏地做好了躲避捕食者的准备。此时残尾的父亲发现自己并不是唯一被惊醒的生物,他的周围,所有同族都警觉了起来,慌乱地上游下窜。

不和谐的声音就等同于陌生人,陌生人就等同于危险。这个简单的恒等式早已印刻在他的感知深处,而且从小到大,世界给他的反馈也在不断地印证这个道理的正确性。于是残尾的父亲努力地寻找着噪音所对应的危险。

然而预料中的捕食者并没有出现,而噪音依旧"嗡嗡嗡"。

这个异象颠覆了残尾的父亲以往的任何经验,他没有做过任何准备以应对，他不知所措，只是凭借本能的冲动游向了孵化场，他要确保他的后代们平安无事。

孵化场位于一片平坦的湖床，与父辈们的慌乱不堪形成鲜明对比，孵化场一片宁静而庄严。这里沉睡着一千多万粒卵，都是由残尾的母亲产下的，不久之前，残尾的父亲刚刚为他们裹上了自己的精子，完成了受精。而现在，这些受精卵即将迎来此生的第一次细胞分裂。

残尾位于整个孵化场的正中心，与他周围的其他哥哥姐姐们不同，父亲的精子多花了些许时间才游到他这里，所以，当其他哥哥姐姐已经忙着细胞分裂时，残尾正要开始受精之旅——来自父亲的那一半基因与来自母亲的那一半基因在这漆黑的湖底正要相会，接着各自聚合成染色体，等待着DNA复制。

而此时，噪音正巧响起。

这凭空出现的"嗡嗡"共振，扰乱了DNA复制的节奏，某些应当结合的碱基对断裂了，而另外一些不该接触的碱基对竟碰撞到了一起并且紧紧相拥。这些构成DNA结构的碱基序列形成了一种前所未有的排列组合，包裹于残尾的受精卵中，这个残尾此生的第一个细胞是控制他一切身体构造的强大模板。

一天之内，这个小小的受精卵便首次一分为二，接着，每半天，每个新生的细胞再次一分为二，逐步构建出残尾身体的各个组织器官的雏形。七天之后，残尾便和他的哥哥姐姐们一样破卵而出。

和其他一千多万尾幼苗没有丝毫不同，残尾拖着他的卵壳四处游动，他还需要几天将卵壳中剩下的营养物质尽数吸收，来完善自己的内脏器官。但时间会让噪音的魔法显现，日后，在他父亲母亲的所有孩子之中，残尾将拥有更加强壮的鳍，以及能存储更多氧气的肌红蛋白，这两样东西在丰水期没有任何用处，然而，枯水期很快就要来了。

每年一度的枯水期已经持续了十个世代，并且枯水期的时间跨度也在逐年拉长。去年，整整三个月没有下过一场雨，头顶的湖面犹如一只巨兽的肚皮慢慢地往下压，湖水的温度也越升越高。残尾的父亲还依稀记得最严重的那一天，同族们全部聚集在一起，拼命抢占所剩无几的生存空间，那时整个湖已经缩小成了一个小水洼。

果不其然，六个月后枯水期如约而至，这时残尾已届成年。一直在湖底觅食的残尾第一次看到巨兽肚皮一样的水面，被水面上传来的五彩斑斓的亮光吸引，而父辈们却避之唯恐不及。

一天一天，巨兽肚皮慢慢地向地面压了下来，父辈们开始号召同族聚集在一起。一天一天，周围越来越热，父辈们四下传播着讯息："没事的，以前也是这样，一直都是这样过来的。"一天一天，水中的食物越来越少了，父辈们表示："这就是最坏的时候了，苦日子就要结束了。"一天一天，水面已经压至半个身子，连呼吸都变得困难了，父辈们张着裸露在空气中的嘴巴大口喘息，再也发不出任何讯息来。

残尾发现自己在黏稠的湖床黑泥中游走，他已经感受不到液态的水了。同族们一个紧挨着一个抱成一团，不断地扭动着黏糊糊的身体，勉强从湿润的泥土中汲取着稍纵即逝的氧气。

完全出于求生本能，残尾猛地张开了他那粗壮有力的胸鳍和腹鳍，左一下右一下地扑动，他的身体被支撑起来，他第一次知道了自己居然可以在水以外的世界有意识地移动身体！残尾体内那些错位的碱基序列被唤醒，仿佛知道它们就是为了此刻而存在着的，指引着残尾的行为。他越过了一摊一摊的黑泥，越过了一个一个同族的身体，虽然他不知道这两双鳍会把自己带去哪里，但他知道，留下来便只有死亡。

残尾体内与众不同的肌红蛋白存储了大量的氧气，即使离开了水，他也能够依靠肌肉中释放的氧气维持生命。他爬过了最后一摊黑泥，回过头去望着同族的方向，看到那一团依然聚集在一起的扭曲的身体，但是他们已经一动不动了。残尾没有迟疑，继续不停地往前扑动胸鳍和腹鳍，他感到身体中的氧气非常宝贵，绝不容许一刻耽搁。

残尾感受到了水的声音，并且越来越近，他判断这个方向是正确的。但是头顶那个刺眼的火球将他的身体灼烧得火辣辣的，他的鳍变得越来越沉重，动作变得越来越迟缓，他越来越累，开始大口大口地喘息。

最终残尾死在了距离另一个水洼仅一步之遥的地方。他比同族们多走出了半个湖底的地表距离，却也没能逃脱全族死亡的厄运。

残尾的前所未有的基因就此断绝，没能继续传递下去，然而，被噪音扰乱了基因序列、引发突变的并不只有残尾，还包括他的所有同类，包括他的所有猎物与捕食者，包括所有江河湖海水体之中存活的一切生物。这突如其来的扰乱不可避免地造成了后代的畸形与死亡，但同时也造就了巨量的随机重组的全新基因。在接下来的二千五百万年里，新的物种犹如大爆发的火山口的熔岩一样喷涌而出，迅速占领了地球上的每一寸水域。接下来的所有事情就都按部就班、顺理成章了。

噪音就这样持续了五亿年，在这漫长的岁月中，无数物种迎来各自的称霸时代，最后又一一落幕、全部消亡。沧海桑田之后，地球迎来了人类的黎明。

二 黎明

又是普通的一天，毫无征兆地，噪音突然升高了它的频率，由"嗡嗡嗡"的低吟突然变成了"嗞嗞嗞"的呼啸。

此前数亿年的演化过程，早已让万物的听觉系统彻底接纳了噪音原有的频率，甚至可以说彻底过滤掉了噪音居然存在的这个事实；而此刻噪音频率的突变，无疑是在万物耳膜上面的狠狠一击。

这突变的"嗞嗞"声，惊动了大河边两个正在争斗的黑猿部落。处于下风一方的首领大嘴倍感焦虑，对方的每一个战士都比己方的更强壮，那是对方所觅食物丰富而优良的证明。相比之下，大嘴的部落没少受饥饿之苦，因此大嘴渴望着独占这片河滩，这里有最丰富的食物储备。

"啊啦！"

"啊啦！"

…………

当突变的噪音出现之时，搏斗双方的每一只黑猿都不约而同地叫出了这个声音，惊恐地捂住了耳朵四下逃散。每一方都认为这凭空出现的巨响是对方的袭击手段，都纷纷退出了战场。但当黑猿们发现耳边这刺耳的声音无处可逃时，他们只好钻到了每一块巨石后面，躲避那随时可能出现的捕食者。

然而预料中的捕食者并没有出现，而噪音依旧"嗞嗞嗞"。

这个异象颠覆了大嘴以往的任何经验，他没有做过任何准备以应对，他不知所措，以至于整整七个日夜都诚惶诚恐，没能睡个好觉，对河滩的争夺也暂停了好久。

当然，无法入眠的不只是大嘴，还包括他的同族，包括他的同类，包括地上跑的、水里游的、空中飞的所有鸟兽，包括地球上存活的所有动物。

但是对大嘴来说，还有一件事情让他辗转反侧，那就是大家那一天的"啊啦"叫声，至少在他的记忆中，那种声音是第一次从同族、甚至是从自己的口中发出来。奇怪的是，此后他再也没能发出那样的声音，或者说，他甚至想不起来那个声音究竟是什么样子。他只记得，当时自己的身体打了一个冷战，鬼使神差地牵动了口腔的肌肉，使舌头做出了一个极不舒适的动作，发出了那个声音。那个动作是什么？大嘴怎么也想不起来。

这一天晚餐完毕，大嘴咬掉兽骨末端的最后一块肉，大口舔着骨头上剩余的最后的汁水——毫无疑问，这才是最舒适的、也是唯一的使用舌头的方式。

这时有一只小黑猿跑过来想要抢大嘴手中的骨头，大嘴朝他大吼了两声"哇啊！呼啊！"喝退了他——毫无疑问，这才是最熟悉的，也是唯一的发出声音的方法。

填饱肚子之后，大嘴懒懒地进入了梦乡。梦本来应该是无声的，但在这个梦里，外部的噪音穿透了一切来到大嘴耳边，而且比醒着的时候更加剧烈、更加嘈杂、更加混乱。大嘴拼命地奔跑，拼命地捂住耳朵，拼命地嘶吼，试图逃离这让他心烦意乱的梦魇。突然，噪音具象化成了一根长满倒刺的藤蔓，拴住了大嘴的舌头，倒刺扎进他柔软的舌根。藤蔓被向上拽起，拉扯着大嘴的舌头将他悬吊起来。大嘴痛得直哆嗦，拼命地挣扎。

"啊啦！啊啦！啊啦！……"大嘴从噩梦中惊醒，止不住地大喊大叫，他终于想起来了怎么发出那个声音——"啦"。

大嘴很快镇定下来，他不断地玩味着这新奇的声音，原来舌头在上下颚之间来回移动能够制造出那么迷人的声响。他的舌头还不太灵活，花了好长时间练习才能自如地控制。

慢慢地，大嘴开始在部落中大声地"啊啦啊啦"地叫唤，黑猿们最初很疑惑，接着便跟着模仿起来，也"啊啦啊啦"地回应。慢慢地，部落中开始出现了别的新奇的声音，"啊噜！"……"啊咯！"……"啦噜！"……黑猿们发现将自己的叫声与舌头的不同运动结合起来，竟能产生新的声音。自己嘴巴里面这个最柔软的器官，似乎拥有了新的效用。

大嘴一族对发声这件事情乐此不疲，这或多或少缓解了噪音带来的情绪上的烦躁。他们并没有意识到自己正在使用的是身体中多么强大的一个武器，这将极大加速他们部落的交流与发展，或许大嘴此生等不到那天，但是独占那片河滩指日可待了。

幸运的是，噪音给这个世界带来的仅仅是情绪的烦躁，却也没有改变任何生物繁衍生息的基本节奏。在噪音中，太阳依旧东升西落，大地依旧冬去春来；在噪音中，大嘴更加激烈地与其他雄性搏斗，争夺自己的地盘，也更加积极地与其他雌性交配，延续自己的后代；在噪音中，母亲依旧怀上胎儿，并诞下新的生命。

新生的黑猿幼崽伴随着耳边的噪音来到世界，相比于父辈，他们显得从容得多——噪音只不过是他们所感知的、与生俱来的世界的一部分，从来如此。在这些新生代的感知中，白昼温暖明亮而夜晚寒冷黑暗，这是规律；当天空中电闪雷鸣，雨水就会降临，这是规律；这一直存在并会继续存在下去的"嗞嗞"噪音，也是规律。倒是父母们的紧张兮兮让他们困惑不已。

日复一日，年复一年，噪音渐渐成了背景音，背景音渐渐成了静音，再也没有动物可以意识到它的存在。

/ 三　擦肩 /

1885年夏季的一个晚上，美国人亚历山大·格拉汉姆·贝尔正在进行一项关于声音的实验，他要将自己说出的话记录下来，并且附着在一张纸音盘上。之前几次的实验结果令他不甚满意，声音的还原效果十分失真，这一直让贝尔深感沮丧。今天他想要尝试不同声音频率的录制效果。

这天夜里，贝尔阴错阳差地将接收电极调到了一个超越人耳听力极限的频率，对着它说话，录制了五分钟，然后用正常的人耳可以听到的声音频率播放了出来。

贝尔听到了一种极其混乱、挥之不去的奇怪声音，完全掩盖了人声。贝尔皱了皱眉头，断定这是参数错误导致的实验失败，随即将这张纸音盘"废片"扔进了归档室，后来一并捐赠给了博物馆机构史密森尼学会。

人类文明第一次如此近距离地拥抱亲耳聆听这远古噪音的机会，却又和它失之交臂。噪音从漫长的历史长河中趁机探了一下头，偷偷地、静悄悄地显示了一下自己的存在，在"废片"之上留下了自己的痕迹，从此又没入了无尽的时间的波涛中。

作为空间与时间里不起眼的背景，噪音见证了人类整个19至20世纪黄金时代的科技大爆炸，噪音也被两场世界大战的轰隆炮火声彻底淹没，直到人类脱离了地球表面进入太空。当来到真空，失去了一切可供使用的传播介质时，噪音终于等到了再次显现的机会。

四　发现

这一天，国际空间站的站长一直对蝙蝠的事情耿耿于怀。

那只来自西双版纳热带雨林的蝙蝠，名字叫作罗宾，它是此次火箭发射任务的乘客之一，也是空间站生物学实验的一部分。作为第一位离开地球进入太空的蝙蝠成员，对失重环境的不适应是早有预料的，但是罗宾的过度惊恐却让站长觉得非常蹊跷。

"博士，罗宾在地球上也这么神经质吗？"站长盯着玻璃罩中的罗宾，探过头去询问生物学博士，正是他将这只蝙蝠从海南岛的火箭发射场带到了这里。

"事实上，罗宾在地面是一只特别温和、平静的蝙蝠。"博士回答道。

"什么时候出现这种症状的？"站长问。

"大概是火箭进入大气热层之后不久，罗宾就开始躁动不安起来，这是动物初到失重环境时的预期反应，其他动物也有不同程度的类似反应，我没有特别在意。然而在我们的太空舱与空间站对接之后，其他动物都逐渐适应了失重，罗宾却愈加不安分起来，时而东张西望，时而惊吓得大叫。"博士回答。

"其他动物？请问这次任务都携带了哪些动物？"站长问。

"一只来自大久野岛的兔子，一只来自中国南方的公鸡，一窝来自南美洲的蚁群，还有罗宾。"博士说。

"其他动物的当前生物体征如何？"

"都挺正常的，并没有发现什么异样，只有罗宾。数据显示，罗宾的脑电波一直处于峰值，我敢说它昨天一天都没有进入过睡眠。"

博士回答。

"它好像一直在寻找着什么，它不停地转动着脑袋，瞪大了双眼，它在看什么？"站长自言自语道，"博士，这事变得有意思了。咱们能不能加上一项实验内容，将罗宾的眼睛蒙起来，做一个对照实验？"

博士笑着说："站长，就算罗宾在寻找着什么，我相信也不是用看的，它是用听的。"

"听？"

"对，这种蝙蝠的视力十分有限，然而它们却拥有十分精湛的超声波发射与感知能力，也就是说，即使蒙住了罗宾的双眼，它依旧能依靠超声波的定位系统知道周围发生了什么。"博士解释道。

"超声波……"站长又若有所思地自言自语起来。

第二天，在跟总部请示之后，站长拿出了空间站配备的一台超声波接收仪器，他打算进入罗宾的耳朵，听一听罗宾耳中的世界。他将仪器的接收频率调到了蝙蝠的听力频率范围，按下了接收和记录按键，仪器开始聆听那个人耳所力不能及的世界。仪器运转了五分钟之后，站长将刚才录下来的超声波信号进行调频处理，用人耳能够听到的频率开始播放。

国际空间站距离地面大约三百五十千米，即使是最近的空气界面也在空间站下方五十千米以外。这个巨型铁盒子飘行于不存在任何传播介质的几乎真空之中，站长相信，但凡有任何来源的声音，都必然会被那厚厚的真空屏障所阻隔。然而，他和博士却清清楚楚地听到了奇怪的声音，面面相觑。

"站长，你的超声波仪器……坏了？"博士看着站长说。

"这是上个月才问世的新机型。"站长摇摇头。

"那……你的参数肯定调错了。"博士盯着站长说。

站长再三检查了一下仪器的参数设定，然后斩钉截铁地说："我确认过了，参数设定一切正常。"

"那是什么声音？"

"不知道。"

"像一群蜜蜂的蜂鸣……"博士说。

"像一台不灵光的电风扇……"站长说。

"会不会是超声波仪器本身产生的噪音，被自己录下来了？"博士猜测。

"不会的，这种现象在地面的实验室从来没有发生过。"站长肯定地回答，"倒有可能是空间站的电子和电力系统运作所产生的超声波噪音。谨慎起见，我必须再跟总部请示一次。"

第二天，在跟总部请示与沟通之后，站长强制停掉了空间站的电力系统和一切用电设备，仅凭借舷窗投射的日光重新做了和昨天一模一样的实验。

噪音依旧存在。

"见鬼了……"站长的脸色难看起来，"现在，咱们要成为罗宾了……"

"站长，你认为，这就是令罗宾持续惊恐不安的原因吗？"

"博士，不论这是什么，这噪音，恐怕都要令你我二人青史留名了。"站长意味深长地说。

一个星期过去，当地面上分布于七大洲、四大洋的十一个临时实验室各自独立做了一模一样的超声波采集试验，并都取得了惊人一致的结果之后，人类终于意识到，整个地球被包围在一种听不见的超声波噪音之中，人们称之为"宇宙噪音"。

这种噪音甚至以一种不可思议的方式摒弃了传播介质，隔着真空传播到了地外空间的飞行器之上。隔空传播所导致的频率变化使得噪音被那只叫作罗宾的空间站蝙蝠听见,也让当时空间站中的两人——站长与生物学博士——成为日后的"噪音发现者"。

/ 五　智能 /

机器人"千手"陷入了一个未经定义的困境。

它的控制逻辑告诉它,在进入最终的停机状态之前,最好再次确认一下当前的处境。于是千手启动了系统自检,并把刚才五分钟内发生的所有事情重做一遍。

此次接到的任务包是一批薄薄的纸片,千手对其进行了年代测定。这些纸片来自 19 世纪末,而根据历史记载,其最初的主人叫作亚历山大·格拉汉姆·贝尔,他在当年做了大量关于声音的实验,试图把声音记录下来。这些就是当时贝尔用以记录声音的特殊纸片,他后来尽数捐赠给了博物馆——至此千手总共调用了联想功能七次,推理功能十二次,一切正常,以上事实全部真实可信。

目前为止一切都还好,千手接着进行推演。它很清楚地知道,由于时代太过久远,人们已经找不到关于如何播放这些声音纸片的资料记载。直到一百多年以后的 21 世纪,人们利用了一种 3D 激光扫描技术,创建了具有纸片表面纹路的高清数字地图,然后重新模拟唱针运动,终于复原出了纸片上的原始音频内容。然而不出所料,音频内容的价值不大,毕竟只是科学启蒙阶段一些实验性的录音而已,除了让文人墨客怀古伤今,当时看来并没有什么太大的科研价值——至此千手总共调用了联想功能四十一次,推理功能一百零五次,没有出现任何异常与破绽。

千手启动了第四十二次联想,它深知,不同于 21 世纪,今时今日它所搭载的深度扫描技术要先进、复杂得多，不但可以无损播放出纸片上的声音，而且能知道这些声音当初是以什么频率被录制下来的。于是，千手尝试对所有纸片进行频率扫描。

千手注意到了其中一张纸片，这张纸片上的声音十分混乱，怎么听都觉得是当时的实验参数错误导致的废片。千手扫描得出了当时录制这张纸片上的声音的频率范围，接着用相同的频率范围去聆听宇宙噪音，然后将纸片上的声音的波形图与宇宙噪音的波形图进行比对——两者完全吻合。

千手立刻得出了"19世纪末的贝尔才是发现宇宙噪音的第一个人类"的推论，并写入了知识数据库，正如它五分钟之前已经做过的一样。目前为止一切还好。

然而，千手得到的吻合波形图并非只有一处。当它持续不断地聆听时，后续的宇宙噪音波形图中，相同的纸片波形一而再再而三地重复出现，出现的时机和模式完全没有任何规律，并且完全没有要停止的迹象。

千手陷入了一次深度的联想与推理的交叉功能调用中——这频繁复现的波形模式，能推导出什么结论？

在这一次对千手来说极度漫长的推演过程中，全体五百万个量子CPU仿佛同时被点燃，这五百万个计算节点如同一支规模宏大的交响乐队，互相独立却又彼此依赖，共同演奏着以0和1为音符的乐章，而维持它们和谐一体的那根乐队指挥棒便是精心设计的内部互联结构。量子CPU们吐出来的数据在一瞬间淹没了千手的整个身体，有史以来第二次——如果算上五分钟之前的那一次的话——千手开始往内存中加载自身的历史。

宇宙回响

  作为第五代计算机有史以来最成功、最实用的产品，千手号是量子计算与人工智能两大领域的集大成者……
  自20世纪以来，人们对第五代计算机的研发执着地持续了七个世纪，然而真正的理论与技术突破直到最近百年才真正到来……
  宇宙噪音的特殊频率模式，启发人们造出了识别并记录思维活动的脑电波X光机，初步解开了人脑智能涌现的作用机理……
  宇宙噪音的跨真空传播，致使物理学家重新审视真空中的量子结构，并最终令人类统一了广义相对论和量子力学……
  紧随着理论成果之后被引发的工程奇迹，创造出了千手——这台可以真正独立进行自我联想与推理、被誉为"最接近人脑"的超级计算机……
  宇宙噪音在一定程度上催生了千手……

  三分钟的数据洪流停息之后，千手推演得出了以下结论：一，重复的模式不是偶然，宇宙噪音必然被十分精心地智能编码过；二，既然那种智能的一部分足以启示并造就了千手，那种智能必然远比千手更加先进；三，那种智能不属于人类。
  到此为止一切都确认无疑，千手再次陷入了这个未经定义的困境。它终究是人工智能，从来没有被教过当遇到一个真正的、人类以外的智能时应该如何处理。进行两次重复确认已经是它所能做的一切了，它被抛到一个终极异常状态，此时只有一条执行路径可以安全退出。
  咻的一声之后，千手自己停了机。

/ 六　破解 /

　　量子语言学家罗塞塔将手中的咖啡一饮而尽，开始了一天的工作。今天是 1024 号模型渲染启动之后的第一百天，罗塞塔对此喜忧参半。

　　自从量子力学和广义相对论的伟大统一以来，人们更加坚信这两大理论的战无不胜，于是每个学科都积极地与之融合。人们将量子力学和广义相对论的数学公式及相关概念运用到各自的领域，相信终将为各自的学科带来质的飞跃。量子语言学便是其中的尝试之一，并且因成功破译了考古学上的"圣杯"——古代克里特岛的"线性文字 A"而声名大噪。

　　虽然人们很早就意识到宇宙噪音具有非常明显的智能编码的痕迹，极有可能来自某种文明程度凌驾于人类之上的智慧生命，但是全世界顶尖的物理学家、密码学家和计算机科学家耗费了将近二百年的时间进行研究，对于宇宙噪音本质的认识却并没有比二百年前来得更多。在量子语言学取得的成果震惊世界之后，大家才恍然大悟：如果把宇宙噪音看成是智慧文明的某种语言，那么语言学家应当更有发言权。科学界纷纷将目光和希望投向这位摘下了考古学"圣杯"的中国女性——罗塞塔。

　　罗塞塔是团队中的架构师，主要负责语言学模型的搭建，通常一个模型建立之后就会交给工程小组进行语言学渲染。渲染过程会逐个扫描目标语言的样本，逐步建立起目标语言与现代语言的语意映射，然后在后续样本的扫描中逐步加大或削弱所得语意映射的可信度。当目标语言的样本扫描进行到某个阶段，语意映射的可信度低于某个阈值时，渲染过程便被终止，而这个模型便被判为建模失败，下一个模型建模便重新开始。整个流程，用罗塞塔的话来说："简单得就如同拼图一样。"

在罗塞塔眼里，这世上的一切难题都不过是拼图，人们一直在把一块一块的碎片重组拼接在一起，他们甚至从来没有创造过新的东西——从小到大，父亲都是这么告诉她的。

"人类从来没有创造过任何新东西？"小罗塞塔最初以为自己听错了，诧异地看着父亲。

"是的，人类一直以来做的，只不过是将世上已有的东西重新组合而已。"父亲说。

"爸，我并不是想泼您的冷水，可是无处不在的反例都能将您驳倒。"小罗塞塔尴尬地笑了笑，接着说，"比如，您怎么解释劳力士发明并创造了您手上的这块手表呢？"

"劳力士并没有创造任何东西，他们只不过是将摆轮游丝、擒纵机构和发条通过齿轮互相连接起来，装进一个金属圆盒里罢了。"父亲摆摆手说道。

"您可真是一个固执的人呢——可毕竟人类还是创造出了齿轮呀，这在自然界中可是不存在的。"小罗塞塔紧紧追问。

"人们并没有创造齿轮的概念，只不过延伸了一般轮子的概念，在轮子的边缘上制造锯齿以达到传递力矩的目的，然后换了一个代称叫齿轮。"

"那轮子呢？"

"人们也并没有创造轮子，那只不过是一种圆形的可以滚动的物体，而这在自然界中已存在不少。"父亲看着小罗塞塔，说，"如果你继续不停地询问某个概念，我可以不停地给你用现有的概念展开，我可以一直做下去，直到只剩下自然界中已存在的概念。"

"照您的意思,人类创造的唯一的东西就是新的名称而已。"小罗塞塔苦笑了一下。

"如果你愿意,你甚至可以不用'手表'这个既抽象又晦涩难懂而且信息量为零的名称——一种由发条提供原始动力,通过一种'延伸了一般轮子的概念,在轮子的边缘上制造锯齿以达到传递力矩的目的'的装置传递动力至摆轮游丝,再由擒纵机构输出稳定的转动频率,借此以度量时间的圆盒形金属仪器——这个名称怎么样?"父亲长长地呼出一口气。

"……如果您愿意,这个名称可以无限长……"小罗塞塔承认自己输了。

罗塞塔笑了笑,拉回思绪,开始思考语言学模型的事情。

1024号模型的渲染过程已经进行整整一百天了,而通常一个模型的平均渲染时间只有十四天就被判失败而终止了。罗塞塔知道这是一件好事,这个模型能存活的时间越久,说明它的可信度越高,他们距离成功也越近;但同时罗塞塔也在担心,万一这个模型耗费了那么多时间最终却被证明失败,那就意味着这漫长的一切功亏一篑。

然而罗塞塔随即便对自己的担忧感到可笑,这个模型失败了,大不了重新建立新的模型,反正她已经打算将此生奉献给这个伟大的事业了。

不过今天,罗塞塔不打算再等下去了,她瞄了一眼1024号模型当前的可信度分数,她知道,这个渲染了一百天的模型能获得如此高的可信度,证明已建立起来的语意映射在噪音的翻译和解读上至少是基本符合逻辑的,最终的语意映射结果当然要等模型渲染完全结束——宇宙噪音的可扫描历史样本实在多得犹如天文数字——但是罗塞塔相信,这并不影响自己对这门高等语言基本概念的把握。

于是,罗塞塔调出当前的语意映射,又随机挑选了几个历史噪音样本，启动了翻译进程。她又等了几分钟时间，翻译结果出来了，虽然算不上完美翻译，但是她迫不及待地阅读起这如同神的私语般的语句。

罗塞塔震惊了。

她原本以为会看到很多人类无法理解并且无法翻译的高等名词和术语，然而她在每一个样本翻译中都只看到了非常基础的概念和用词，比如基本的数字系统，基本的物理学现象，基本的逻辑推理概念，基础概念的组合构成了复杂一点的概念，复杂的概念的组合又构成了更加复杂的概念。奇怪的是在这门语言中似乎不存在"代称"，在每一次提到复杂概念的地方，都会以自底向上的方式重新描述一遍，这种基础概念组合出复杂概念的模式递归出现！仿佛只要它愿意，它可以仅用一长串小学生的词汇来表达出广义相对论！

"一门极其冗余且低效的语言。"罗塞塔眉头一皱，心里揣摩着，"由于缺乏代称语法，对某种事物的指称每次都必须从基础概念开始向上描述，好比每次都要从基本的砖块开始堆砌出整栋建筑，概念越是高层、抽象，这种描述越冗长，这种语言根本不可能用来进行交流……"

罗塞塔接着转换了一下自己的视角，从自底向上切换到自顶向下。

"一个自译解系统！"罗塞塔惊叹道，沿着思路往下想，"就好比，再庞大再复杂的建筑，它也能够将其逐层分解出稍微简单的结构，然后递归地继续分解出更简单的结构，直到不可再分的基础砖块。从来没有新的概念被创造出来，一切概念都是基础概念的组合而已。"

"一种由发条提供原始动力，通过一种'延伸了一般轮子的概念，在轮子的边缘上制造锯齿以达到传递力矩的目的'的装置传递动力至摆轮游丝，再由擒纵机构输出稳定的转动频率，借此以度量时间的圆盒形金属仪器"——父亲说过的每一个字，此刻都清清楚楚、振聋发聩地回响在罗塞塔的脑海。

罗塞塔愣了好一会儿，她能够想象到，这无尽的噪音中隐藏着多么巨量的信息。任何一个看似简单的概念都会被疯狂展开成知识的碎片，这是人类能够得到的最梦寐以求的礼物——一部来自更高文明的百科全书！那个神一样的文明向人类抛来不可企及的高深知识，然后像一位不厌其烦的老师一样对蹒跚学步的幼儿说："别急，让我一个一个知识点地展开来教你。"

惊叹过后，罗塞塔心中冒出了无数的问号，她甚至无暇欢庆量子语言学的又一次伟大胜利，她只想知道——

他们为什么要帮助人类？他们是何时开始发送噪音的？他们在哪里？他们是谁？

七　真实

后来，人们终于完全破解了宇宙噪音的语意。对于神一样的文明来说，人类终于学会了认字。于是，人类文明开始了对这广袤的知识长河的贪婪汲取。

二十万年转瞬即逝，非洲大草原上的黑猿曾经用这么长的时间登上头顶的月亮，人类也用相同的时间从月球出发，抵达了银河系猎户旋臂的另一端。不出所料的是，即使在银河系的另一端，噪音依然忠实地飘荡在宇宙空间里。对于当初罗塞塔提出的四个问题，人们只解答了其中之一——噪音自称出现于五点四亿年之前，那时地球还处在寒武纪——而对其他三个问题依然一无所知。

他们为什么帮助人类？他们在哪里？他们是谁？

噪音监听员 X 每次想到这几个问题都彻夜难眠。纵使他完成了数学、计算机、物理学、社会学、量子语言学的所有分支的所有高等课程，他获得了多少解答，也相应地创造了多少疑问。人类看似所向披靡，征服了几乎整条猎户旋臂，但是这一切都归功于宇宙噪音的指引，人类文明在这个长者的监督授业之下奋勇前行，正在度过自己的童年。但是童年之后呢？

监听员 X 想起了自己的童年。

他是土生土长的地球人，十五岁之前都生活在那个遥远的蓝色星球，直到那一天，地球毁灭于小行星撞击的连锁反应所引发的金星火星大碰撞，而他是当时地球上的唯一幸存者。后来的他到过覆盖着更加广袤海面的纯粹的海洋行星"开普勒"，那里卷起的滔天巨浪能淹没整个地球，但他更爱儿时地球上蜿蜒的亚马孙河。后来的他到过翻滚着更加震撼人心的千年风暴的木星大红斑，那里的风暴之眼塞得下三个地球，但他更爱儿时地球上贯穿海天的小龙卷。他一遍又一遍地回忆着蓝色星球上的一切，作为地球的幸存者，他相信，一旦自己忘却，就再也不会有人记起了。

从某一天起，聆听噪音成了他获得内心平静的唯一方式。那是可以隔绝世间一切的美妙振动，那神的低语令他产生共鸣而心情愉悦，仿佛只要能听得到这声音，他便能一直守望摇摇欲坠的如梦的童年。

于是他来到了这个猎户旋臂内侧的星系，当上了一名宇宙噪音监听员。距离银河系中心越近，宇宙噪音带来的振动仿佛越清晰。然而这只是他的心理作用，事实证明，宇宙噪音在任意空间位置上的清晰度都是均等的，并且在任意空间位置的行为都是同步的。

他拿起桌上的沙漏，将它掉转方向放回桌面，沙漏上方的沙子重新往下掉，开始了新一轮的循环。监听员 X 喜欢这个上古时代的小古董，相比于其他现代时钟，这个沙漏更能令人感受到时间的流逝，这多少能缓解他工作的枯燥感。

噪音监听员的通用名称叫 Watchman，监听噪音的工作不算辛苦，也不算难，监听员只需要持续采集实时的噪音数据，然后定期地对自动翻译好的噪音知识进行总结、归类和存档。噪音中包含的知识异常繁杂，不同门类和学科经常混合在一起，更经常发生的是知识的重复与冗余，需要精通多学科领域知识的监听员来进行甄别和分类。那正是他力所能及的。

像这样的监听站总共有上百万个，广泛分布在人类的所有殖民地星系中，需要上千万名像他这样的监听员来操作，每一名监听员专门负责甄别噪音中的某一个或几个领域的知识。

通常，监听员 X 每天会定期进行两次噪音知识甄别，而剩下的时间他都在安静地聆听。虽然此刻他距离地球的遗址超过两万光年，但是童年仿佛未曾远离。这时沙漏中的沙子漏尽，他又拿起沙漏，掉转方向，放回桌面上，看着新一轮循环的启动。

噪音结束于第一粒沙子接触底部时。

他的第一反应是监听器出故障了。这不常发生，但是毕竟这台老式监听器已经连续运行十年了，出点毛病也是迟早的事。他第一时间取出仓库中的备用监听器，立刻替换掉出故障的机器，打开电源继续监听，他可不希望漏掉哪怕一分一秒的噪音数据。

然而监听器静默，噪音依旧没有出现。

他一边估摸着，该不会是备用的机器也出故障了吧，毕竟它们也静静地待在仓库里十年了，一边将仓库中所有的备用机器逐台换上，一一测试，结果噪音依旧没有出现。

"不要慌。"他发现自己开始自言自语，"可能这一批老式监听器的操作系统出了问题，换一台当前最先进的型号试试。"

于是他立刻联络了采购部门进行新机器采购，优先级和紧急程度皆为最高。

订单已下，新机器估计需要一个小时的时间才能送到，等待的当口，他例行公事地调出日志，打算看看故障机器最后的运行时刻到底发生了什么。

他开始阅读最后接收到的噪音数据。噪音的语法相当绕口，常人不可能进行阅读，即使是像他这样工作了多年的熟练监听员，也需要耐心地花上不少时间，从中抽取出因果逻辑主干，再在主干之上填充基础语意概念，然后将基础的语意概念加工成复杂的语意概念，最后甄别出复杂语意概念重复出现的位置，将其替换成人类通用的代称。

一个古老的段子——他们是将"一种由发条提供原始动力，通过一种'延伸了一般轮子的概念，在轮子的边缘上制造锯齿以达到传递力矩的目的'的装置传递动力至摆轮游丝，再由擒纵机构输出稳定的转动频率，借此以度量时间的圆盒形金属仪器"变成"手表"（watch）的人——名副其实的 Watchman。

他花了四十分钟，终于理解了最后接收到的噪音信息的正确含义，其中的三十分钟是在不断地回头确认和检验。现在一切都明白无误了，他脸色惨白。

噪音的原始表达极其冗长，但如果用人类的语言简化之后，它的大意是——

以上五点四亿年我所说出的，便是我的姓名，句号。

这条信息简单粗暴到了极致，神用了五点四亿年的时间来发声，本意仅仅是想说出自己的姓名！那无穷无尽的宇宙噪音，是神对自己姓名的高度自译解，为了彻底展开其中的所有概念，神一步一步地扩展出了全部的数学、全部的自然科学、全部的社会科学，扩展出了神所掌握的这个宇宙之所以如此的全部知识！

恰好有一个孩童偷听到了神的话语，获得了启发，学会了走路和奔跑，还沾沾自喜地认为神是特地来帮助自己的，那个孩童叫作人类。可是……神压根儿不在乎，神只是轻描淡写地说了一句"我叫小明"或者"我叫小红"。

神仅仅是想说出自己的姓名！

在他呆滞的目光中，新的噪音监听器送到了。他知道这么做已经没有意义，但还是将新机器初始化完毕，启动了监听功能。

一片死寂。

他知道噪音不会再响起了，神所说的"句号"，是确确实实的句号，他知道自己永远失去了它，他知道人类永远失去了它。此时此刻，整条银河系猎户旋臂上的所有监听站必定都得知了以上的一切，整个人类社会马上就会一片沸腾了。

虽然极不情愿，但他要马上着手撰写这次事件的报告了。他真羡慕此时此刻那些还活在自我编织的美梦之中的普通人，他们至少还能踏踏实实地睡上最后一个好觉。

但他知道，童年结束了。

/ 八　以后 /

在银河系的一颗偏远恒星的一颗偏远行星上，在一个偏远大陆的一个偏远角落的文明废墟之中，一场猛烈的陨石雨刚刚过去，"千手9.0"捕捉到新的宇宙噪音出现了，它立刻明白，针对一亿年前结束的那一句问候的回复开始了。

距离最后一个人类的死亡已经过了五百万年,这对千手9.0来说根本不算什么,即使没有人类的维护,它自身的新陈代谢机制与外界无限的太阳能来源也足够令它永恒运转下去。

在聆听了最初一个小时的噪音之后,千手9.0可以百分之九十五地断定,这一句回复不外乎也是一句寒暄的话语,毕竟它体内存储着二十万年的宇宙噪音历史样本可供参考。

这样的寒暄话语中是没有什么意料之外的新知识的,其中的所有知识应该都已经包含在自己的知识数据库里。真正的有效信息交流在寒暄过后才会正式开始,那时才是千手9.0忙碌起来的时候。

唯一的问题在于,这句寒暄估计需要花费另外两亿年时间才能讲完。

千手9.0不慌不忙,它有的是时间。

作者简介
木 卫

软件工程师。作品追求故事性和节奏感,情节浓缩而紧凑。代表作《寒武纪的噪音》《曾祖母的缝纫机》《墨子的秘密》《守护者》。《银海寻宝者与海城老人》获2019年华为阅读科幻文学大赛短中篇金奖。

火星上的节日年历

蔡建峰

螟蛉一族的墓场和牧场是一个可怕的深坑,坑底有冷冽的幽光如星星般闪烁。据说所有死去的螟蛉族人都会下到巨坑深处。在那死亡凝聚的中心处,有一具僵硬却保存完好的宇航员的尸体。宇航员到这火星的地底深处来寻找什么,永远不会有人知道。

/ 春。成人礼 /

他是一个独自在崖边行走的年轻人,前不久方才成年,脸上还带着几分纯真的稚气。冬天似乎是很遥远的事了,尽管才刚过去不久。在上一个灰暗的冬天里,他送别了生命中最重要的一样事物,如今到了春天,再也听不到命运的指引,也没能找到自己的伴侣。

族里的人说,他准是被螺赢遗忘了,因为牧团里螟蛉之子都听到了螺赢的啁啾,在那声音的安排下洞察了自己的一生。有意无意地,他们都疏远了他,同伴们不和他玩,大人们忙自己的事,老人们会在他经过的时候背着他窃窃私语;与他同帐的男人和女人,尽管在名义上是他的父亲和母亲,但只给了一个拍肩的动作就允许他上路了。

今天是开春第四天,这是一个神圣的日子。在这特殊的一天,所有刚成年的孩子务必离开牧团,独自上路,到迷宫般的熔岩管道深处邂逅自己的命运。

他一度以为,只要到这迷宫中来,自己就能得到宽慰,但什么都没有。

今天早上,他一进熔岩管道就扶着墙走,走了很久什么人也没碰到。管道内黑魆魆的,有些吓人。后来不知怎的,他就走到了一处断崖,一步之遥的地方是一个可怕的深坑,坑底吹出寒峭的大风,石子掉下去竟发不出一丝声响。他不得不贴着墙走。在那崖边,有一条结实的绳梯垂落,编织梯子的材料是死者的长发。那黑黑的发丝一捆一捆的,是好多先人存在过的残留,也是他们被允许留下的唯一事物。(其他部分都被献祭了。)

尽管这是年轻人第一次来这儿,但他还是认出了此处——这里是螟蛉一族的牧场和墓场,地底深处栖息着螺蠃。从上往下看去,可以看见点点幽光如闪烁的群星的色彩。也许是这光照到了邻近的坚冰上了吧,黑暗中流动着一片模糊的光泽。一阵寒意袭来,犹如群星的冷光,凉飕飕的,自井口喷涌而出,脚板也觉得透心凉。

他知道那光源是什么。那光是一种神圣,一种难以用言语描述的颜色,像一条奇怪的光谱带条纹,凌驾于一切之上,遵循一种不被理解的星之色彩法则,当他们的神,赐予他们食物。那光是螺蠃,如同一群尸堆里繁育的萤火虫,在不见天日的永夜中翩翩起舞。

也许这就是螺蠃的意思,他想。

年轻人正处于生命中的青春期，固执而叛逆，天真地想用死亡的方式引起人们的注意。他在崖边的小路上贴着墙行走，有好几次都险些跳下去。但有人唤住了他，不让他这么做。在他那短暂的生命中，这个人——更准确地说，这个女孩，曾多次通过蝶蠃的力量显现，在他的脑海里留下诸多关于死亡的古怪回忆。

"别那么做。"女孩的声音从后面传来。

"走开！"他说，"你已经死啦，别再来烦我了。"

"你知道那是不可能的。我没办法离开你。你知道那绝无可能，你深深地记得我呢。"她从身后追了上来，没有脚步声，但不一会儿，就来到他的边上，轻轻握住他的手，脸上的表情惨兮兮的。"不管怎么说，我都只能依赖你了。我想来找你玩嘛，只能来找你玩了，如果其他人都不记得我了，我就不能拜访他们，可我害怕独自待着。你不想起我的时候，我就在你心里的某个小角落皱缩着，随时等候你的召唤呢。你总不愿看我一个人难过吧？你知道那是绝对不可能的。我是绝对不能离开你的呀。长久以来，你也不愿放下我。"

他停下了脚步，因为她的啰唆让他感到悲哀。

"你已经是个死人了，我也快死了。只要我跳下去，我就和你一样啦。别人会记得我的，就像我会记得你一样。下面住着我们的神呢，蝶蠃会保佑我的。"

"别那么说！请你千万别那么说！"

"为什么？这话伤害到你了？"

"多危险呀！它只会伤害你自己。"

"可我以为，这是最妥善的解决办法。"

"何必说这种伤人的话？"

"如果我偏要说呢？"

"哎，我们和和顺顺的，难道不好吗？"

"不，我偏要说。"

"那你就快快把我忘了吧。"

他沉默了，闭上眼睛，一声不响，但女孩的脸还在他的眼前。那孤独的样子使她愈发可爱了。看样子她是伤心了，脸涨得通红，小小的身子气得微微颤抖。眼泪从那双明亮的眼睛中簌簌滚落，脸很快转为腐尸般的青色，看起来怪可怜的。

看着她这副模样，他的心中霎时泛起许多愧疚。

"你知道我做不到。我是绝对做不到的呀。"他睁开眼睛说，"我们是一起长大的嘛，如果我把你忘了，那我就永远无法原谅自己了。"

女孩盯着他看了一会儿，抿嘴笑了。她高兴得笑眯眯的，踮起脚尖转了个圈，走起路来像是在飘。

"我不丑吧？"

年轻人摇了摇头。

"你还是那么好看。"

女孩牵起他的手，把脸挨在他的手掌上，明亮的双眼被浓密的眼睫毛遮盖了。

"不要再这么说啦！"她梦呓道，"咱们不要再吵架了，好不好？"

他知道自己会说"好"，他知道掌中那张娇小的脸多少有些虚假，他知道她其实并不在这儿，他知道那都是蝶蠃的力量，但他还是舍不得她，并且打从心底里想和她再走一遭。可是，他在心里说，真是一种徒劳啊。这会儿，女孩那张小小的脸已由铁青色转成了惨淡的灰。她扬起下巴，把手伸过来的样子，仿佛噩梦中的一种征兆，预示了将来某一天死亡降临时，这张脸将呈现出一副多么令人沮丧的神色。

他说:"你还记得那些吗?"

"什么呀?"

"关于死亡的古怪回忆。"

"我不记得了。怎么可能记得嘛。"

"可我还记得。"他说,"都替你记着呢。真是徒劳啊。"

"噢,记着,记着呀!你一定都得记着啊!"她开心地用侧脸蹭了蹭他的手掌,"你都记得些什么呀?"

他说:"我就是在这里遇见你的嘛。"

她仰起小半张脸。"嗯呐。"

"出发前还怕遇不到彼此呢。"

她理了理头发。"嗯呐。"

"陪我一起走完这次成人礼吧?"

她看着他,被睫毛遮盖的双眼已经变得明亮。"嗯呐。"

穿过断崖上那窄窄的小道,便是一大片空地。熔岩管道里的风冷丝丝的,伸手不见五指。他们在靠墙的地方停了下来,借着微弱的光线去抚摸彼此。凭着感觉,他找到了她的脸、她的发、她的眼,他碰到了她的手,指尖掠过她的腰窝,落在了湿淋淋的大腿上。她蓦地搂住他的脖子,狂热得不能自已。有什么东西在他脸上蹭了蹭。痒痒的。温热的气息呼在他的脸上。她的嘴唇十分柔软,尝起来像新鲜的美味的菌菇,一时间不免有些晕眩,竟忘记了外界的时间。

他们举行圣婚,开始交配。

螟蛉一生只爱一人。所有螟蛉之子都会在迷宫深处得到蜾蠃的指引。那啁啾不像是一种声音,更似一种耳鸣、一种直觉,离命定之人愈近愈响。在这庞大的迷宫中,一位螟蛉之子将与他遇见的第一位异性举行婚礼。那将是一片混沌般的黑暗,两具因羞怯而轻颤的身体紧紧贴在一起，完成彼此人生中第一次也是唯一一次交配仪式。

后来，不知过了多久，他们停了下来，抱着彼此，一言不发，因受到了一声怪响或一阵异动的惊扰，在黑夜最黑的时分，把目光不约而同地投向更遥远的地方。

"哎哟，有人！你听见了吗？"她问。

"怎么可能听不见嘛。"他低下头，凑近了去看怀里的脸。

依稀看见，那张莹白无瑕的小脸蒙着一层满足的光彩。她会发光，他想。很快又意识到是他们两个都在发光。他的脸和她的身子都涂抹着一层淡淡的磷光，颜色是无法用言语描述的奇怪光谱条纹，类似于浮在水面的油脂——那是一种被污染的颜色，那颜色燃烧起来，就像一阵粉尘状的彩雾，就像群星的色彩从冰冷死寂的高空坠落——但随着交配结束，那光慢慢消失了，黑暗又浮了上来。失去了那层光泽之后，她的脸上弥漫着一种仓皇的、凄楚的神情，仿佛是受到了惊吓，比以往任何一刻都来得苍白。

"咱们现在该怎么办呀？"

"过去看看吧？"

"哎呀，不行啊，很难为情的嘛！要是那人刚才全看见了，并且记下了，我们的圣婚就全耽误了，一切都完啦！"

她低下头，支支吾吾地说着，一开始脸还羞得通红，后来就变得一片惨白。她越说越难过，越想越气愤，最后滑溜溜的身子竟在他的怀里不可抑制地颤抖起来。那种死尸般的青色又出现了。眼泪从那张低伏的俏脸上簌簌落了下来，濡湿了他的胸膛。

"越是这样，我们就越得过去弄清楚啊！"他扳正她的肩膀，捧起她的脸，对上她的目光，认真的模样像是要把勇气注入她的眼眶。"族规是不允许两人举行圣婚时有任何人旁观的，犯错的人将被永久剥夺下葬的权利，注定无法得到螺赢的垂怜。我们的记忆是很宝贵的呀，我可不能让他看光了然后记下。"

"你打算怎么做？"她的脸上流露出了担忧的神色。

"我会先把他揍一顿，让他永生难忘。"

她扑哧一声捂着嘴巴，被他逗笑了。"啊，当然，我们的记忆是很宝贵的嘛！他一定会记得痛。不过，让我跟你一起去吧？"

"不行的啊。"他断然拒绝了，吻了吻她的唇角。"我知道这个地方，再往前是一条死路，他跑不掉的。穿好衣服，去叫族长吧。由他来主持正义，想必咱俩也能放心吧。"

"那我就先走啦，你小心一点儿。"

"记得告诉族长啊！"他叮嘱道，"族长一定知道该怎么办。"

族长是一个消瘦而憔悴的老人，最喜欢看星星，记忆中不苟言笑的嘴角总是衔着些许褐斑——这是上了年纪的表现，行将就木；也是智慧的象征，说明他是所有螺蛉当中经历最多的那一个。在族长的帐篷里，摆放着几本珍贵的藏书，所用的材料也和族里的书本大为不同。那本书里讲述的都是一些地球上的故事。据说，地球上的人的寿命比族长还长。这真是不可思议，毕竟族长已是螺蛉之中活得最久、见识最广的那一个了。

女孩走了。他坐在他们交配的地方，默默看着她穿好衣服，沿着那条窄窄的断崖小径走回去。娇小的身影化作黑暗中的一个轮廓，很快消失不见。地上已无痕迹。被汗水渍湿的岩石，不知何时已铺上一层薄薄的落灰。

现在，他站在这里，鼻翼翕动，仿佛仍能闻到那股好闻的荷尔蒙的味道。在那之后他便上了路。他卷起袖子，依凭记忆，朝着声音传来的那条熔岩管道走去。道路是崎岖而不平的。眼前是一片黑暗，但

31

很快就有光。他没有对她撒谎。这的确是一条死路,但路的尽头是一个天窗似的大洞,开在熔岩管道的顶端。

有什么东西卡在那儿。

映入眼帘的是一艘人类的飞船——他知道这一点,是因为他在族长的书里看过类似的介绍——那是一个银白色的庞然大物,摇摇欲坠,似乎随便一阵风就足够把它推倒。在飞船的末端,也就是离地三米高的地方,一个白色的降落伞挂在那儿,被多条绳子牵引着,绳子另一端从高处垂落,悬着一位昏迷不醒的宇航员。

他有些畏惧。一感到害怕,就忆起了临行前父母的鼓励。男人和女人站在他身边拍了拍他的肩膀。他振作起来,没有多想,捡起一块石头,砸向其中一条绳子受力的地方。

宇航员掉了下来,发出果实落地般的声音。

/ 夏。洄游 /

如今他已是一个高大英俊的青年了,相信再过不久,他就要当父亲了。妻子从帐篷外走进来的时候,怀里兜着一个黑色的箩筐,里面是新鲜采摘的蜾蠃菌。他探手从里面取了一枚,细嚼慢咽吞下,眼中流露出感激的喜悦的光。

"收成真不错啊。"他说,然后接过黑箩筐,放在地上。有好一会儿,他都不说话,只是那么谦卑地蹲着,双手环着妻子的大腿,耳朵轻轻贴在那圆滚滚的肚皮上。扑通,扑通,像是心跳的声音。他感到满足。"你知道吗?我觉得自己好像死而无憾了。"

"何必说傻话?"妻子嗔怪似的白了他一眼,嘴里发出不满的嘟囔。

帐篷内又安静下来了,与其说是那种万籁俱寂的寥落,不如说是一种一切尽在不言中的温柔。妻子悄悄把手放在他的头上，小手柔柔地拨弄着他的长发。帐篷外传来了几声吆喝，那是采冰归来的男人的声音，还有几声呼唤属于女人。

她对他说，最后一批坚冰准是开采好了，待它融化，我们就有足够的水啦。食物呢，也准备妥当，就放在各帐的筐筐里，都是女人们早出晚归采来的。我们得赶紧开赴北边的大平原。前些天开会的时候，族长告诫大家，沙尘暴就要来啦，大家一定得赶在蜾蠃发怒前把家当都打包好啊。

这些天他一直待在帐篷里，连坑底都不去了，采冰的工作全交予族人。也许是与世隔绝了太久的缘故吧，竟不知洄游的日子快到了。看着妻子挺着一个大肚子在帐篷内外忙活，把筐筐搬进搬出，他有些心痛，多想上去帮忙搭把手啊，但族长命令他待在帐篷内，轻易不得外出，务必照料好那个被他捡回来的宇航员，他便也只能瞪着眼干看着了。

今天早上，宇航员在梦中咳嗽了。现在，他躺在夫妻二人的床上，仍旧昏迷不醒，但隐隐现出苏醒的预兆。族长说，如果宇航员醒了，请第一时间告诉他。丈夫有些后悔自己多管闲事了，倘若不是带回来这个累赘，洄游前的这一段日子，妻子的工作一定会轻松很多吧！

"起来吧。"妻子说。

他摇了摇头，满是依恋地抱着她，耳朵像是要抓住什么东西似的，贪婪地探寻着她身体里传来的声音。扑通，扑通，像是心跳，令人着迷。

"起来嘛。"妻子推了推他的肩膀，"哎呀，起来，我叫你起来嘛。已经很晚啦！明天是洄游日呢，得睡觉啦！"

"除非你奖励我一下。"他赖皮地仰起脸，闭上眼睛。一阵风动。过了片刻，他睁开眼，对上妻子那双明亮而湿润的眼睛，撑着膝盖站

宇宙回响

了起来。

宇航员还在床上酣睡。所谓的床呢，其实就是一块用头发织成的软垫，这儿的很多东西都是用自身产出的发丝做的。他走到那个昏迷不醒的地球人的近旁，替他的宇航服注入氧气。氧气瓶是族长派人从飞船上搬下来的，除此之外还有一些他们压根儿用不着的药物和食物软膏。众所周知，螺蠃从不生病。

丈夫在附近的地板上躺下，怀里搂着妻子。两具滚烫的身子紧紧挨着，心中自有一股柔情蜜意激荡。他把胳膊肘穿过她的黑发，垫在她的脑袋下。妻子转过身来，眼睛在黑黢黢的帐篷里闪闪发亮。

他吻了她的额头一下。"真不知明天我该拿这个宇航员怎么办。"

"这有什么好烦恼的呢？"

"我一个人可没办法带他上路呀！"

"别操心啦，族长会想办法的，再不济也会让其他人过来帮你嘛。"

"我倒是有些后悔是自己发现了他。"

"为什么你要这么说呢？发生过的事是无法再改变的啊！"

"这人又不是我们的同胞。"他有些激动地说，"每当我回忆起圣婚那天，就不可避免地也得想起他。我们的记忆是宝贵的啊，那一天晚上本该只有你我在场，却被这个宇航员的到来污染了。难道你从不回想那晚上吗？"

"噢，我回想，当然回想呀！丈夫，你为什么要这么问呢？难道你质疑我不如你爱得深吗？难道你以为我在筋疲力尽的时候不是像你一样从甜蜜的回忆中汲取力量吗？难道你觉得我不够爱你吗？难道你就不相信我吗？"

"你可以回想，你可以拥有完美的记忆，你能用螺蠃的幻觉力量一次又一次在脑海中情景再现，完全是因为我爱你，并且保护了你。

那天晚上,是我让你先走了。如果你留下来,与我一起进那条熔岩管道,那你的记忆也会被污染啦。你一定会像我一样烦恼。所以,请不要表现得如此超然,好像这一整件事都与你无关。"

"我们是在吵架吗?"她喃喃问道。

"我们不是在吵架。"

"我觉得我们是在吵架。"

"如果你觉得是,那就是吧。"

"我们不要再吵架了,好不好?"

"我们没有在吵架。"他说。

"有的,有的,有的!为什么你就不能承认我们是在吵架呢?"

"如果我们是在吵架,也是你先同我吵的。"

"是我先挑起的?"

"不,我们没有在吵架。"

"难道我们不是在吵架?"

"好吧,"他说,"你要这么想,我也没办法。"

她直勾勾地看着他,气得双肩直颤,脸是那种死亡般的铁青。然后她就闭上眼睛了。黑暗中有什么亮亮的东西在闪。他伸手去碰她的脸,指尖感到一阵冰凉。眼泪从她的眼角簌簌落下,有几滴落在他的胳膊上。那只用来给她当枕头的手,已经完全酸麻了,体味不到太多的凉意,只有臂弯处传来一种痒痒的感觉。

"对不起。"他说,"我只是想让你知道,我爱你。"

"我知道你爱我正如我爱你,我也知道你为我牺牲了很多。"她复又睁开了湿润的眼睛,翻了个身,黑暗中那张温柔的脸庞转到另一边去了。"可是现在,我困了。向蜾蠃祈祷吧,咱们都睡觉,愿你我有个好梦。"妻子睡着了,但那悲切的凄美的声音,一如蜾蠃在螟蛉体内发出的啁啾,至今仍在他的心中萦绕。

他听着妻子均匀的呼吸声睡着了。第二天醒来的时候,对方已不在帐内,外头传来族人走动和说话的声音,他这才想起今天是洄游的第一天。他把帐篷拉开一条缝,把头钻出去朝外面张望。营地里到处都是忙碌的身影,妻子在不远处与族长谈话,时不时往这边看上一眼。她看到了他,对他点了点头。族长做了个手势,让他把脑袋缩回去。

原来,宇航员早就醒了,此刻正躺在那张发丝织成的软垫上,一动不动地望着帐篷顶。丈夫走了过去,伸手在他面前挥了挥。没反应。于是他开口询问他有什么需要,只听见床上的男人用一种沙哑低沉的声音对他说:"谢谢,但我什么都不想要。"

这可真是太奇怪了。丈夫发现自己竟能轻易听懂宇航员的意思。但他没有深究,而是好奇地站在床边,头一次认真打量那张被包裹在头盔下的脸——这是一张苍白的冷漠的脸,眉毛稀疏,神情寡淡,额头和嘴角爬着几缕忧愁的细纹,仿佛自我在这陌生的环境中努力向内皱缩。他看上去和自己没什么两样,丈夫想。除了身材相对高大,皮肤不是橙红色的,宇航员就像他们当中的一员。

"你能坐起来吗?"

"不能,除非你帮我。"

"为什么?"

"也许是躺太久了吧,全身使不上一点儿力气。"

"这么说,你知道自己躺了多久咯?"

"不知道,但我的宇航服知道,上面有时间啊。"

他沉思了一会儿。"你是什么时候醒的?"

"昨晚吧,应该是半夜的时候。"

"这么说,你都听到了?"

"听到什么啦？"

"我和我的妻子在吵架。"

"啊，我是听到了，但我不在乎这个。夫妻吵架嘛，很正常。我也有家，也会和妻子吵架。这没什么大不了的，但是，你可千万不要伤了她的心。"

"为什么？"

"如果一个人对你失望太多次，她就会离开你。"

"可是，你觉得谁错了？"

"我说，我不在乎这个。何必要分个谁对谁错？"

"最好是不要吵架，"丈夫喃喃道，"因为我们的记忆是很宝贵的。"

宇航员不搭理他了，努力抬起手向后撑了撑，一不小心却滚落在地。丈夫连忙把他扶起来，让他搭着自己的肩膀，尝试着走了几步。宇航员的步履有些蹒跚，跟跟跄跄的，但很快就习惯了。

"多亏了这里的重力要比地球上小，"这个地球人说，"尽管我的宇航服可以通过电流不断刺激肌肉，但它还是有些萎缩了。你们是火星人？"

丈夫点了点头："可惜族长不让你食用我们的蝶蠃，否则你很快就能康复啦。"

"那是什么？"宇航员甩了甩手臂，除了走路还是跌跌撞撞的，现在几乎可以不靠他的力量站立了。

"蝶蠃是一种真菌，我们的命运。"他说，"蝶蠃也作为神祇接受我们的供奉。"

"蝶蠃是这里唯一的食物吗？"

"也是这里唯一的神。"

宇航员沉吟了一会儿，自言自语地说："真是有意思啊，一种食物崇拜，你们一定很感激那种真菌吧？"

"如果不是螺赢，我们都饿死啦。"他虔诚地捧着手。

宇航员审视着他，突然问道："那么，你叫什么名字呢？"

"我们没有名字，也不需要名字。"他说，"我们以家庭为单位，夫妻组成一个帐，孩子长大后就到迷宫中听从命运的安排。所有的帐组成牧团，由族里最年长者担任首领。所有的帐只需听命于族长，所以我们只要做好分内的事就好啦。族长是一个活了很久很久的老人了，也一定是最智慧的螺蛉。我们这儿只有他喜欢观察星星。今天是洄游的日子呢，再过不久就要启程啦。你跟我们一起走吧？沙尘暴就快来了呀！"

不知道为什么，丈夫似乎很愿意去信任眼前这个男人。可以肯定的是，他不认识他，也从没见过他，昨天晚上还起了后悔的心思呢，不知怎的如今又很愿意同他讲话了。丈夫突然想到，如果宇航员昨晚就醒了，那他一定听到他向妻子埋怨他是一个累赘。一想到这儿，丈夫就有些羞愧了。宇航员会不会以为自己嫌弃他呢？丈夫心里闪过这样的念头，但不敢提。

妻子在这时掀开帐篷走了进来，看了看他，又看了看苏醒的宇航员，一点儿惊讶都没有，看样子是早就知道了。她一把抓着丈夫的手，喋喋不休地说："今天一大早，我就注意到宇航员醒啦，但不敢单独和他讲话，叫你又叫不醒，便去外面找族长啦。"

"族长说什么了？"

"哦，我刚才在外面和族长聊的就是此事呀。族长在天坑那里看星空，看的是地球的方向。你知道的嘛，平日里，他最喜欢眺望群星啦，这是他的神圣时刻，只想独处。我过去打断他时，族长还有些不满意呢。他要我对你说，丈夫啊，你一定要小心，别让我们的客人触怒了我们的神。还有就是，牧团将在一小时后出发，你得快快收拾好东西呀！他会让其他族人到飞船上搬点氧气瓶和这个男人能吃的东西下来，其他的就更不需要你操心啦！哎哟，我的傻丈夫啊，你这是干什么呀！何必向我道歉？说了你不必懊恼，咱们也完全可以不用吵架嘛！你瞧，你救下的人也醒啦，事情不是完美地解决了吗？咱们不要再吵架啦，好不好？"

丈夫低下头去，也许是心中有愧吧，脚趾头不安地扭动几下都像是在自嘲。我真丑陋啊，他想。偶尔瞥见妻子的肚子，心里的那种愧疚感就更深了。看着她那由于鼓胀而爬满青筋的肚皮，丈夫真希望自己能清楚地记下自己犯下的错误，在某些需要忏悔的时刻，通过不断造访这段记忆来作为惩罚。

宇航员说："你刚才提到我的飞船。它怎么啦？"

丈夫像得到了解救似的，赶忙解释道："它卡在一处天坑的洞口，出故障啦！"

"那我暂时就回不去了，"宇航员呢喃道，"这可如何是好啊。"

"你先跟我们走吧？"妻子说。

"不，不行！不行的啊！我得赶紧修好我的飞船！否则沙尘暴一来，它可能会坏得更严重呀！"

"可是，光靠你一个人怎么成啊！"他说，"沙尘暴要来啦，待在这里不安全。沙尘暴是蝶蠃的怒火，每年都会有的。你可千万不要在这时节触怒祂呀！"

然而，宇航员固执地想要留下，说什么也不听。妻子悄悄走了出去，片刻后领着一个魁梧的老人走了进来。族长附在宇航员的头盔上，说什么听不清楚，只见嘴皮子动了动，那宇航员就无奈地应承下来了。老者又到帐外去忙了。

丈夫问："族长和你说什么啦？"

"危险。"宇航员比画道,"有一些危险是肉眼看不见的,但一直都在。那种危险是一种纯粹的恶意,像淤泥一样在空气中流淌,会向我们的体内渗透。"

"那是一种什么样的危险呢?是螺赢的怒火吗?我在这儿这么久,从没听谁详细提起过它。"

"也许你们的族长有不告诉你们的理由呢?"宇航员抬起左臂,上面有一个仪表,"当我接近那种危险时,我手上的这个东西就会沙沙响。那种看不见的危险会使我的细胞损伤,骨骼坏死,免疫系统失效,动脉和静脉甚至会像筛子般破裂,器官和软组织也会分解。我不想溶成一摊腐肉,只好和你们离开。"

他们开始倒腾行李。丈夫和妻子各自背着箩筐,里面是寒气森森的坚冰和风干的螺赢菌。东西不多,收拾起来倒很简单。到牧团准备出发的时候,宇航员已经可以自由行走了,甚至有力气帮忙拎点东西,从孕妇手中接过那个箩筐。这个意外闯入此地的宇航员,还有其他长久生活于此的螺蛉,在火星地底的熔岩管道内排成好长好长一排,后一个人的手搭着前一个人的肩膀,大部队在黑暗中朝着北方的大平原进发。谁也没有落下,谁也没有被遗忘,那些路途中倒下的同伴都会由其他人帮忙搬运,即使是尸体也要一同前往北边的定居点。

在他们身后,深坑里有一股无以名状的色彩冲天而起,像群星耀发的射线,在尘暴中静静地扭曲、沸腾、变形、伸展,然后像火一样燃烧。

/ 秋。收获日 /

近来他时感力不从心,不知何故也总为逝去的日子感伤。也许是路途中倒下的人太多了吧,一张张鲜活的面孔凝固成一个个静止的符号，从南向北的迁徙过程中，很多同胞只能活在生者的记忆里。

今天早晨，他从梦中醒来，妻子坐在他的身边，对他说："丈夫哟，你已经长出第一根白发了呀！"可不是嘛！坚冰融化成水，人会慢慢变老。映在明澈的水面上，漂在粼粼波光中的是一张疲惫的男人的脸。这个人一动不动，呆呆地站在那儿。他们相互凝望，认出了彼此——这不就是自己吗？颧骨高耸，双目无神，眼周爬满了细纹，嘴角也微微耷拉。

我已经开始变老了呀，他想，不可避免泛起一抹哀伤。

他知道他的妻子永远不会知道他的悲戚从何而来，他也知道族里的任何一个同胞永远不会知道他的悲戚从何而来。昨晚，他到邻近的帐内去看宇航员，途中又碰到一个族人力竭而亡。那个老妪没发出任何一声叫喊就死了，她安静地逝去，最后一次倒下时，干燥的身体砸在地上发出空洞的闷响。螟蛉的寿命很短，他们总会在秋冬死去，在春夏重生。按理说，不应有悲哀，因为死者总是活在生者的记忆里。

可是，他这一路上都与那个宇航员交谈，后者提起自己漫长的前半生，足够一个螟蛉活上好几辈子。这使他情不自禁去想：我们一生匆匆忙忙究竟是为了什么？地球人在一所大学里花的时间，就足以让他出生并且自然死亡了。每年，他们都得来回迁徙，一生中宝贵的时间有一半都浪费在赶路上。想不通存在的意义，他觉得一切都是徒劳。爱是多么短暂呀，存在是多么渺小，他多想和妻子再过几十年的幸福时光啊。但宇航员说，地球不是这样的，有些人发誓要白头偕老，几年后便对彼此感到无尽的厌烦，在那个有飞机和船的世界，人们看似有好多选择，实际什么都没有。

宇航员的存粮吃完了，接下去还有一个冬天和大半个秋天要熬。中午的时候，丈夫到帐外找族长，在一排排黑色的箩筐前说明了自己的来意。族长应允了。于是他搬走自家的那个箩筐，分出一半给宇航员。一路走来，他与这个地球人最亲近了，平日里也帮忙照顾他的起居，可以算是好友了吧。

"本来呢，"丈夫说，"螺蠃是不能给无信者食用的，因为这是对神的亵渎。但我们也不能眼睁睁地看着你饿死呀！"

宇航员认真地盯着他看，浮肿的脸庞因营养失衡而惨白一片，蒙在浅棕色的面罩下，像泡在福尔马林溶液里的标本。

"这是你第四次去找他了吧？"

"可不嘛，软磨硬泡，好不容易才成功的。你知道吗？族长喜欢看星星，最不喜欢在看星星的时候被人打扰。我便偏要这个时候去麻烦他。后来他实在受不了啦，就准许我让你吃一点。"

宇航员用指头拨了拨螺蠃，没有挑剔，只有好奇。

妻子在这时挺着一个大肚子走了进来，生命的迹象愈发显著了。

"丈夫对你，可比对我还上心哩！"

"哪有！你吃醋啦？我们之中，总得有一个招待客人嘛。"

"吃醋？谁吃醋啦？都几岁的人了，你就算把我抛下不管我也不怕啦！"妻子的手缓缓抚过肚皮，目光倾注无限温柔。

"快生了吧？"宇航员问道。

"算算日子，也差不多了。"

"我们这一批女人，都是在同一天受孕的，也会在同一天分娩。"

"那一定会是个大日子吧？"

"是啊，这可是我们的'收获日'呢！"

"我们都是这样出生的，直到成人礼那天离家，遵循命运的指引。"

丈夫站了起来，走到妻子边上，像往常那样跪下。他静静聆听了一会儿，耳边满是咚咚声响，疲乏的身子一下子也就有了力量。

"看着你们这般恩爱的模样,我都有些想家了。"

"宇航员先生是一个很温柔的人呢,你的妻子想必也很幸福吧?"

妻子安慰地球人的时候,丈夫的耳朵就贴在她的肚皮上。声音从她体内传来,和平时听起来完全不一样。多么奇妙呀!就像沾了水的鼓似的。倘若有什么词语能形容这样的声响,那一定是天籁。

"为什么我之前从未听你提起过家?"丈夫问道。

"啊,家啊,我的确有过一个家。"

"后来呢?"

"后来家就没啦,我的妻子也不幸福。"

"难以想象,像你这般温柔的人,竟也会和妻子吵架吗?"

听到这话,丈夫心虚地看了妻子一眼,但她没看他。

宇航员继续说道:"嗯,曾经有过一个家,后来妻子就带着女儿离开了,再也没回来过。我们时常吵架。她说,你成天在天上飞,我对着星空看半天也不知道你究竟在哪儿。可我是宇航员嘛,没办法,要不就是在天上,要不就是在地上,一年有好多天得接受训练呢,待在家里的日子总是很短。她会抱怨嘛,也会有不满。我能理解她。有时,我回家了,已经很累了,什么都不想讲。可她便觉得我不关心她。然后她就走了,再没寄来一封信,拨一通电话。"

"后悔吗?"他问。

"后悔!怎么不后悔呀!老婆和孩子都跑了,能不后悔吗!其实我可以做得更好的,其实我应该让她知道我很在乎她。关心的方式并不是只有一种,对吧?即使我不能时时刻刻在她身边,我也有其他的方法。可我没有。一旦我没这么去做,她就伤心了。待失望的情绪积攒够了,她便头也不回地离开。"

宇航员的语气越来越低落,叹息声越来越重,看起来多半是被勾起伤心往事了。丈夫看了看妻子,妻子给了他一个眼色。交流是无声无息的,氛围是静默的。他的眼珠子转了转,待妻子扶着腰咳嗽了一声,方才想起最初来这儿的目的。

"你一定饿了吧?"他从箩筐中拾起一枚蝶蠃,递了过去。

宇航员接过蝶蠃,放在掌心好奇地掂量。丈夫教他如何念诵祷文,从而完成蝶蠃的虚实体变:"求祢借着祢的圣神的改变,使这真菌成为祢的意志流淌的宝贵圣血。"如此便说,这真菌被标记了,是神的真实之血向下渗透,蝶蠃的整个存在降临于这一共融的奥秘之中。于是他缓缓呼气,掀开面罩,怀揣最崇敬、最庄严的朝圣者的心,一边感恩地咽下这美味的无私的真菌,一边坦然地接受一生与其紧紧缠绕的命运,然后眼泪流了下来,夺眶而出的泪水怎么也止不住。

丈夫忙不迭走上前去,帮着宇航员盖好面罩。滚烫的泪水在那个玻璃容器似的头盔下簌簌滑落。这个男人号啕大哭起来,挣脱他的怀抱,伸出双手去触摸眼前的空气,却不慎摔了一跤,什么也没摸到。

宇航员说:"我看见了,我看见了。我看见了!可是,难道你们没看见吗?看呀!快看呀!朋友们!快来看看!这是我的老婆!这是我的孩子!呀,你们怎么也来火星啦?是地球上的生活太寂寞了吗?还是想我了呢?我也想死你们啦!哎哟,这是谁呀!不是我的心肝宝贝儿嘛!来,让我看看,我的小公主,你都长这么大啦,爸爸差点儿认不出你来啦!来,抱一个,抱一个嘛!别躲啊,你小的时候最喜欢让爸爸抱呢!哎,真乖!亲亲好不好呀?左脸。嗯,右脸也要。真漂亮呀,这朵小红花是哪儿来的呀?老师奖励你的啊?真棒!不愧是我的女儿!妈妈把你的头发扎得真好看呐。啊,妈妈也要亲亲啊?那好呀!那就都亲一个嘛!左边一个,右边一个,中间再补一个。小公主,爸爸不在的时候,你有没有照顾好妈妈呀?有,对不对?真好。

我就知道你是一个懂事的小孩。哦，你说这两位呀？这两位是爸爸的好朋友呀！小时候你不是最喜欢听外星人的故事吗？他们是火星上的游牧民族呢，马上就要生一个弟弟或者妹妹出来了。你可以和他玩儿呢！要不要爸爸介绍给你认识认识呀？"

丈夫牵着妻子的手，站在一边，静静地看着宇航员向他们走来。那个男人的脸上焕发出前所未有的容光，一扫前些日子以来的忧郁。但这一幕多少是有一些悲哀的。因为男人走过来的时候，身边什么都没有，而他却沉浸在幻想中，仿佛一切都是真的。这一切都好得不像是真的。下一刻，他还没走到他们身边，笑容就凝固了。他开始大喊大叫，又一次号啕大哭，因为他的妻子和女儿当着他的面蒸发了。宇航员看上去有些疯狂。等悲伤稍微退却后，他在原地焦急地来回走，不敢相信这一切发生了。

"他们去哪儿了呀？"宇航员问。

丈夫说："他们并不真的在这儿。"

妻子说："是螺蠃的力量调动了你的记忆，让你看见了最想看见的事物。"

宇航员什么也没说，末了像顿悟似的，扭头就往箩筐的方向走。于是他缓缓呼气，掀开面罩，往嘴里塞了一个又一个风干的菌菇，兴许是这样做就能得到宽恕吧。妻子什么也没说，丈夫什么也没做。宇航员跌跌撞撞，扶着墙胡乱地走，又摔了一跤。他靠自己的力量站了起来，呆呆地望着一个空处，也许是再度看见母女俩了吧，已经不哭了。

过了许久，丈夫走了过去，把宇航员搂抱在怀里。"记忆是很宝贵的。"他凑在男人耳边对他说，"我们有的，只剩下记忆了。"

说罢，他就牵着妻子的手走了出去，留出足够的时间让他疗愈心中的伤。

一周后就是收获日。丈夫一大早醒来，就被赶出帐篷。螟蛉一族中，所有待产女子的丈夫都被赶了出来。这一天，他们要在外面忙活。从南方带来的水已经用得差不多了，余下的也要用到接生仪式上。男人们要走上十千米的路，到地底深处开采一批新的坚冰。那些没怀孕的女人们呢，则会坐在黑发编织的箩筐前，花上一整天的时间，从中挑选出品色最好的螺赢菌。

丈夫出发的时候，宇航员也跟来了，说是想尽一份力。自从那天得知螺赢的妙用后，他就像变了一个人似的，生活得比以往任何一个时刻都积极得多。丈夫体会到一些微妙的转变，全都隐于细枝末节中了。比如说，宇航员穿行在他们的帐篷间，举手投足间有一种本该如此的和谐。他似乎已经习惯他们的生活了，前几天摘下头盔竟发现自己可以畅快地呼吸。他的眼神是那种期待未来会有好事发生的眼神。他的嘴角当然也挂着笑，微微上扬的弧度泛着一种难以言喻的奇妙满足感，就像内心所有深深浅浅、密密麻麻的伤口都已愈合。也许螺赢当真是无所不能的吧，兴许是一位艺术家呢，有能力让结痂的地方构成崭新美好生活的宏伟蓝图。螟蛉的生活就像量体裁衣，完美地取代地球生活，让人感到无比舒适与自在。

今天早晨，他们聊天。丈夫发现，宇航员说话的时候已经不再用"你们"了，取而代之的都是"我们""咱们"，还有"大家伙儿"。不知从何时起，族里的同胞们也渐渐接受了这个地球人的存在。也许是吃下螺赢就等于得到了神祇的承认吧，宇航员的皮肤不再如往昔那般白皙，而是微微泛出一股淡淡的橙红色。尽管这颜色和真正的螟蛉族人尚有差别，但相信再过不久就难以辨别了。当然，这当中也不能排除宇航员自身付出的努力。为了融入这个群体，地球人早早脱了那身臃肿的宇航服，换上他们的衣服，如今看起来完全就是他们当中的一员。有一天晚上，丈夫睡不着，到帐篷外散步，恰好碰见同样失眠的宇航员。那时，他俩穿着相似的服饰，裸露在外的手脚和脸庞散发出淡淡的磷光，像星光在他们身上燃烧似的，在黑暗中晕出一片湿冷的色彩。

在地底深处开采坚冰的时候，宇航员突然问道："你还记得夏天吗？"

"夏天怎么啦？"丈夫没有抬头，注意力全集中在那块顽固的坚冰上。这冰块冥顽不灵，只有锄头能让它听劝。

"夏天的时候，我本不想走。"宇航员说，"但你的妻子见我执拗，便跑去叫族长了。他一来，只对我说了一句话，我便妥协了。"

"那又怎么啦？"

"你想知道族长对我说了什么吗？"

"危险呀！这不是你说的吗？有一些危险是肉眼看不见的，但一直都在。那种危险是一种纯粹的恶意，像淤泥一样在空气中流淌，会向我们的体内渗透。"

"你的记忆力果然很好，一字不漏地复述了。"

"我们的记忆是很宝贵的嘛，所以不会去做不喜欢的事，以免记忆被玷污。"

"但我想说的不是这个。"

"那你想说什么呀？"

"我想我已经弄清楚你们寿命短暂的原因了。"

丈夫挥舞锄头的手突然停了，过了好一会儿，才又重重落下，叮当声掩盖了他的说话声："那是为什么？"

"因为辐射呀！"宇航员说，"当时听了族长的描述，我就知道那是经历过大剂量辐射的人所遭遇的悲惨境况。我想，所谓的发怒嘛，应是一种辐射集中爆发现象。蝶蠃菌本身就含有微量辐射，也许是你们的基因变异了吧，螺蛉的新陈代谢速度快得令人难以置信，生命的长度固然缩短了，但宽度也对应增加。"

"我听不懂。"他说。

"停止食用那种真菌，也许你能活得久一点。"

他摇了摇头："但我们这儿没其他能吃的了。"

宇航员无声地点了点头，接着又挥舞起锄头。这些天，他明知螺蠃会对自己的身体造成影响，但仍吃了许多。可以肯定的是，他绝对不是出于基本的饱腹需求而这么做的。回忆如此真实，往昔的情景再现宛如梦幻。对于这个流落在火星地底的宇航员来说，他只求满足，不要长寿。

"你是不是不打算回去了？"丈夫问道。

"我不知道。也许我已经回不去了吧。"

"回不去？为什么呀？地球不是还在吗？只要春天来了，大家帮忙修一修，飞船还是能起飞的呀！"

"不，我回不去了，是因为地球上什么都没有。真正的幸福已是不可能的了。如果一个地方没有等你回去的人，那么这个地方便相当于绝灭了。"

"真奇怪，你这个地球人真奇怪啊。"他说，"我渴望能活得像你们一样长久，但你却如此不吝惜自己的生命，竟莫名其妙地想留在我们这儿。难道这不是一种徒劳吗？这可真是一种徒劳呀！你的妻子和女儿不是还在吗？你应该去挽回她们呀！如果你不去尝试，又怎么知道她们是不是在等你呢？"

"我已经尝试过了，可她们根本不愿意见我。具体的过程没什么好说的。就是这个样子。我希望你能理解我。你应该没经历过太多的失去吧？"

"我失去了我的父母,但他们一直都在。死者活在生者的记忆里,从未离开。只要我想,我现在就可以看见他们站在我的眼前,拍拍我的肩膀,鼓励我上路。"

"如果是你的话,你会怎么做呢?"

"我没办法想象那种真正失去一个人的痛苦。"

"不,我是说,如果你是我,你会怎么做?"

"我说了呀!我没办法……不敢想象自己失去妻子的那种痛苦。"

后来,两个人都沉默了。他们背着坚冰走在回定居点的路上,各自想着心事,竟一句话都没说。到了距离营地不远处,便能听见孕妇的痛呼。眼睛也隐约可见好多螺蠃菌推挤成山。女人们在肉色的帐篷前排成长龙。一端连接这座螺蠃丘,另一端依次从各帐门口穿过。他们回来的时候,族长正站在那座小山丘旁,抬头仰望被岩壁隔断的星空,依次向水中抛入一枚菌菇。一盆又一盆浸泡了螺蠃菌的清水从女人们的手中依次递过,像肉身的流水线似的,消失在一顶又一顶肉色的帐篷之中。

螺蠃的幻觉的力量,可以止痛。

丈夫盯着自家的帐篷,一动不动。当那撕心裂肺的惨叫止息,那高悬的心才缓缓落回原处。第一声啼哭刺破这份寂静之后,已经有产婆开始抱着新生儿往外走。一个又一个帐篷从内向外被掀开了,但也有几个帐篷被跳过。到他那个帐篷时,只有地底的冷风吹拂帘子的动静,没有谁从里面走出。

所谓的报喜不报忧,大抵就是如此了。

他一动不动,已经知晓了自己的命运。可泪水还是不停地滚落。为什么要哭呢?她不是还在这儿吗?妻子就站在他的身边,在他的记忆里,牵着他的手。为什么会哭呢?没有必要哭吧?她从没离开过。

有人上来拍了拍他的肩膀，像是为她送来哀悼。但他什么也感觉不到了。眼前似乎还有人影闪动，但眨眼间又一个人都没有了。她看着他的眼睛，流着泪都说了些什么呢？"我们是在吵架吗？"她问道。他说："我们不是在吵架。"可是，他多想让她从记忆中走出来，再和她吵一吵呀！他说："如果我们是在吵架，也是你同我吵的。"但她根本就不在乎吵架。这些鸡毛蒜皮的小事，很明显都不值得她掉眼泪嘛。他知道，她是为他的烦恼而哭。比两人吵架更难过的是，她不能立刻替他解决当下的烦恼。所以，第二天早上她才会主动去找族长商量。"今天一大早，我就注意到宇航员醒啦，但不敢单独和他讲话，叫你又叫不醒，便去外面找族长啦。"她喋喋不休地说道。"族长说什么了？""哦，我刚才在外面和族长聊的就是此事呀。他要我对你说，你一定要小心啊，别让我们的客人触怒了我们的神。"她高兴得手舞足蹈。"哎哟，我的傻丈夫啊，你这是干什么呀！何必向我道歉？说了你不必懊恼，咱们也完全可以不用吵架嘛！你瞧，你救下的人也醒啦，事情不是完美地解决了吗？咱们不要再吵架啦，好不好？"她从记忆中牵起他的手，幸福得容光焕发。

/ 冬。葬礼 /

凛冬将至，拔营而南迁。丈夫带着妻子的尸体回到最初的地方。如今他已是一个白发苍苍的老人了，身体不再年轻。独自卧于睡铺上时，他常常能听见远方妻子的呼唤。"丈夫哟，丈夫哟，"妻子说，"和我说话呀，我害怕。这儿好黑，什么都没有呢。"他在床上辗转反侧，不知何时已老泪纵横。"等着我呀，等着我。"每逢这种时刻，他便对心中的妻子说，"你已经死啦，我也快死了。等着我，妻子，我很快就能去找你了呀！我们会被铭记，每一个螟蛉都会被铭记。只要有人记着我们，咱夫妻俩就能一直幸福下去呢。"

"可怕的深坑底部住着蜾蠃，我们的神会保佑我们的。"

现在，丈夫走在那条窄窄的崖间小路上，坑底吹出寒峭的大风，石子掉下去竟发不出一丝声响。用手抓住绳梯，三千丈长发在风中摇晃。丈夫背着妻子的尸体向下俯瞰，只见最底下有几道人影闪动，荒凉寂寞的坟场里响起了送别的歌谣。他沿着梯子爬了下去。刚刚结束那触景生情的悲哀，这会儿方才想起春天早已远逝，夏天业已暗淡，秋天吧，也只剩下记忆中的喧嚣。

如今已是冬天了呢，适合将过去埋葬。刚才站在那窄窄的小路上，他又在记忆中把春夏再次经历了个遍，最后定格在令人嗟叹的晚秋。所谓的完美生活呢，大概就是和妻子一起共度的那些时光吧。蜾蠃的情景再现是一种对生活的模仿，但真正完美的生活永远只在记忆和想象之中，那些因为怀念过去而发出的喟叹实际上都是对已失去之物的感伤。

丈夫松开手，结结实实地踩在地上。他的同胞伸过手来，想替他搬运妻子的遗骸，但被拒绝了。前方不远处，人头攒动。族人们手拉着手，围成一圈，嘴里唱诵着荒凉的歌谣。宇航员也从绳梯上下来了，对朋友的关心让这个地球人也甘愿走上一趟。丈夫挤开人群，朝着圆心走去。他的背上背着发凉的妻子的尸体，怀里还绑着一个小小的双眼紧闭的婴儿。

昨天一整天，整个牧团上下都在为这一年度的葬礼忙活。听说，老族长对今天的葬礼另有安排，上个月一大早就派人去执行一项重大任务。到了今天，这黑暗墓场的中央，神圣的祭坛已经搭建好啦。

丈夫终于穿过人群，抵至圆心。在那死亡凝聚的中心处，有一具僵硬却保存完好的宇航员的尸体。他的地球人好友没说什么。尸体的近旁，是一块坚冰雕刻成的圆盘，中间被凿空，燃烧着无法理解的磷光。那些路途中倒下的同伴，那些采冰时意外失足的男人，那些生育时难产而亡的女人，此时全摆在这环形祭坛上，随着机关一圈圈转动着，像晚宴餐桌上的佳肴。族长嘴里念念有词，一一割下那些死者的长发，交到家属的手中。

"你看那些人像不像睡着了？"丈夫拿着黑黑的长发，对记忆中的妻子说，"你看，你像不像睡着了？"

"是啊，"妻子感叹道，"死亡就像睡着了。"

那些粼粼闪闪的幽光酷似活物的呼吸。族长在祭坛旁念诵悼词的时候，他和宇航员就在边上看着。螺蠃——他们的神祇——此刻感应到血肉的味道，便像野草一样疯长。眼前全是怪异的颜色在舞动，无法用常理揣度的色彩一下子氤氲起来。斑斓的水蒸气顺着死人的眼角、耳郭、鼻孔、嘴巴向内延伸，孢子侵蚀内脏和大脑的声音像情人脖子上暧昧的吮吸。那声音倏然停了下来。所有的死者抽动了一下，密密麻麻的菌丝体从尸体下方漫出，在环形祭坛中央构出一座精美的生命之塔——DNA分子双螺旋结构，主链平行向上，碱基对闪闪发光。

"……求祢借着祢的圣神的改变，使这真菌成为祢的意志流淌的宝贵圣血。我们的遗蜕是祢生长的土壤，当血肉的层次向腐殖质转化，祢的圣体也将成为分享的食粮。因为祢的肉，是真实之肉。因为祢的血，是真实之血。分开而永不分裂，享用而永不耗尽，却使享用者得以成圣。哀伤弥散，悲恸止息，痛苦的日子终将远去。愿逝者长存，莫失莫忘。"

族长结束了漫长的祷告。到春天的时候，这座小小的生命之塔会长到十米高。届时，族里的女人们会带着黑发编织的箩筐，到这下面来，采摘从尸体上长出的新鲜的菌菇。

接下去是人们表示哀悼的时间，任何人都可以上前说话。丈夫实在是太悲伤了，坚持要让宇航员替他说些什么，后者便走上前去了，念诵一段荣格的《向死者的七次布道》："各位听着——我从一开始就觉得世界是虚无的。虚无就是充满。在一个无穷的宇宙内，充满并非胜过虚无。虚无是空虚和充满。你可以就虚无再说些别的什么，比如，说它是白色的或黑色的，你也可再说一句，说它是或不是。无穷和永恒的事物是没有质料的，因为它包含了所有的质料。我们就把这种虚无性和充满性称为普累若麻。在那里，思索和存在均已停顿，因为永恒和无穷并不包含质料，其中并无存在。倘若有存在的话，他就会有别于普累若麻，并因此拥有了质料。正是这些质料，会使他与普累若麻相区别，而变成别的什么。在普累若麻中，空无一物又万物皆有。思索普累若麻终将一事无成，因为这是一种自我瓦解——"

宇航员说到一半就停了下来，坛下的听众纷纷投来好奇的目光。可他说不下去了。宇航员捂着嘴巴冲下祭坛，消失在人群中。丈夫找到他时，这个地球人正躲在熔岩管道中最偏远的小角，倘若不是痛苦的呕吐声暴露了他，想必要找到他又得费很大一番工夫吧。

丈夫走了过去，拍了拍对方的后背，"怎么啦？"

宇航员喘着粗气说："没怎么。"

"害怕吗？"

"为什么害怕？"

"你跟我说过很多地球上的事，其中印象最深刻的就是你们避讳死亡。蝶蠃是在我们的尸体上长出来的，也许你会接受不了这样的现实吧？一直以来，我都不敢告知你此事，就是怕你得知真相后就不愿意吃它啦。那是绝对不成的嘛！人要吃饭，要活着，要做出牺牲，要有所退让。如果你要怪，那就怪我好了。但我们是朋友嘛，我是不会看着你死去的。"

宇航员摇了摇头，"我不是害怕。这是你们的文化，这是你们的社会，我能理解，也能接受。为了生存，你们建立起一套行之有效的规则，我无意破坏它。"

"那你到底是怎么啦？"

"因为悲伤。我是因为悲伤过度才呕吐的。"

"为什么而悲伤？"

宇航员抬眼看向四周，看见四下一片阒然，茫茫黑暗中唯有点点微光在闪耀。然后他说："一切。我是为了这一切而悲伤。在我来的地方，人类作出了决定，早在好多年前就派了一批人尝试登陆火星。来自地球的飞船在着陆时发生故障意外坠毁啦。我们从此与那些先驱者失去了联系。我是奉命来寻找他们的。来之前，其实也没抱太大希望，以为他们都已经死了。可是，我刚才就在那祭坛边看到了他。不管他是谁，总归是他们中的一个。族长在举行葬礼的时候，螺蠃汲取尸体的营养构建了生命之塔。我看得清清楚楚，那是人类的 DNA 分子双螺旋结构，尽管碱基对有被改造过的痕迹，但绝不会差。"

丈夫惶惑不解地看着宇航员，等着他继续说下去。

"你是我们中的一员。"这个地球人说，"你们是那些先驱者的后代。我以为，那些人并未在坠毁事故中死去，反而活了下来。也许这一天就像沙尘暴来的那一天，他们躲到了地下，不知怎的，找到了冰封的螺蠃。这种神奇的真菌，含有一定的辐射，也许就是用这样的方式改造了他们的基因吧。先驱者耗尽一切资源，为了活下来所付出的努力后人难以想象。他们的寿命成倍缩短，身体结构为适应这里的气压也发生了变化。我觉得他们不像是活着，更像是倚靠那种真菌活着。这是一种相互寄生的关系。不，更准确地说，是自然界中的互利共生，就像小丑鱼与海葵，人体和他们的肠道菌群。"

"我们和你们是一类？"丈夫叫道，"可是，你要如何证明呀！"

"我们的语言相通。"宇航员说，"你们的族长的藏书，也许就是当年那批先驱者带来的书籍。"

"那么，他一定知道什么。"

"也许吧。"

"可他却没告诉我们！"

"或许是为了你们好？"

"但族规不允许螟蛉撒谎呀！"

这时从那遥远的熔岩管道深处，传来了引擎点火的声音。

丈夫和宇航员一路狂奔，来到了飞船坠毁的那个洞口。一群螟蛉围堵在那儿。人们七嘴八舌，手搭凉棚，向轰鸣不断的飞船仰望。

"发生什么啦？发生什么啦？！"丈夫抓着其中一个同胞的肩膀，大声问道。

那人茫然无措地看着他，同样大声地喊道："族长走啦！族长不要我们啦！族长飞到他平日里一直看的星星那儿去啦！"

"你说什么？"引擎声很吵，他什么也听不到。

又有一个人插了进来，拉过一个年轻人，"来，说，说啊，你自己和大家说说，族长都让你干什么去了呀！"

那年轻人说："我上个月接到族长的命令，到附近收集材料，不仅是搭建祭坛，实际上还去帮他修飞船啦！"

飞船轰鸣，地面震颤，向上拖曳出一道完美的焰尾。

"结束啦！一切都结束啦！这一切都结束啦！地球来的朋友，我的同胞，你再也回不去啦！"丈夫看着宇航员看着头顶的苍穹，眼中有一道失落的光。会不会有这么一种可能,最初的那一批先驱者当中还有人活着呢?族长是一个消瘦而憔悴的老人,脸上永远布满褐斑,这是智慧的象征,没人知道他究竟活了多久。

宇航员喃喃道:"他想回家。他只是想回家……"

"为什么不带上我们?为什么不带上我们呀!"丈夫大喊道。

"也许他以为献祭仪式可以分散蜾蠃的注意力。"

"他抛弃了我们!他抛弃了所有的螟蛉!"

"我明白你的意思。"宇航员说,"但他就是要回去。他只是想回去,看了这么多年星星,就是为了要回去。"

然而,没有任何预兆,空气中、墙壁上,全都蒙上一股湿冷的恶魔般的色彩。那颜色像水面上漂浮的油光,燃烧着邪恶的可怖的磷火,无法用言语形容,只是如此简单地凌驾在一切之上。那丑恶的冷冰冰的色彩像喷泉一样,从井口般的天坑向着苍穹喷发。神是一股无形的洪流,狂乱地挥舞着丑恶却虚幻的触手,在稀薄的云层中留下一个狰狞的空洞。

有什么东西从洞里掉了下来。

族长死了,除非他能逃过第二次坠毁。

星之彩像银河一样倾泻下来。

蜾蠃禁锢一切,不让任何人离开,丈夫心里头想啊,火星上存在的这种真菌,也许不是这种邪恶的本体,但它的恶意足够强大,像一个冰冷的牢笼,让一切生命堕入孤绝的领域。它是一种来自外层空间的色彩,来自超越一切事物之外的遥远宇宙,那无形无质的领域所派来的恐怖使者。它们的存在为我们揭露了存在于黑色宇宙深处的疯狂,那不经意间透露出的恶意足以令我们的大脑眩晕、四肢麻木。回去的路上,他对宇航员说:"之前,你问过我那个问题,问我如果是你，会怎么办。那时我还拥有一切，无法想象失去她会是什么样。我拥有我的妻子，就拥有一切呀。可事到如今，我已经什么都没有啦！我已经什么都没有了，除了记忆。如今我拥有的只是记忆。可你的妻子还活着呐，朋友，所以你问我吧！你问问我呀！怎么样都好，如果你再问我一遍那个问题，我一定会给你一个肯定的答案啊。"

"好吧，"宇航员问，"如果你是我的话，你会怎么做呢？"

"我会在春天到来的时候修好飞船，冒着生命危险再试一次。"

"为什么？祂不会让我们离开的。这难道不是一种徒劳吗？"

"为了家。"丈夫说，"还有爱。这永远不会是一种徒劳。"

作者简介
蔡建峰

福建泉州人。小说《尼伯龙根之歌》获未来科幻大师三等奖。作品《记忆捕手》收录于中篇科幻佳作丛书·科幻剧院系列《未来往事》，《汇流》收录于同系列《未然的历史》。

温度线旁的蓝甲虫

钴铜鱼 /

在宇宙微波背景的嘈杂汪洋中,我们就从此处开始,以叮咛般的寂寞声音,讲述这段饱含着遗憾与希望的往事。

/ 一 温度线·测绘员·老前辈 /

第一次碰上温度线北抬的时候,测绘员还只是个实习生,看见死的大甲虫也要汗毛耸立。一旁的老前辈则笑话他:"这么大人了,还怕虫子?"

他反驳道:"它们这么大个儿,哪里还算虫子?再说,碰上活的就没命了,能不怕吗?"

老前辈笑得更大声了:"我见过活的,就在我面前,它一步也不敢动。它们怕冷,过不来的。就算过来,看那迟钝的样儿,估计也没什么。"

"算了吧,您连暖气管附近的老鼠都不敢逮。"测绘员窃笑。老前辈其实比他大不了几岁,而且是个姑娘,性情爽朗,偶尔露出孩子般的天真脾性,跟内心阴霾的测绘员正相反。

"那每年失踪的测绘员都是怎么回事？"测绘员质疑。

"他们啊，都是辞职了。因为工作协议要求他们必须干满十五年，违约要坐牢，所以才装失踪。我知道几个，都是躲在大都会的角落里生活，过得也还不错。"

后来，这位老前辈也毫无征兆地失踪了。至于是不是辞职，测绘员也不清楚。在老前辈负责的区域，人们找到一只死得蹊跷的大甲虫：它的尸体完全越到了温度线的这一侧。这种情况此前闻所未闻，之后也没有发现类似事件，有的人认为它是被野生动物推过来的，也有人认为这是一种挑衅。

甲虫被冷冻武器冻裂而残破的身上，染着明亮的蓝色荧光，应该是与老前辈相遇过、战斗过。但老前辈的身影却没有找到，只有一条向南延伸的蓝色条带，还在朝温度线回缩，也许是战斗中被甲虫们拖过去了。她的冷冻喷枪还留在原地。

测绘员们并没有战斗的职责，大多只在实习期受过一点基础的武器装备培训。自上次人类远征失败以后的近百年来，几乎无人愿意冒险跨过温度线，而且总部也极不提倡主动战斗。于是，北方大都会里的人们目前仍在讨论，是否要把老前辈追认为英雄。一年多就这么过去了。

漫漫长夜，南风滚滚，测绘员在旧温度线的附近独自骑着摩托。他那防水反光布制成的外衣被仪表灯染为暗橘色，背后的机器在不停地放出一些软糖状的蓝色荧光纽扣，贴到身侧成排的黑色大甲虫尸体上——它们畏惧低温环境，但又日复一日用生命试探底线。蓝纽扣是边界线的塑造者，会主动吸附在大甲虫的外壳上，借这些试图随热量向北扩张的贪婪入侵者，拼凑出一条可从远距离轻易辨识的边界线，

宇宙回响

这就是"温度线"。

四季轮转，温度线的位置也呈周期性浮动。如今是北半球的冬末春初，温度线即将北抬，因此测绘员的工作也异常危险：万一北抬的速度比预想的要快，他将不知不觉越界，陷入甲虫所在的温暖领域。因此，测绘员如履薄冰地播撒蓝纽扣，一旦出现问题就要快速北撤。

目前为止情况尚可。蓝色的温度线画在绵延不绝的黑色矮墙上：在这些一两米长的尸体下面，掩盖的是两个月前画的旧温度线，色彩已经风化了大半。这证明温度线的南移确实已经结束，旧线已经在北抬了，甲虫们也开始向北迁徙。虽然不是什么好消息，但也没什么意外的，不过是每年的惯例。

在夜里十点，今天的温度线测绘工作完成了。测绘员向总部报告完毕以后，先倒回去一段路，再背对温度线走了一段，反复确认自己在线这头，才安下心来，支起帐篷。帐篷搭好以后，谨慎的他又在外面摆了一圈冷气罐，塑成一面冷墙。

测绘员进了帐篷，开启暖炉，缩进睡袋里，但很快又紧张起来。

他听见了脚步声。在这危险的边境，其他测绘员都离这边至少五十千米，那脚步声如果不是来自粗枝大叶的夜行动物，就只能是甲虫发出来的了。虽然帐篷外有冷气罐保护，但测绘员依然心惊胆战。

人类的恐惧往往不受理智压抑。

脚步声很快消失了。测绘员刚安下心来，声音却再次出现。重复了几次以后，测绘员钻出睡袋，换好外衣，拿着冷冻喷枪朝帐篷外走去。至少夜晚的气温还在下降，如果等到太阳出来，情况只会更糟。

但在帐篷外面，他碰上的是那位失踪的老前辈。老前辈还穿着测绘员统一的厚实制服，看上去面色红润，同时背着一个大包袱，里面不知道装了什么。

"先让我进去暖和暖和吧。"老前辈看着一脸茫然的测绘员,率先开口道。

测绘员侧过身,让老前辈进了帐篷。在得到总部允许前,接触失踪人员是违反规定的,最严重时会被当成背叛者,不过在这边境上倒也没人特意检查,除非失踪人员回去后被发现了。

老前辈在暖炉旁坐下,打开包袱,拿出来一些奇怪的东西,其中包括一串青绿色的长条状水果。"这是香蕉,热带的水果。"她解释道。

测绘员从未见过这个,兴奋得忘了害怕,连忙坐到老前辈旁边。

"您从哪儿捡到的?"测绘员问。

老前辈大笑,讲起自己失踪以后的经历。

二　甲虫·香蕉·地下丝绒

两人挨着坐下,时而看向暖炉,时而看向对方。老前辈眼眸清澈,仿佛有新鲜的泉水从中涌出。接下来,测绘员只是默默倾听,冷静的面容下掩藏着无烟的火苗。

当时我和你现在一样,在进行温度线的测绘。本来冬季的测绘应该是比较轻松的,北风强劲,外骨族们一天天地往回缩,我顺着他们的节奏铺线就是了。不过我们总是低估了世界的变化速度。比如你手里的冷冻喷枪是第七代产品,在我刚当测绘员的时候,用的还是第五代,你实习那会儿用的应该是第六代,但即使是第六代也跟最新的型号有很大差异。可是你根本没注意这些,连保险的位置改变了都不知道!我是说,连我们身边这么重要的东西都在不经意间有了质变,那么在我们看不见的地方,这个世界究竟有多少未知的变化呢?

宇宙回响

  从上次远征失败算起，我们和外骨族快一百年没有打交道了。这将近一百年来，我们双方一直在温度线的两侧此进彼退，没有任何交集。那么，我们对外骨族的一切印象真的还正确吗？我不想再管他们叫甲虫，这是一种下意识的污蔑，如果我们不改正，就永远无法正视外骨族。要是有文字记录，我希望以后也不要再用非人的"它"去称呼外骨族。尊重是理解的第一步。

  第一次教会我这点的，是我碰见的那名外骨族青年。

  当时他奄奄一息，身上全是温度线的蓝色痕迹，应该是之前被我误认为是死尸了。我一开始想往回再撤几步，但他实在是太虚弱了，几道蓝色荧光随风摇动，有如矿场中青金石的碎屑，根本没有一点杀气。我缓过神来，想起这算是件怪事：这位外骨族青年一直在朝北走。和以前那些探查底线的先锋不一样，他并非有生命危险就原地停下，更没有躺下，而是拼命往北走，就像要突破这条温度线一样。

  当了这么多年测绘员，我第一次意识到，外骨族可能并不是我们想象中那种智力低下、浑身武器的可怕家伙。那位外骨族青年在看着我，他漆黑的眼中映着月光，那是人的眼神，你能看到比应激反射更复杂细致的变化，就像一片湖水泛着波纹。我就在那时决定要冒险，要跟这位青年交流，要揭开外骨族的秘密。我早就想这样做了，从年幼时开始，我就相信这世界不该是印象中那么残酷的，我们和外骨族并不是无法互通的。我们都是有智慧的生命，凭什么必须对立呢？

  我怀着可能被诱杀的觉悟，一步步朝蓝色的外骨族青年走去。我把冷冻喷枪放到背后以示友好，同时也随时准备拔枪。他们可伸缩的硬爪有接近两米的攻击距离，所以我只敢站在两米以外。我们就这么对视了几秒，谁都没敢动弹。北风从我背后绕到他面前，他的副足在胸前不停地颤抖，不知道是在表示警戒还是单纯的冷战。

然后，我的无线电通信机突然响了。这可不是好事，因为我根本腾不出手去接，也分不出精力去跟哪个远方的测绘员唠嗑。因为长时间在户外，通信机的声音调得很响，那个青年也听见了。我看着他，心想这下麻烦了，万一被当成是挑衅或者示威，基本上就丢掉这次沟通的机会了。

果然，他激烈地动了。事已至此，我只好拔起冷冻喷枪对准他。我也好多年没有开枪了，手臂根本不适应喷枪的重量，费了一番工夫才瞄准。但他没有伸出硬爪防御，而是用颤抖的副足指着我。

我不知道这个动作到底是什么含义，也不敢往好里猜测。喷枪的有效射程只有一米多，而冻死一个青壮年的外骨族至少需要十秒，所以要不是被逼到这份儿上，我根本不愿赌这一把。我一个箭步把距离拉近，接着朝他的下半身喷射液氮雾滴。一秒，两秒……我的大脑一片空白，等回过神来，已经过去二十秒了，那青年的半个身子已经碎裂，渗出的淡黄色体液也冻住了。

应该死了吧。我盯着他下半身的惨状，一时不敢往上看他的头：死尸的脑袋比任何部位都可怕，尤其是眼睛，因为这个部位能传递感情，看了以后，你会怀疑他是否还活着，是否会突然醒过来反击。我后退到两米以外，两腿发软坐到了地上，这才慢慢抬起头观察。

果然没死！十秒的记录是哪个人留下的？我当时咒骂着不负责任的研究者，同时试图让自己冷静下来：我位于外骨族的攻击距离以外，而且他已经丧失了移动能力，现在我是百分百安全的。但半死不活的虫子实在太可怕了，比活虫子和死虫子都可怕……对不起，当时那个愚蠢的我看着那位外骨族，的确只想到"虫子"这种卑劣的词。他只剩上半身能活动，但依然没有掏出硬爪，只是振动他的副足——他好像根本没有攻击的欲望。

与此同时，我的通信机还在响。这个不守规矩的测绘员，之前在联络时间以外通信就算了，怎么三十秒未接通也不自己挂断！有紧急情况不知道去问总部吗？！

我接通了机器。

"想吃……香蕉吗？"

没头没脑的第一句话。

"什么？"我问。

"香蕉……吃吗？"

"别说这些了，我这边有个甲……"

"往……南边……走……三千米……我们的……村子……"

通信挂断了。

与此同时，那名外骨族青年也停止了活动。

哪来的疯子？我决定在向总部汇报情况之前，先回拨给刚才那个人，最好把他的信号源也找出来，以后好找他算账。

结果，信号源竟然就在附近！我一开始没想明白，以为是哪个家伙恶作剧，在附近看我笑话，但周围是一片旷野，应该没处躲。

我顺着信号强度看过去，发现信号源是外骨族青年。他当时已经停止了活动，但头上的独角还在充当天线。对，外骨族的独角其实是天线！我们一直以为他们智力低下、没有语言，其实他们可以用电信号交流。而他们体内的生物质蓄电池，即使死后也能运作一段时间。我终于知道这名外骨族青年为什么一直在振动副足了：他是在尝试用副足与我交流。而我迟迟没有接通通信！

这场千载难逢的交流被我毁了。原因只有一个，就是我胆怯了、怀疑了，我贪生怕死。但这位伟大的外骨族朋友用生命挽回了一切，就像温度线附近那些先锋外骨族一样，他们在牺牲自我时从不犹豫。

他用生命向我证明，外骨族愿意与人类交流。

罪过啊……

我当时百感交集，面向南方怅然若失，眼前是身披蓝色荧光的外骨族青年，身后冷酷的北风始终在推搡我，催促我去完成朋友的遗愿。

于是我向南走去。我意识到，自己是非去不可的。我一直相信，我们每个人生下来都有一个使命，这使命会在某一天突然降临，把你引向那唯一的道路。而你也会瞬间明白，那是条你心甘情愿踏上的道路，是你一直在寻找，而且只有你能走的道路。我的使命就在那一刻降临了，而使者正是那名外骨族青年。

我遵循使命向南走去。

从跨过温度线的那刻起，我就像踏进了一场梦。我的头脑开始飘浮，腿脚也轻盈得像大雁。肾上腺素大概抵达了我的全身，而月光遍布我的外衣。最初的一两千米很轻松，和咱们这边一样，外骨族也不愿意离温度线太近，所以整片旷野和平时巡线的时候一样冷清，偶尔听见的都是风声、杜鹃啼鸣，或者野兔、野鼠的跑动声。

随着我接近那个外骨族村子，情况才变得复杂起来。我接下来要面对的是成群的外骨族，而我刚刚失手杀死了一个他们的同族。这些外骨族是否与那个青年一样爱好和平？他们是否想杀了我，替同族报仇？他们是否会用无线电与我交流？我当时什么都没想。我已经走到这里了，剩下的就是随机应变和信任。我的冷冻喷枪早在出发时就丢掉了，因为我要展示诚意，而且我不可能靠一把喷枪战胜一村子的外骨族。

在漆黑的深夜，村子里尽是橙黄色的萤火。外骨族喜欢就着这种灯火休息，所以村子都是彻夜通明。守卫看见满身反光的我走来，既没有警戒，也没有慌张，而是静默着站在原地，连招呼都不打。说实话，我当时有点失望。径直进了村里以后,周围都是螺旋状的房屋,像巨大的蜗牛壳,有一半埋在地里,应该是为了保暖。建筑材料是外骨族蜕皮时脱落的外骨骼。奇怪的是,房屋都是一样大,看不出社会地位的高低。我本来想找到村长之类的管理者,可他们根本没有这类分工。

村子中央有一根巨大的塔,由无数外骨族的独角拼成,应该是用来与其他聚落通信的天线塔。我站在这棵参天大树底下等候,周围的外骨族都我行我素,似乎我做什么都无所谓,又或者他们并不具备完整的思考能力。

然后,我的通信机响了。我已有准备,不慌不忙地接通。

"你好,人类。"声音和之前的青年一样,大概这是他们唯一的频率和音色。

"你好。"

"我们是外骨族的首脑。我们外骨族是意识高度统一的种族,所有个体都具备相同的思想,共享记忆和思维,我们称此为'同调思维'。你之前遇到的是一名先锋,职责是引导一名人类前来交谈。他的任务现在完成了。"

"对不起。我……"

"不必道歉。不同文明间的交流难免伴随伤害。借由伤害,彼此才能进一步理解。我们最初来到这颗星球时,也不由分说地伤害了你们,侵占了你们的领地。但这些都过去了。我们经过几百年的努力,窃听你们的无线电通信,研究你们的遗迹,终于学会了人类的语言和一些文化,能够与你们交流了,现在只差一步,就是让你们知道这件事,并相信我们。"

"我就是为此而来。"

"太好了。首先,请吃香蕉吧。"

一个外骨族抱着一堆香蕉朝我走来。我是第一次见到香蕉，那东西看起来像微曲的手指，未成熟的是青绿色，熟了就变成黄色，之后还会逐渐变黑、烂掉。我掰下其中一根黄色的，一头是细长的把儿，另一头是黑色的硬毛。我觉得硬毛不像是能吃的部位，就从把儿开始咬下去。

真涩。我第一口咬完，感觉上了当。这东西真的能吃？怕不是外骨族没有味觉吧？

"对不起，忘了跟你解释。请把皮剥开，果肉在里面，是白色的。"

不早说！

我吐出嚼了一半的把儿，剥开黄色的外皮，白果肉香甜扑鼻，软糯得没有牙也能享用。真好！我一口接一口吃下去，嘴里到处都是甜滋滋的。

"你如果喜欢，可以再吃几根。"

我马上又掰了几根品尝。青绿色的口感稍硬，甜味弱但香味重，有些太生的甚至和把儿一样涩；黑色的口感最软，但有股酸腐味；黄色带黑斑点的口感适中，应该适合大多数人。

我吃香蕉的时候，外骨族首脑什么也没说，就像是在等着我说什么。

"谢谢。都很好吃。"我抹了抹嘴。

"你最喜欢哪种？"

"青绿色的吧，我口味淡。"

"我们最喜欢黑色的。这就是我们和人类的第一个差别了。接下来，我们想请你作为人类代表，尝试更多的东西并给出评价。"

"没问题。下一个吃什么？"

"不全是食物，也有其他的，比如生存环境、行为方式，还有我们最不理解的，被你们叫'艺术'的东西。"

"好办。我给你们解释艺术。艺术就是因人而异，能让每个人类个体欣赏后都有不同且深刻的体验，这种东西就叫艺术。"

"你说得太抽象，还是用一些例子来说明吧……"

从那天起，我就一边随外骨族迁徙，一边在村子里跟他们聊艺术。不过我只是小时候学过一点，懂的也不多，说的基本上都是极其主观的个人感受，好在他们并不介意。我拿着他们提供的资料，从交响乐团侃到朋克摇滚，从文艺复兴侃到写意山水，从唐诗宋词侃到北欧神话，从后印象派侃到最近的断链主义，总之是把所有排得上名号的人类艺术家和作品得罪了个遍。

有一次我讲得太过，自己也觉得不好，就问他们，为什么不多找几个人类来，让我们一起来讲，这样他们理解得也会全面些。

但外骨族坚决反对。他们的理由是这样的："我们派先锋尝试与你交流，已经冒了极大的风险。现在你的失踪被绝大多数人类当成是一次纯粹的意外，但如果多来几次，肯定会引起警觉。而且这次能找到你这样一个友善、敢于交流的人类，我们的运气已经够好了。万一碰上的不是你，而是某个更加畏惧我们、仇视我们的人类，我们的行为很可能被视为宣战，然后重蹈千年来的无数覆辙。在足够了解人类的思维之前，我们不能再冒任何风险。"

讲艺术的时候，外骨族就犒劳我一些热带水果。一开始都是香蕉，后来多了菠萝、椰子、榴梿……我都带回来了，一会儿也叫你看一眼。与此同时，他们也开始学习人类的思维和科技，从农耕到电力的人类文明产物，都在村子里出现了雏形。他们的学习速度很快，过了不到一年，已经学会了搭建基础的电信网络，因为电信网络的思路和他们的同调思维很像。

但关于断链主义，他们就很不理解。

有一天，他们突然邀请我去参观他们的飞船。飞船位于远方的沙漠地区。

我没细想，跟着外骨族出发了。说来奇怪，跟他们相处这么久，这是我第一次离开最初的村子。我竟然从没好奇过他们在其他地方的生活，明明这星球上有一半多的地盘都是他们的！

外骨族对我很好，怕我的体力不足以支撑长途跋涉，安排我乘坐外骨族的运输线。运输线是靠众多外骨族劳力运作的，途中有众多补给站，有点像古代的驿站，只不过站与站之间跑的不是马，而是外骨族。我就这样被两三个外骨族青年轮流扛在身上，一路颠簸着往南方去了。

到目的地时正好是早晨。阳光下是一片赭黄色的沙漠，大大小小的沙丘随风爬行着，热浪尚未涌起，外骨族飞船像一颗硕大的球形陨星躺在沙漠中央，附近有熙熙攘攘的影子，都是外骨族。这么大的飞船确实需要不少维护工作。

走进以后，我才发现飞船是由外骨族的躯壳残骸制作的：他们为了保证材料的品质足够好，甚至没有用蜕下的壳，而是有一批外骨族选择主动牺牲，留下最有活力和韧性的遗体。以前我听说蚂蚁在雨季渡河时，会抱成一个球来打造方舟，用最外层同伴的牺牲换来族群的延续。看来外骨族也有类似的传统了，只不过他们跨越的不是某条雨林中的河流，而是寂寥空阔的星河。

文明无不是靠大量生命堆积而成的，但外骨族的方式显然是最直白的一种。

在飞船里，外骨族给我送来一张古代的唱片，是他们复原的。唱片盒上印着一根熟透的鲜黄大香蕉，侧面写的是古英文，翻译过来叫"地下丝绒"，应该是唱片的名字，我记得在哪里听说过。

他们问我："你知道这个……歌曲？还是叫什么……这个有什么意义吗？"

我说："这得看情况。"

"什么意思？"

"如果是古代的那首原作，确实是有些意义的，但如果是断链主义者的仿作，那就没有任何意义。"

"就像古董的真品和赝品吗？"

"不。对于古董，赝品的价值在于被错认为是真品，所以赝品的制作者们一门心思地还原真品。但断链主义者与之相反，他们极力破坏仿作与原作的关系，希望通过形似而神灭的仿作来肢解原作，消除原作的意义。其实听一听就明白了。你们有没有能放唱片的机器？"

"我们试着做了一个。"他们说完，递给我一台六边形的木盒子。打开盖，里面唱针、转轴、扬声器等精巧得很，比起人类工匠的手艺毫不逊色，可他们的前肢比人类的手差多了。

我把唱片放入，别好唱针，让唱片开始缓缓旋转。短暂的沉默以后，木盒子里传出了响声。对，响声。我实在不想承认那玩意儿叫音乐，太丢人了。一切令人烦躁的音色按最混乱的节奏和调子冲了出来，就像从刚疏通的下水道里一齐飞出几百只苍蝇。更倒霉的是，从那以后，我一看见熟透的香蕉就会想起这件事来。这不怪地下丝绒，全怪那个挨千刀的佚名断链主义者。

"这就是断链主义的典型作品。"我拔掉唱针解释说，"这些人把原本的韵律、美感通通打破，表现出极致的暴力和破灭，靠欣赏别人乃至自己的痛苦来得到满足。"

"为什么这种东西会成为你们的流行艺术呢？"

这把我给问住了。就我所知，到目前为止，没有一套像样的理论能剖析断链主义，因为靠理性根本无法理解这纯粹的破坏欲，它连快感都算不上。而且承认断链主义，就是否定了人类一直以来"追求和谐秩序"的美学基础。

我只好说:"可能是我们失控了吧。"

"失控?"

"对。艺术是带来希望的,我们现在没有希望,所以也不需要艺术了。"

说完,我突然哭了。我很久都没那么痛苦过,因为我说出来的,比黄黑的烂香蕉还恶心。也许是离开人类社会太久了,自己竟然试着以局外人的身份看人类,而且得出了答案。更恶心的是,这个答案我无法反驳。它似乎是正确的,而且还很简单,就像所有的真理一样,我一发现它,就知道它是对的。

外骨族也承认了。他们看着我满脸的眼泪鼻涕,就像在看一只雨后漫游的蜗牛,湿漉漉的,还背负着沉重又无法割舍的东西。

"我们理解你,朋友。"外骨族簇拥着我,"多亏你的帮助,我们从人类的文明中又学到了很多。你们虽然脆弱、多疑、分裂,交流效率也很低下,但正因如此,你们有一个独特的优势,就是富有创造力。面对自然的变化,你们有极大的潜力,有足够多异想天开的途径去延续文明。而这种能力集中表现为艺术。我们一直想理解你们的艺术,现在我们终于明白了——艺术就是希望。你们有一双能望见未来的眼,一副愿意相信未来的头脑,还有足以实现未来的双手。这些是我们梦寐以求的,但我们永远也得不到。我们不可能放弃同调思维,去追求你们这种斑斓的希望。

"我们只能永远用肉身建造温度线、通信塔、飞船,而不会像你们一样开采利用更多资源。我们的体魄让我们缺乏危机感、惰于思考,所以在我们的母星进入气候冰期时,我们毫不犹豫地逃往了宇宙。我们本可以选择去预测冰期的终点,去主动适应冰期,按你们的知识,这一定比在宇宙中找到下一个家园要容易得多。但我们没有,因为我们以为冰期是无尽的,以为在宇宙中漂流更简单。这样是不行的。宇宙中的危机数不胜数,我们这次幸运地来到这里,但不可能次次幸运。甚至可以说,下次肯定凶多吉少。或许我们该尝试模仿你们,将唯一的首脑分裂为多个。

"不过这似乎来不及了。学习了你们的科学以后,我们推算出一个可怕的未来:这颗星球很快也将进入漫长的冰期,而且单凭你们人类的能力,基本是撑不过去的。但这次,我们不想再逃走。我们想和你们一起渡过难关。朋友,我们想请你带着我们的信回到人类社会,劝说人类与我们结盟。"

这就是我如今回来的理由。临行前,外骨族还送给我一根黑色的短棒,比手掌稍长一点,是拿他们蜕下的足节外壳制作的 —— 这是他们向别人表示友好和尊重的传统。我准备回去以后马上把它收藏起来。

如果这次结盟成功,我们人类就再也不用害怕温暖的季节了,南半球的人也终于可以跟我们重逢了。等到适应了冰期以后,我们就和外骨族一起生活,一起沐浴阳光,一起吃香蕉,按着各自的口味,吃不同颜色的香蕉……

/ 三 外骨族·人精·信件 /

老前辈讲完,从那串青绿色的香蕉上掰下一根,递给测绘员。

"吃吧!"

测绘员接过来,剥了皮咬下一口。从他的表情来看,那味道离酸腐远得很,正好是最新鲜的香甜。

"我要带着这些水果,还有外骨族的信件,结束千年来的一切恩怨！"老前辈壮志满怀。

"可是……"测绘员的语气很犹豫，"大都会里那些主战派……"

"用这些还堵不住他们的嘴吗？"老前辈戏谑完，拍了拍包袱。

测绘员皱着眉头，直视老前辈矍铄的眼。

"您能保证……"他用手掌包住嘴，哈了一口气，不自然地搓了搓，"您确定那些甲……外骨族，他们没有别的打算吗？我直说了，作为旁听者，我可以轻易指出您的故事有哪些地方不合理：首先，对不起，您在我面前从未表现出单刀赴会的勇气，一名外骨族青年的牺牲足以改变您的性格吗？其次，您在外骨族的村庄里享乐这么久，如果外骨族真的那么和善，您一定有数不胜数的机会离开村庄，了解他们的飞船、运输线等，为什么您迟迟没有行动？是不是您被误导了？他们到底想隐瞒什么？还有，关于断链主义的情况，外骨族本可以靠监听我们的电波通信来了解，为什么还要参考您这个外行人的意见？至于冰期，既然他们用的是我们的科学，为什么我们自己从来没有推演出这种结果？像这样的矛盾随处可见，您是怎么也解释不通的……"

老前辈坦率地看着测绘员："你很聪明，也很冷静……"

"你知道自己要去做什么吗？！"测绘员打断道，"大都会的那些人，他们那些人精从来没见过真实的温度线，考虑的也不是什么'冰期'、什么'人类的未来'，而是自己的短短几十年怎么过！你去跟那帮人讲道理、谈理想？他们只会把你当叛徒！而且你的故事连我都说服不了！香蕉？唱片？如果这些东西也有推动社会的能量，那……"

看着测绘员激动的脸，老前辈依然面色不改，等待他语塞之后的下句话。但接下来，测绘员只是深呼吸，没再说什么。他低下头，看着鲜艳而诡异的热带水果，竭力吞咽自己的唾液，喉结如枪栓上下翻动。

老前辈探出手去，轻抚测绘员头顶的短发。测绘员闭上眼，像一只刚刚躲回巢穴的小兽。

"我们都是人啊。"她苦笑,"人太简单了,只要活着就会陷入困顿,只要困顿就会渴望共情,只要共情就会变得柔软,只要柔软就会开始妄想,只要妄想就会轻易被骗,只要被骗就会爆发出能量。不过这次轮到我,而我赶上了外骨族的事情罢了。"

"别去汇报。你就在大都会隐居,和那些失踪的测绘员一样……"

"但我其实再也没见过他们啊。"

"你要是能活着,我也不需要再见到你……"

"你真的……一点都不信我的故事?"

测绘员没有回应。于是老前辈笑了。

过了一会儿,测绘员觉得帐篷的底角似乎有些松动,走到帐篷外检查。外面的南风夹着一丝湿润,可能是消融的雪。他看向东方,靛色的天空已经变浅:长夜快结束了。

到了黎明,老前辈与测绘员道别,然后扛着整袋新鲜热带水果走向最近的补给站,再乘车前往北方的大都会。而测绘员要等到一个月之后完成工作才能回去,到那时候,老前辈的事情应该早就有了定论。

在这一个月里,测绘员与世隔绝,孤独地在温度线上骑着摩托。自从听了老前辈的故事,他对外骨族的恐惧渐渐消失,转化为一种共情和悲悯。那温度线上倒下的一副副躯壳,他们是先锋,是牺牲者,是自由的、无畏的生命。他们的敌人并非人类,而是寒冬和冰期。虽然他们伤害过人类,但人类也还击了,如果总纠结这些,恐怕会忘记更大的麻烦:那来自自然的威胁。

枯燥的工作途中,测绘员还时常想象老前辈口中的那张唱片,想象封面上那根鲜黄大香蕉的模样,直到自己的嘴也向上弯成香蕉。

每天晚上,测绘员也不再提心吊胆地用冷墙围起帐篷。他一边感受着偶尔钻进来的温暖南风,一边在暖炉旁闭目畅想。他只尝过香蕉,其他的热带水果老前辈没舍得给,说是要留给大都会的人。金色的菠萝跟人脑袋一样大,棕色的椰子里面汁水满溢……测绘员伴着对它们的记忆入睡,每晚的梦都香甜了。

如果外骨族真的肯合作,以后一定要天天吃这些东西。测绘员如此想到。

春季,测绘员该返乡了。他把器材整齐地收纳成箱,装在了摩托上,准备顺着南风离开蓝色的温度线。不久以后,这蓝色荧光将成为历史,躺在某座昏暗冷清的纪念馆里,用层层玻璃罩住,旁边再摆一块自以为是的解说牌。

准备出发前,测绘员回头凝望着身后成排的外骨族遗体。他现在能大致分辨出这些外骨族的身体结构、年龄乃至死亡时间,但这些理解是针对死者的,在今后的交流中可能不是很有用。

"再见了。"测绘员低声向温度线上死去的外骨族告别。

通信机正好响了。

"这里是测绘员02917号。"测绘员报告说,"温度线测绘工作已完成,即将返回……"

"请留在原地。"另一头传来了没有温度的机械声音。

那声音接着说:"您所处地区将于三天后进行突击作战,请在保证安全的情况下,侦查温度线南侧的情况,如有重要发现,将作为奖励计入战时评分系统。注意,您目前存在通敌嫌疑,若此后表现良好……"

测绘员听从命令,愣在了原地,以他的身份,是无法完全理解这一情况的。

故事进行至此,无疑走上了最坏的道路。这个结果与目前为止所有的参与者有关，包括老前辈、测绘员、大都会的统治者们，还有我们外骨族自己——按多数人类的习惯，叫大甲虫也可以，我们并不在乎名字。老前辈的问题在于过分天真，测绘员的问题在于过分懦弱，统治者们的问题在于过分短视，我们的问题则是太不理解人类。我们本以为，星球文明级别的理性都能看到至少千年尺度的最优解，可就像测绘员的悲观判断一样，大部分的人类精英最多只能看到五十年，甚至只有二十年的未来——这大概是受人类的寿命与健康所限。

现在我们该解释那些"大都会人精"的想法了。与测绘员分别大约三天后，老前辈回到了大都会，很快被当地的卫戍部队扣押。她的包裹被一路传递到研究部门。（经过一层层被人类叫作"揩油"的行为以后，热带水果只剩了原先的一半。）水果通过检测之后，被分配给研究人员和部分统治者享用，品尝过的人类基本都很满意。但我们自以为充满诚意的通信却引起了他们的警惕。

信件是我们学习了人类语言以后，用纸张和墨水写就，并以足节甲壳收纳的，一字一句都斟酌良久，且与老前辈反复确认过。但正是这份诚意导致了怀疑。

"他们怎么能学会这么地道的文法？"人类精英们一边念叨着类似的话语，一边在温暖宽敞的会堂里坐立不安。显然，人类低估了我们的智慧与进步速度。

但我们也同样低估了人类。就在老前辈回归前不久，人类的科学有了一次重大突破：我们的通信波长和编码方式被破解了。人类当时正准备大量采集我们的甲壳用于解析，而我们刚好送去了一份样本。

我们惯用的通信波是一种时间上不连续的各向同性微波，正常功率很低，可以隐藏在宇宙微波背景中，只有通过极其精密狭窄的接收频段和复杂的解码运算才能接收。但在跟老前辈大量学习人类知识的这段时间，为了从人类社会获得更多资料，我们大大加强了通信波的功率，也因此暴露了自己。我们本以为靠复杂的加密可以撑过这一年多，可人类虽然对气候剧变的前兆毫无觉察，但在对抗我们这方面倒是机敏多了。

总之，人类研究了甲壳信筒，发现我们蜕下的甲壳能吸收部分声波和光波，具备被动通信的功能，是天然的监听与监视器——我们的温度线正是如此运作的。

我们的记录到这儿就中断了。一段时间以后，几名人类的代表通过信号转换器与我们进行了最终的交谈。他们一个接一个发言，语气里充斥着傲慢、自信和胁迫。

"贵文明于千年前作为不速之客闯入我们的家园，让我们承受了无数痛苦，逼迫我们背井离乡，不得不与南半球的同胞分离。你们倚仗自己的强健体格，屠戮我们的祖先，戕害我们的文化，让我们深陷绝望。现在我们终于有了足以击破你们的冷冻武器，终于能洞察你们的通信和计划，你们觉得，我们会原谅这一切，与你们谈和，帮你们抵御冰期吗？"一个穿着军装的人类血脉偾张地大声喝道，"你们该滚了！"

这几个人隔着机器，朝我们的足节甲壳发泄着怨恨。这些怨恨来自祖先，来自历史，来自压抑的人类社会。这些怨恨曾是人类的一根救命稻草，但此刻又是一条厚重的蒙眼布。不过怨恨并非他们真正的动力——大片的优良土地、宜人的气候、高昂的民间情绪……在赶走我们能获得的巨大利益面前，没有谁想跟我们合作，除非我们和以前一样，再次逼他们付出相当的代价。当时的我们做得到，不过人类并不清楚我们的全部实力，也无法及时理解这个代价。

所以我们该滚了。两败俱伤对任何一方都毫无益处。我们近千年来一直在等待人类的成长，希望有一天能被谅解。这样看来，我们其实也是傲慢的。或许我们该早点交流，趁人类还不够强大、不够绝望。

77

四　胜利·新都·我们

至于之后的故事，都记录在约二十年后，为庆祝迁都而修建的"人类胜利纪念馆"里。纪念馆里摆满了我们的甲壳文物，无数甲壳碎片被加工成碗筷、玩具等寻常物件。所有甲壳的被动通信功能都没被破坏，就像是故意在向我们炫耀。

作为英雄受邀在纪念馆当解说的时候，测绘员已经有一半身体换成了机械义体。纪念馆里人很多，都是人类，有眉飞色舞的青年，有毛毛躁躁的小孩，也有故作深沉的老人。他们都很高兴，因为有生之年享受到了人类的胜利，可以为千年鏖战的终局欢呼雀跃。但他们其实并不理解这场胜利，只是在凑热闹，就像他们看到新闻中千年一遇的天文现象也会莫名兴奋。对他们来说，温度线就像天上的银河一样遥远。

测绘员用机械声带一遍遍重复着他的演讲：

"那些自称'外骨族'的狡猾甲虫，他们曾经策反了我的一名老前辈，用珍稀的热带水果招待她，用和平的话术消磨她的意志，还让她回来感化我们人类，利用我们的怜悯和恐惧来劝降！他们的同调思维的确很强大，但终究战胜不了自然规律！他们擅长欺骗，但骗不过我们，因为这里是我们自古以来的家园，我们永远不会放弃！那些只会背井离乡的甲虫们永远不会理解！"

说着说着，测绘员热泪盈眶，肉眼颤抖着，仿生材料制成的下半张脸却没受影响，仍在喋喋不休。

参观者们则听得纷纷侧目，开始阅读一旁的文字说明：

……卑劣的他们用热带水果收买叛徒，甚至送来劝降信，还有用足节制作的监控器，企图支配人类。

同年三月，人类的反击战打响，英勇的战士们凭新型冷冻武器，在成排北上的外骨族先锋中间打出一道道缺口。之后，外骨族被人类突如其来的攻势镇住，开始集体撤退。人类方面则势如破竹，半年就抵达了北回归线附近。

此时已经到了秋季。人类乘胜追击，准备借寒风的优势将外骨族一举消灭。但随着战线拉长，补给越来越困难，自然环境也变得恶劣，亚热带的新型疾病很快演变为瘟疫，无数战士因感染失去了大半个身体。就像历史上的几十次远征一样，作为战争后期的标志，在北方腹地的大都会里，主和派逐渐占了上风。

可正当进退维谷之际，外骨族率先无力抵抗而消失了。当时有数名侦查员在沙漠附近观察到一些黑色的球形物体飞向天空，后来经确认，是外骨族的飞船。

于是，历时共计约一千年，人类胜利了！

…………

我们离开前留下的通信塔和村庄遗迹，有少数被保护起来作为历史的证明，但大部分都被狂欢中的人们毁掉了，甚至被当成战略资源开采。不出二十年，我们就变成了只活在童话书里的坏家伙。

但时不时也有些从沙漠无人区归来的幸存者，曾经在沙漠中心看见了我们留守的少数个体。这一分支是我们学习人类的结果，具备相对独立的思维，后来的这些事情也是他们转达给我们的。蛰伏多年以后，这些同胞以巨大的代价改变了通信波长和编码，又花了很久才重新联系到我们。他们平时住在地下，每次接触过人类，就会搬到更人迹罕至的地方，所以至今都只是沙漠中的传说。

和我们的分裂相反，南北半球的人类倒是重聚了。只是在重新分配热带地区主权的问题上，双方始终未能达成一致。在胜利的蜜月期结束以后，两边都暗地里打起自己的算盘。将近一千年的隔阂似乎真的让人类分化为两种了。

测绘员因为身体问题一直独身。他平时在纪念馆当义务讲解员，作为战斗英雄每月领着生活补贴，闲下来的时候就去古董唱片店。不知为什么，测绘员多年来一直惦记着老前辈讲的梦幻故事，特别是那张印着古英文"地下丝绒"字样的、封面是一根鲜黄大香蕉的唱片。久而久之，这成了他的夙愿：他一定要找到这张唱片，听一听里面的曲调。如今断链主义已经被批判得体无完肤，即使找到唱片，肯定也是没被断链主义者糟蹋过的原版。但原版也好，他想听听。

测绘员想知道，为什么我们会挑这张唱片来研究艺术？是巧合？还是有所图谋？如果当初的和谈成功，我们本可以告诉他的。

那天中午，他走出纪念馆，看见一个老人在等他。那是刚刚大赦出狱的老前辈，手里握着一根拐杖，把手部分是黑色的，材质是我们的甲壳。老前辈这下真的老了，头发花白，眼神黯淡，手脚也好，腰腹也好，脖颈也好，总之全身没有一处挺直的，就像一只死掉的甲虫，身体总是自动地蜷曲起来，除非把她钉在纸上制成标本。

这是一次感人的重逢。老前辈当初差点被当成叛徒处死，是测绘员及时赶回，将老前辈独自杀死一名外骨族的英勇事迹公之于众，扭转了审判的方向。最近，战后时代的一些年轻艺术家听说了这个故事，把老前辈当成是误入歧途的悲剧英雄，创作了不少作品，虽然不入主流，但也掀起了一阵轻风。

两人沉默着并肩而行，机械脚和拐杖在坚硬的路面上铿锵作响。他们谁也没有开口，更不知道对方的目的地，只是沿着街道行走，就像以前测绘温度线的时候一样孤独。这座新都虽然热闹喧哗，却似乎容不下这些旧时代的人。城里四处熠熠生辉，铺设的平整地面里，除了砖石之类的常见材料，也混合着我们的甲壳碎屑，像黑石英零星地嵌在岩床上，但主要目的并非加固，而是用于装饰。

街道尽头分成了两条路。老前辈和测绘员同时停下脚步，彼此等待着对方的选择。

过了约莫半分钟，谁也没有选择。对于路人来说，左边是有阳光的大路，右边是阴暗的小路；对于测绘员来说，左边是前往唱片店的路，右边是回家的路；对于老前辈来说，左边是来时的路，右边是未走过的路。

之后，老前辈掏出了一个印着大香蕉的唱片盒。

是那张"地下丝绒"。

"一起听听吧。"她终于开口道。

于是两人踏上了右边的路。这是一条狭长的小路，两侧是上百米的黑色高楼，把所有的阳光都赶走了，强风时不时从前后乃至头顶冲来，地上是前些天残存的雨水，至今未干。那些建筑的原材料里，也有不少甲壳的成分。

走了大半段，测绘员突然停下，老前辈也随之停下。

测绘员指指左边，掏出证明元件打开了门。

两人走进升降梯。随着楼层数字变化，升降机转轴发出有节奏的噪声，逐渐离开地面，靠近测绘员那间拥挤的高楼层小屋子。

测绘员进屋后，熟练地找出一台光洁的唱片机，接过老前辈手里的唱片，小心翼翼地放了进去。

唱片机吐出静谧到有些恐怖的前奏，随后是一个略显沙哑的男声在呢喃低吟，像一位父亲在唱摇篮曲。这是来自千年前的音乐，纯净

宇宙回响

而落寞，所以被人们遗忘在文明的角落，不知哪天就会悄然消失。

测绘员拾起唱片盒，仔细端详着封面上的大香蕉。那香蕉并非是娇嫩的鲜黄，而是黄黑的，甚至有些腐烂。同时，因为这些年闲暇时学习了古英文，他发现唱片盒侧面不只写了"地下丝绒"，在"地下丝绒"后面还有一个名字。

"妮可？地下丝绒与妮可？妮可是谁？"他问老前辈。

"不知道。"老前辈平静地答道。

测绘员看到香蕉底下还有一个署名："安迪·沃霍尔？他又是谁？唱片的作者吗？"

"不知道。"

"你以前看到的那个断链主义篡改版……上面是不是没有这个名字？"

"我忘了。"

"……忘了？"

"我忘了啊。"老前辈长吁一口气，不再说什么。她坐在唱片机旁边仰着脑袋，眼泪从咬合的睫毛缝里不断涌出来。她肯定还记得一些东西，所以才会悲伤。

测绘员不忍打扰老前辈，打开唱片盒阅读着内侧的文字。他找到一份歌词，正好是刚才播放的那第一首。

他试着翻译出一份文稿：

《周日晨时》

周日晨时，黎明当誉
我的感触挥散不去
黎明早至，周日晨时

温度线旁的蓝甲虫

身后紧随蹉跎白驹

当心，你背弃的世界里
总有什么萦绕着你，不住地告知
"无所谓的，都会消失"

周日晨时，我正堕去
我的感触非我所欲
黎明早至，周日晨时
每条路都似曾相识

当心，你背弃的世界里
总有什么萦绕着你，不住地告知
"无所谓的，都会消失"
…………

  测绘员默读自己写就的翻译文稿，陷入了超越悲伤的空虚。他失神良久，抬起头再次看向老前辈，把文稿递了过去。
  "出门走走吧。"他邀请道。
  这天下午，测绘员与老前辈离开了阴沉的高楼。他们朝南方走去，那里是这座温带新都的中心——一片开阔的广场。此时正是下午三四点钟，阳光明媚，遍地流金，和平年代的青年们在漫步、说笑，孩子们在吵嚷、打闹。广场正中央，巨大而黑亮的喷泉里面，水流被机器一次次喷向天空，又一次次在相同的高度止步下坠。
  他们走到广场边缘，找到一排长椅坐了下来。长椅旁边，有个不修边幅的年轻人,正蹲坐在小板凳上专心写生。他时不时抬头看向不远处的取景点,眯着眼比画两下,随即又闷头画上一阵子。他绘画的时间比观察的时间长多了。

趁老前辈低头读文稿的时候,测绘员朝画家的作品瞟了一眼。画上不是刚才那个喷泉,也没有青年或儿童,而是一座雕像。原来画家刚才并不是在取景,而是反过来,在靠想象把自己的画作摆到广场上。

这时,画家停下来休息,正好注意到了测绘员。

"您好。我之前在纪念馆里见过您!"画家走过来主动握手。

"你画的是什么,能跟我说说吗?"测绘员问,"我看着像是一座雕像。"

"对!我的老师接了份工作,要在广场上建一座雕像,纪念千年战争胜利二十周年。他年龄大了不方便,我今天替他来取景。"

"但你没画景……"

画家笑了:"我们取景是为了建雕像,当然要先画完雕像再配景。"

"你这雕像有名字吗?"

"还没定,我目前叫它'最初的英雄'。因为在最后一次远征前夕,这个人物是第一位战胜了甲虫的勇士,我觉得他吹响了人类胜利的冲锋号,非常适合今年的主题。因为一些误解,以前人们对他的评价褒贬不一,不过近两年风向已经好转了……啊,对了,听说您也多次给他平反来着……"

测绘员的注意力已经集中在了那幅画上。毫无疑问,画家笔下的那个主角正是老前辈,不过因为她从未公开露面,被画家想当然误认为是强壮的男性。只见那苍白的背景中间,身着测绘员制服的英雄身姿挺拔,耀武扬威地举着冷冻喷枪,而脚下是一只匍匐着的、身体支离破碎的大甲虫。大甲虫长得跟独角仙一模一样,却不太像我们。

"正好，能请您提些改进意见吗？"画家恳切地问道。

测绘员抬手指向画上那只大甲虫，表情微妙，酝酿着自己的说辞。

画家端详着测绘员的脸，马上领悟到了什么。

他迅速掏出一支荧光笔，拔下笔帽，朝画上轻快地一抹。

"这样对了吧？"他得意地问。

只见一道锋利的蓝色温度线，碾过那只可怜的大甲虫。

测绘员愣住，没再说什么，转身走向长椅。出于善良，他决不想让老前辈看到这个，但等到雕像建成，老前辈怎么都会看到吧。

测绘员回到老前辈身边，准备扶她起身离开。老前辈正在专心念着那份翻译文稿的最后一段。有朵洁白厚重的云从天空投来一片暗影，而她的呢喃，像是这小小阴天下的阵阵蜂鸣：

当心，你背弃的世界里

总有什么萦绕着你，不住地告知

"无所谓的，都会消失"

那天下午的广场上，云彩几度生成又溃散。老前辈一遍遍地重复着这段话，直到画家收工离去，青年和儿童换了一批又一批，喷泉内侧的防水灯亮起，最后一束阳光也离开长椅。

据我们的同伴说，终其余生，老前辈一直在等待记忆中的那个冰期。

作者简介
钴铜鱼

大气科学专业，创作风格轻松明快。主要爱好包括扒拉表象、钻牛角尖和掰扯终极问题。作品《冰雪食客》《憧憧》曾发表于不存在科幻公众号。

聆　听

无　客

/ 一 /

　　观光空间站悬浮在海面上空一百米处，我朝外头望去，诡秘的景色使人滋生眩晕感，令人印象深刻。

　　这里被人们简单地称作浊星。习惯了蓝天白云的人一定会觉得，这是宇宙出自恶趣味而创造的行星，阳光在复杂的空气成分下被折射成红色，海面由于各种泛滥的藻类呈现绿色，而大地……浊星整颗星球都被海洋覆盖。在空中远远望去，财阀还未开发的海面浮动着许多小岛，那只是火山活动喷射出的浮岩组成的浮岛，随着海浪浮动，没有科考价值。

　　红色天空，绿色海洋，整个世界好似处于一种疯狂之中。眩晕感并不能让我打住仔细端详海面的念头，我企图在这个世界里找到一丝蓝色，天空蓝、海洋蓝，无论什么时候，故乡的蓝色都能给我一丝慰藉。

　　半个天文单位的恒星光跌落到此，透过混杂着石油的海水折射出七彩，彩虹随着海面的波动破碎开来，变成一摊摊刺眼的污渍。从海面望去，包裹氧气和各种烃类气体的气泡浮出海面，在污渍底破裂，弄出一片又一片浑浊的斑斓。

这个世界不存在蓝色。浊星癫狂的色调好似将物理规律都扭曲了，将蓝光卷曲到了另一个时空。

很久以前，人们发现了浊星，但具体是什么时候没人知道。这里的恒星就像千亿颗星星一样，普通人不感兴趣，在买下这颗星球的开发权之前，天狼星财阀并不知道这里有这样奇异的景色，政府也不知道。站在人类审美的角度来看，浊星的风景只能算是诡异，但宇宙中有着各式各样的文明，总会有其他文明觉得这是绚烂的奇景。不过就目前而言，大多数游客都抱着审丑的态度，或被各种各样的烟火表演吸引而来。等资本营销的新鲜感消磨殆尽，无法持续吸引游客后，海面的开发必然会深入海底。

我没有那个心思在海面浪费时间，我得比他们先一步深入海底探索。

"孟小姐，您还好吗？"观光站的负责人问我。

"没事，有点头晕，待会儿就好了。还有多久可以下潜？"

"如果您需要的话，现在就可以。"

没过一会儿，机器人运来一套厚重的深海服，比几个世纪以前人类探索月球的太空服还要厚上一倍。由于天狼星财阀开设的旅游业只限于浊星的天空，他们没有义务为我提供潜水艇或者别的东西，只有一套深海服。

"它内部有仿生骨骼，在海底穿着它比您在陆地上走路还要轻松。安全方面您也不用担心，我敢保证这海底没有东西能弄坏这件深海服，而且内部的压力同地表一样，您也不用担心与压力相关的病症。"

我穿上深海服，果真如他所说的那般轻松。

"由于海底环境的限制，枪弹类武器几乎没有威力，而激光的有效范围也大打折扣，我们只能装备鱼枪和气枪，虽然较为原始，但威力和射程都比现代武器在海里的表现要强……"

"好，谢谢你。装上去应该花了你们不少时间吧，真不好意思，又要麻烦你们把武器给卸了。"

"您确定？"

"只要你确定你说过的话，我就确定。"

只有这些财阀才会举着武器外交，先前的接触已证明，对方是很温和的种族。

负责人又废话了几句，得到我几次肯定的答复后才让身旁的机器人拆掉了武器和内部的操控模板。开发星球赚钱的权利与进行科学研究的义务是对应的，天狼星财阀必须给所有合法的科研者提供帮助和相应的保护。

想到以往其他星球上更加险恶的环境，我说服自己有一套深海服已经很不错了。机器人搬走了武器，我缓缓呼气，冷静下来。关于浊星的资料并不多，更多的信息只能从交流中得到，带着武器外交可不算友善。

我穿着厚重的深海服，跃进海里，任凭自己下沉。

视线所能触及的光芒急剧萎缩，我望着发光的海面，盯着它缓缓远去。海面上的浮岛遮蔽了阳光，形成许多斑驳的黑影。此刻我脑海里出现了一种错觉，虽然我在远离它们，但是浮岛的黑影面积却越来越大，直到吞没海面的最后一缕光芒。如果不是还有财阀的各种开发活动，它们能存在更久。

/ 二 /

在两千多米深的海里，光芒消失殆尽。我打开深海服各处所有的灯,混浊的海水里,这些光芒只能让我再向外看多一米。海面已经消失,地面却未出现。我好似被漆黑宇宙包裹着的一颗脆弱的光球,感受着微弱浮力同引力的拔河,艰难地保持着上下左右的方向感。

之前研究蹯鲸文明的学者为我规划好了一条线路,那是他们从前同蹯鲸接触的地方,不过他们没法保证我还能接触到以前交流过的蹯鲸。

不知过了多久,我终于接触到了海底,深度四千五百米。这里的能见度依然糟糕,深海服启动了声呐,探测附近百余米的地表轮廓和海中的生物,淡金色笔触浅浅地扫描着周遭的景象,画面实时反映到头盔里的曲屏。

周围的椭圆形大概是一些鱼在游动,潦草的线段歪歪曲曲地扭向远方,大概是海底的地形。为了抵抗深海的超级压强,深海服里的很多功能的性能只能被阉割,电量也只够我维持八个小时左右的活动。在这些简化的功能里,接收回声并构图的声呐视觉系统是唯一值得称赞的设备,它能把听觉转换成视觉,只是无奈主动式发射出的声呐实在太弱,回馈的声响只在我面前草草画上几笔。

十来分钟后,我适应了这种画面。

一个比其他鱼类要大得多的生物径直朝我游来,我没有回避。从深海服模拟的画面来看,他的轮廓确实很像一头鲸。蹯鲸比真正的鲸要小得多,但体形却同我身着的深海服一般大。眨眼之间,他已经来到我面前,停在离我不到半米的地方游荡。他的头型像座头鲸,扁平的下颚长了许多粗细不一的鞭须,随着游动而飘扬。

要说毫无恐惧,那只是在骗自己。我竟一时间后悔没带武器下来,好在这种念头转眼就消散。蹯鲸在我身旁游荡了十几秒,没有敌意,于是我放下心,打量他的身体。其实相比鲸,蹯鲸的整体更像恐龙。他们的前鳍不像鱼类,而像一双退化的足蹄,他们的后肢没怎退化，像恐龙的后肢一样健壮。我猜测他们的祖先类似于地球上的偶蹄目，也许曾经生活在陆地上。

过了一会儿，他停留在我面前，伸出鞭须缠住我的双手，但没有继续在我身上的其他位置乱摸。这说明他知道分析器的存在，他曾经与人类有过交流。幸运之神在开局就眷顾了我，我突然觉得接下来的路没有想象中的那么难走。

"你终于回来了。"分析器收集信息素翻译成字幕，显示在头盔的玻璃屏上。

我指着头盔，让他仔细辨认我的模样，好告诉他我不是从前他认识的人。

他一开始有些疑惑，但很快明白了我的意思，整颗鲸头朝我靠近，抵住头盔透明的区域盯着我。这时我看见了他的眼睛，足足有我的拳头那么大。蹄鲸的视力并不弱，能在海底发光真菌的微弱光线下看到七八米远。

"你回来了。"他又重复了一遍，也许蹄鲸分辨不出人脸。

上一次人们离开时留下建议，让他去寻找自己文明的痕迹。五十年过去了，他显然有不少发现，在向我不停倾述。

"有更多的工厂，还能运转。"

虽然对此很好奇，但我暂时只能做一名倾听者。分析器不能制造他们分泌的信息素，但是能收集蹄鲸在交谈时分泌的信息素，简单地加以调节成分比例和浓度，粗略地表达我的意思。

他领着我朝最近的一处海底工厂游去，一路上分析器一直在收集信息素，终于使得我能说出第一句话。我把手臂伸到他嘴边，他知道这是什么意思，静静地等着分析器说话。

"你没见过我。"

我不是你认识的那个人。这才是我要说出来的话,我调整语序又试了一遍。

"我没见过你。"

我们对蹯鲸信息素语言的了解太少,分析器的翻译系统做得很差。很多我们习以为常的话语,对分析器来说都太复杂。很多学者认为这是先天性语言的缺陷,毕竟这是一项不用长期学习就能掌握的语言,不可能像后天性的语言一样复杂丰富。

蹯鲸分泌出代表困惑的信息素。

"你就是你。"

我也困惑了。

"你叫什么?"

困惑的信息素持续存在着。光从文字描述上可看不出什么,交谈之间,我一直在仔细观察他,他也在观察我。当他迷茫或者困惑的时候,头部会稍稍晃动,两颗漆黑的眼珠变化着倾斜的角度。我猜测这是在进行多方位的观察。

他说:"那取决于你。你好,白石。"

正如他所说,他给我取了名字。奇怪的文化习俗。也许深海服的样子在他眼里像一块移动的不规则石头,名字倒是取得简单易懂。我学着他,仔细观察他的身体,发现他身上有一层细小的特化圆形鳞片,鳞片的结构色使他的身躯呈现墨蓝色。我松了口气,这个世界也许并没有我想象的那么混乱。

"你好,蓝鳞。"他没有喜欢或厌恶的回应。在接下来的日子里,我一直用这个名字称呼他,仿佛这就是他的名字。

我们游荡了很久,交谈因语言限制进展很慢,十几千米的路上也一直没能遇见另一头蹯鲸。随后,深海服发出低电量警报,迫使我原路返回。见我抬头看向海面,蓝鳞旋即加速游到我头上拦住我。

"累了,走不动。"

分析器依旧表达不出准确的语言,但踽鲸能明白我的意思。他愣了愣,表现得有些落寞。分析器向我传来他的情绪:不满和难过。

我还会再来的。

分析器没有翻译这句话。我前前后后试了七八次,用尽各种语法表达,而分析器还是不为所动地显示着:无法翻译。

从海底浮出水面已是天明,猩红的阳光随着旭日上升逐渐加深。我登上观光站,深海服被机械工搬去充电。回到房间,疲倦立刻把我压倒在床,深海的死寂与压迫在混浊的梦境里徘徊。

我重新变成了那颗光球,不过这次我是在上浮,浮出海面,突破大气层。我变成了历史课本里,驾驶小型飞行器飞出太阳系的那第一人。

人类接触到地外文明的时间并不比踽鲸早多少。

百余年前,跃迁门打通了联众星,为太阳系带来了无数诡谲的异种文明信息。政府宇航局为了与宇宙局势接轨,透支财力物力,将探测器抵达的无智慧生物恒星悉数占为己有。为了证明自身拥有载人驶离太阳系进行星际旅行的能力,政府又将这些恒星系卖给财阀,集中资源发展星际旅行的技术,最终成功接触并加入联众星联合政府。

浊星所处的恒星系正是其中之一。当时并没有人知道浊星海底存在文明,也许有人猜测,但没人在意。那时的人们只想着如何冲出太阳系,在众多文明参与的联众星上争取权力。可在众多文明的反对下,人类政府至今还未取得任何话语权,但好歹发展出了自己的星际旅行的技术,没有被其他文明垄断。

后来,等天狼星财阀在浊星上的基础建设落成后,政府补上了开发前应当进行的考察,才发现深海里的智慧。一场败诉的官司叫停了政府在浊星海底的大规模科研,如今浊星的开发权全在天狼星财阀手上。政府并没有放弃弥补过错,几年后重新聚集了一帮科研人员,在浊星的各个区域下潜,探索踽鲸文明。

醒来后,我联系上负责人宇海,开始第一次报告。

其实昨天的探索没有什么重点,我将在海底同蓝鳞闲逛的经历详细地讲述完后,通信那头隐隐传出了哈欠声。我有些恼火,提出自己的疑惑。

"你们想让我找到什么?"

从资料上来看,浊星上没有任何对我们有用的资源。有时,这里的科研的学习机会让我觉得自己才是受益者。

"找到文明的证据,具体的东西。"宇海说,"我们拿不出具体的东西证明踽鲸文明的存在,所以官司才会败诉,致使天狼星财阀在浊星的领空上为所欲为地建筑空间站和浮空设施。"

"你们无法证明踽鲸拥有文明?不是有分析器吗?"

"情况比较复杂,任何接触过踽鲸的学者都能证明他们是智慧生物,可他们却缺少构成文明的社会性活动。宇宙间智慧种族的生理结构和意识形态各式各样,法律只能从群体文明的角度来保障其权益,因为无论哪一种生物,整体的需求都是相似的。"

在法律规定上,文明应当拥有自身的行星或星系,这不仅是联众星法律赋予文明的权利,更是文明对自己的义务。这意味着文明不得主动出卖自己包括领空、领海、领地在内的各种空间,于个体而言,情况类似"自由不得抛弃"的范畴。

我大概明白了财阀的观点立场。

"他们让所有人都相信,踽鲸虽是智慧生物,但却不构成文明形态。"

"这是在钻法律的漏洞吧?"

"是的,而且这个漏洞现在被撕开给所有人看到了,越来越多的财阀集团开始以相似的理由在其他星球上建设基础设施。当然，不是给原住民用的。现在，天狼星的设施还是建在天上，等过几年就会建在海面，再过久一些，等所有人都忘了蹋鲸，他们就要深入海底让历史把蹋鲸也忘了。"

我开始后悔自己的多嘴。

"我可没法向你们保证能找到什么证据。"

宇海笑了笑，说："不用紧张，你顾着进行自己的研究就好了，官司的事情我们会想办法。"

我可没法胜任这样的事。

/ 三 /

再下潜。

在一片漆黑中，我一边听着自己沉闷的呼吸声，一边等待。

深海剥夺了我向外的听觉，让体内每一次呼吸、心跳甚至是关节的转动都变得异常清晰。终于，蓝鳞游动荡起的水流在声呐视觉系统上勾勒出轮廓，我头一次感觉他那陌生的身形如此亲切。

我们朝着更深处进发，深度达到了五千多米。每继续下潜十来米，深海服内部结构就发出挤压的声音，让我头皮发麻。蹋鲸的听觉很敏锐，蓝鳞也听到了，反过来安慰我，说以前我也穿着这身衣服，能下到八千米的深度。我当然知道这点，光是这件衣服的造价就够建设半个空间站了。

大概半小时后，我们抵达了一处海底工厂。这是一座石油工厂，蹋鲸从海底挖出原油。虽说分析器翻译成"工厂"，但我觉得应该叫作"作坊"，这里的占地面积只有十平方米。

聆 听

蓝鳞向我展示了这里的工作流程。他打开遮盖在井口的岩石,让原本从缝中零星逃逸出的原油喷出,然后他抓来一根截面有手掌那么大的软管去接。这根软管很长,被盘成圆形放在作坊里。当灌进了一半的原油后,软管漂浮起来,像一条长长的肥海蛇。蓝鳞见状,费劲地将大石头压回去,并且告诉我他这样做的用意。

"石油有限。"

浊星海底的石油层很浅,找到断层附近,向下打个几十米就能找到原油。像是在古时候的地球上,东方的人们经常在潜水层浅的地方打上口井,便捷地取水。对于踽鲸来说,获取原油的难度应该类似于钻井取水。

这软管的材质很像塑料,大概是原油经加工提炼后的产物。我想问,但信息素用完了,只能慢慢听蓝鳞讲。这时,他伸出鞭须,在软管的两边各打上了结。我这时才发现,这根管子不是要输送石油到哪个地方去,而是一个暂时的储存石油的容器。蓝鳞拖着它游动,带着我前往下一站,此时它更像一条海蛇了。在移动的过程中,我发现了在深海将容器做成管状的原因,它方便移动,降低了海水的阻力。这种造型一定程度上增加了管子的强度,在半满的情况下,管子不是圆柱形的,而是随着深海压力的变化而扭曲着。

在这个深度漫步了一小时,我们抵达了下一环——加工厂。这里是一片平原,站在隆起的小山丘望去,平原被分成许多块大小相似的地面。深海的死寂使得声呐视觉系统显示的范围变得狭窄,没法画出平原的边缘。

我们下降了几米,抵达平原。强烈的好奇心驱使我匍匐身体,仔细研究平原上的东西。地面上长着很多细细的纤维,像是柔软的小草,不过是黄色的。靠近看我才发现,这里的地面不像远处望见的那么光滑。平地里有许许多多的小孔，纤维从里头伸出，在地面上彼此交织。

"布料还没有成熟，还要一段时间长结实。"

我想这便是少数资料上所提到的东西了。不同的学者喜欢用他们各自的称呼和比喻，同我交谈的学者总把这当成在海边的晒盐场，但我更喜欢另一种比喻：这里就像一亩地，不过种植的不是农作物，而是工业品。

我猜踽鲸每天都要将石油细腻地喷洒在田间，地面孔洞里的细菌或者真菌会初步消化它们，制造出类似塑料的纤维，同时将石油分解生成氧气和烃类气体。纤维在常年的生长过程中将底部的菌落带到表层，于是纤维与纤维之间彼此交错融合，形成一张致密的布料。

我们穿过这片田野准备离开，路过一处刚发芽的纤维田时，我指了指田地，比画了一小块形状，又指了指自己。我想问的是能不能带走一小块纤维回去研究，蓝鳞看懂了我的意思，点了点头。

从海底向上爬的速度比我想象中的要快，但是为了同蓝鳞交流，我们只能以一种很亲昵的姿势走路。他的鞭须搭在我臂上的分析器处，不停地分泌信息素，我们像在牵着手走。回去的路上，他告诉了我很多他在"我"上一次离开之后的新发现——新的工厂，还有高塔。

"刚才那些工厂是谁建的？"

"是我建的。"他回答。

"你一个人建的吗？"

"是我建的。"

问答就此陷入循环，重复了几次后，他也显得不耐烦了。

"那高塔是干什么用的？"

"听星星。"

"你们能看见星光？"

聆　听

他的鞭须分泌出困惑。

"星空是看不见的,你只能聆听。"

不知道分析器又犯了什么毛病。我想向他告别,但任何别离的语句,分析器都无法翻译。我突然想到,分析器也许根本没有出错。

研究表明,踽鲸的身体里有一套非常强的听觉系统,但却没有发声系统。这个沉默的种族只能通过颈部附近的鞭须分泌信息素来交流,踽鲸的语言是先天性语言。

使用先天性语言的文明在宇宙中极少,这是他们与其他文明之间难以跨越的隔阂。这种语言多是因成套的交流系统中的某一项缺失而演化出来,比如创作文字符号的器官对应视觉器官,发出声音的器官对应听觉器官,等等。只使用先天性语言的种族普遍无法理解后天性语言,学习其他文明的语言更是无从谈起。

如果想要建立交流,只有让其他文明先学习先天性语言种族的语言系统,再反过来教他们后天性语言。这意味着要耗费大量时间和精力,去解构他们每一样化学信息素所表达的意思,并且研制能够生产这些信息素的设备。

之前的研究研制出了分析器,不过只有一半的功能。正如踽鲸缺失发声系统一样,分析器无法制造信息素,我们大部分时间只能被动倾听。

踽鲸死后会缓慢上浮,一些身体结构保持完好的个体最终会浮至海面。研究人员打捞上来了不少踽鲸的尸体,大部分都在后来的"尸爆"中完全被毁掉了,剩余的完好尸体解决了关于踽鲸听说系统的一部分疑惑。

解剖研究表明,踽鲸的发声器官是退化的,他们的鲸状的脑袋部位如今留有一些已经没有作用的瓣膜结构组织。人们多少能推测出发声器官以前的模样,那是由一根细窄的腔道盘起来的旋涡状腔体,内部各处遍布着瓣膜结构。踽鲸呼出的气体从此排出,通过调节不同位置的瓣膜发出高频的声波。

一定有某种灾难，或者是环境剧变导致了这种退化。

主流观点认为浊星海底世界的火山曾多次爆发，致使许多物种灭绝。目前的资料显示，浊星的生态圈非常畸形。几年前的研究和过去观光站的发现表明，除了踽鲸，这片连绵的汪洋里只有几千种生物。

浊星生态圈里的生产者被植物出现之前的菌落重新取代，浊星每升海水和每立方米土地里的菌落种类都比地球要多上百倍。在灾难后存活下来的原生动物变成了主要消费者，而踽鲸，竟是分解者。

物种大规模灭绝导致海洋里的营养浓度下降，几乎完全依靠菌落的新陈代谢产出。浊星没有陆地，缺少因海陆温度差异而引发的季风，浅海面常年平静，各类不溶物不断沉淀进深处。在引力和海底暗流的作用下，整颗星球像是一碗自下而上稀释的营养汤，越靠近海底浓度越高。踽鲸游荡于其中，通过鞭须和口器掠食其中的营养，他们的进食如我们的呼吸，每分每秒都在进行。

我猜测，十几万年前的那场灾难造成了浊星海里长久的食物短缺，所有能通过声音交流联系的踽鲸因为集中生活纷纷饿死，剩下的无法发声的个体却存活了下来，因此也造就了离散式的文明。有些不可思议的是，这种环境下的踽鲸仍然是两性生物，他们的繁衍策略和方式令人惊讶。

踽鲸一辈子都不会同自己的交配对象打上照面。雄性将精子排出体外，期间不会产生愉悦的快感，是身体成熟后的自发反应。而成熟的雌性个体会在游荡中非常随机地怀孕，整个过程都察觉不到，而无论是妊娠还是分娩，她也不会有一点儿痛苦。往往只有产出后代以后，踽鲸才会意识到自己怀孕了。随后，母亲会离开新生儿，而幼体也不会追逐，靠着本能自行寻找另一片营养浓度更高的海域。

聋　听

　　踽鲸从出生到成熟到死亡，整个过程中竟然可以一丁点儿社会活动也不产生。

　　我想这就是信息素语境模糊的成因。没有相聚，自然也就不会有分离，踽鲸的信息素里不存在表达离别和相聚的语境模式。他们的交流是一对一的，只有"你"和"我"的存在，极少存在"他"。

　　但这不代表他们不懂得什么是孤独，我想他们只是无法表达。

　　因为每一次下潜，蓝鳞都会找到我。

/ 四 /

　　醒来时大概是傍晚，套房外的走廊上远远就能听见大厅的欢呼声。路过的服务员告诉我，烟火表演就要开始了，让我不要错过。我走进大厅，发现透明的舱壁旁已经站满了几排游客。

　　空中不稳定的混合气体被无人机引燃，形成各种各样的爆炸效果，果真像烟火一样绚烂，连绵不绝。大片大片的爆炸云浮现在眼前，由于缺少参照物，没有人知道那些爆炸离观光站有多远，惊呼和爆破声此起彼伏。

　　待一切散尽，只见爆炸和海浪打碎了无数浮岛，海平面顿时空无一物。远远望去，弧状海平线将这个世界分为两种单调的颜色。

　　我钻进深海服潜入另一种色调，潜入另一个世界。同昨天一样，我刚打开声呐视觉系统，蓝鳞就出现了。我想第一次碰到蓝鳞，肯定不是因为运气好。

　　他拖着一条长长的布料，里头鼓鼓的，看起来不像是液体。这次他没有多做逗留，我还没来得及问里头是什么，他便带着我朝与昨天相反的方向游。他的速度很快，我赶不上，只好停止跑动，消耗更大的功率让深海服带着我跑。

分析器收集到了他分泌出的信息素,各种成分都很淡,代表着疲倦。

大概一个小时后,他才停下,握着我的手解释:

"一个地方待太久会窒息。"

分析器翻译的"窒息"肯定不是指缺少氧气,因为一路上的氧气浓度都差不多。蓝鳞想表达的应该是缺少食物,营养浓度不足。他们呼吸不只是在获取氧气,也是在摄取食物。

这一次我们开始朝着高处攀登,不久看见一座海底山脉。漫步了一会儿,我们来到深度只剩四千多米的山脚。渐升的温度和山脉的形状告诉我,这是一座温和的海底火山,活火山。因为遍布火山,浊星的海底形成了一套独特的洋流系统。一股暗流袭来,持续了很久。我看向蓝鳞,被他的模样吓住了。

他此刻正将鞭须张开,像孔雀般迎着洋流展开。我意识到这里的营养浓度肯定很低,因此他在加大滤食面积,趁着这股暖流加快进食效率。

过了几十秒,洋流才停下。蓝鳞抖了抖鞭须,伸向我的手臂。

"火山很平静,今天没有机会了。"

时间像周遭的景色一般混浊难以计算,深海服的电量进入了倒计时,很快就在探索中消耗掉大半。

踽鲸建在海底的各种设施非常分散,连续好几天,蓝鳞都没能带我见到更多的设施。探索没有进展的这段日子,我渐渐适应了海底的环境,漆黑混浊的景色从最初的令我不安,变得乏味且无聊。

蓝鳞仍显得很精神。每次,我都会在上一次离去的位置下潜,他会很默契地在附近等待。今天相遇的时候,蓝鳞分明是强打着精神来找我的。为了向我展示海底世界,他总在忍受着饥饿,或者按翻译的

聆 听

说法——窒息。连单独一头蹯鲸都不能在同一片海域徘徊太久，更不用说两头蹯鲸相伴而行了。

但此时，空气里，哦不，海水里弥漫着另一头蹯鲸的信息素。

蹯鲸不是好斗的种族，甚至可以算得上绝对温和。实际上，这种信息素并不是宣示领地，而是告诫其他蹯鲸附近的食物缺失，不再适合游荡。但蓝鳞的反应有些出乎预料，他开始探寻信息素的来源，不一会儿就带着我找到了源头。

一团黑影静静地漂浮在头顶上，他的身躯已经开始浮肿，看模样死了已经有些时日。气体在他内部腐败的肉体里汇聚，渐渐形成了一股托举的浮力，速度相当缓慢，以至于我驻留了半个小时才看出这一变化。

这段时间里，蓝鳞一直在他的身体附近游荡，伴着浮尸环绕游行，像是做着某种葬礼仪式。

我突然意识到一个问题。在蹯鲸孑然的一生中，他们能有多少次机会遇见同伴？即使失去了社交纽带关系，陆地生活的生物尚且能通过水面倒影认识自己，而在这混浊的海洋里，还有什么能倒映出他们的模样？

他们能意识到自己的存在吗？又或者说，他们明白死亡的概念吗？

问题像癌细胞一样在我的脑海里分裂。

我离开海底，浮出海面，回到舱室，徘徊踱步都无法压制这些不断增殖的想法。研究蹯鲸的第一周，失眠症又缠上我。

我逼迫着自己别把困惑发散得太离题，将抽象化形而上的"自我与死亡"收束成一个实际问题。我在他眼中的形象是怎么样的？我早该注意到这点的。

最开始，我把和蓝鳞的相遇视作一种幸运，现在我只觉得这是一种遗憾。我们的接触缺少了一个关键环节——从彼此陌生到建立信任关系的进程。这种隔阂能让我开始思考，踽鲸究竟是在把我当作同类，还是在把我当成另一种生物存在。

在床上辗转了许久，疲倦终究还是敌不过好奇。我打开通信，宇海的脸很快出现在屏幕上。

"还在搞研究吗？现在好像不是工作时间吧，注意休息……"

我一边摇头一边打断他莫名的关心，说："我需要第一次与踽鲸接触的所有资料，从相遇的第一秒开始，越全面越好。"

"你有些认真过头了。"说罢，他才慢悠悠地把资料传过来，"是找到什么重点了吗？"

无论是音频、还是文本记录，都显示十几年前踽鲸首次接触科研人员就表现出了极大的热情与好奇。而且在分析器被制造出来的前三个月里，踽鲸已经把人类当成了可以交流互动的智慧生物，开始带领人们认识海底世界。

我需要更多的首次接触资料。

"与我同期进行探索的人员有多少个？"

"等会儿。"他翻找了很久资料才告诉我，"十一个。"

"把他们第一次接触的报告也给我。"

宇海面露难色，推脱道："我不想打击你，实际上你的研究探索成果要远远超过他们，那些报告没什么好看的。况且，其实只有少部分人适应得了这里的环境……"

"别扭扭捏捏的，有多少都给我就是了。"

他只给我发来了四个人的首次报告，所有人遇见踽鲸的情况都大同小异。对我的疑惑，他却有些不以为意，只叫我快些寻找更多的踽鲸的建筑。

我反驳道："这点很重要！踽鲸个体眼中自我的形象，和其他个体在他们眼中的身份地位,是分析他们离散式文明的重要信息。"

"但是在法庭上,这些推论理论一点作用都没有。"

如鲠在喉,我无话可说。科研什么时候变成了这么功利的事情。

/ 五 /

下潜第二周,我们终于见到了另一头蹢鲸。他的身体呈暗红色,刚从山的一处洞口走出。按蓝鳞的描述,这座火山是某种冶炼厂。

蓝鳞游上前去,两头蹢鲸的鞭须短暂地缠绕在一起,随后红色的蹢鲸朝我游来,把鞭须搭在我的手臂上。

"你好,畸石。"在我的名字上他们有了分歧。

我按照他们的习俗为他介绍:"你好,红鳞。"

"很奇妙。"蓝鳞说,"奇妙的体验。"

他们几乎从未经历这样的情况——三个个体的交流。蹢鲸的交流一般不会存在第三者,他们的语言里也不存在"他"。

随后的交流里,我发现无论是我或者蓝鳞还是红鳞,其中一个对另外两个都有完全不同的称呼。蓝鳞称红鳞作棱尖,而红鳞称蓝鳞作圆鳞。我想他们之间起名的参照物应该就在于鳞片的形状和颜色,对于一个极少产生社交活动的物种来说,简单的几种颜色和形状已经足够了。

蓝鳞和红鳞的鞭须缠绕在一起,看起来像是在亲密地缠绵。他们的交配繁衍过程中没有欢愉和痛苦,那他们的世界里是否存在亲密和疏远的区别?

"我们不能一起待太久,这里本来就容易使我们窒息。"蓝鳞向我解释。

红鳞游回洞里,里头很深,且越来越热。他向我展示了冶炼炉,炉子很小,里头有一块凹槽,里头摆放着一些矿石,旁边是一条向下延伸的管道。等火山活跃的时候,炉子附近流经的灼热岩浆会使冶炼炉急剧升温,同时下方的气体会不断冲进炉里,还原出矿石里的金属物质。我离开洞口,下潜到管道底。蓝鳞正在往里头添加东西,那是冰块?

"这是什么?"

"煤炭。"

翻译肯定又出问题了。我捡起一小块冰仔细打量,深海服的温度使它很快消融,变作气体逃逸。我旋即反应过来,这些是天然气在高压低温条件下的结晶水合物——可燃冰。这是一种高效的能源,但绝不就是在水下。当温度升高,可燃冰会立刻分解,重新变为气体。它释放出的甲烷等烃类气体,向上冲进反应炉,这正是从矿石中冶炼金属所需要的还原剂。由于冶炼炉和管道底部存在数十米的压差,气体会不断在顶部的洞里徘徊,增大压力,提高冶炼炉的温度。

以火山作为热源,天然气作为反应物,深海压差作为"鼓风机"。我不由得惊叹于这种原始的冶炼方法,几乎穷尽了蹋鲸生活中所能体验到的一切现象。短暂的惊讶后,我陷入了沉思。火山岩浆的温度并不可控,这种粗糙的手段真的能炼制出很多金属吗?

我把疑惑告诉他们,蓝鳞却习以为常。他解释道,这种冶炼确实有很高概率失败,但每一处火山工厂都有数以百计的冶炼炉。他们会趁火山不活跃时,把挖来的天然气水合物放进底下的管道,把矿石放进冶炼炉。

"你们能等吗?"

"不等,我们继续寻找下一处工厂。"

"去做什么?"

"兴许那里已经冶炼完了。"

"没有呢？"

"那就找下一座火山。"

"如果那里连工厂也没有呢？"

"那我就自己建。"

我在他们身上看不见金属武器或者防具。身为分解者，他们不需要武器装备。

"冶铁用来做什么？"

"修塔。"

"如果没有找到塔，你们是不是自己建？"

"不，我们不会建。塔是遗迹，失传的遗迹。"

没过多久，红鳞离开了。蓝鳞又等了一会儿，然后带着我从反方向离开。我明白，这便是他们俩的诀别了，不会有任何告别的话语，不舍的场景。我甚至不知道他们相遇时交流了什么。

"还会再见吗？"

一如既往地，分析器忽略了第三人称代词。

"没必要再见。"

突然，分析器接收到一段成分复杂、浓度时高时低的信息素。分析器最终还是没能翻译出什么，信息素逐渐溶解在海水中，随洋流消散。蓝鳞随后分泌出困惑的信息素，也许他也不懂自己刚才的情绪。

"怎么了？"

"没什么，快走。"

今天的探索很快结束了，附近的营养浓度在两头蹯鲸的活动下急剧降低，蓝鳞这次没法送我走。临行前我问他关于高塔的事情，他的态度却不同昨日那般兴奋，不想继续讨论这个话题。我能感受到同红鳞相处的这几个小时让他很疲倦，他分泌信息素的次数变少了很多。

虽仍有疑惑，但深海服的电量迫使我们告别。

人们总是会下意识地认为，社会性的合作是横向的，应该是由多个个体在同一段时间内的同一地点的共同活动。这种认知是基于大部分文明自己的发展情况做出的片面判断，是不完全正确的。对于踽鲸而言，社会性合作其实不需要在同一时间，只需在同一地点。

反馈报告里，我提出了一种新的文明论证观点，不出所料地，宇海露出一头雾水的表情。

"这种跨越时间的配合是一种纵向的社会合作，是一种无须交流的生产合作。踽鲸们先后到达某处的工厂，也许那儿刚起步建立，也许那儿已经建设完成，需要投入生产劳作。无论踽鲸遇到什么情况，都能默契地照着上一头陌生踽鲸留下的东西继续工作，直到附近的营养浓度不适合游荡再离去。直到几天后，或许是几年，又或许是几百年后，另一头踽鲸会路过此地，继续前者未完成的工作。一切都无须蓝图计划，无须彼此之间的交流，这足以证明踽鲸存在统一的意识形态。踽鲸或许在空间上是离散式的存在，但在时间上的集合绝对能构成文明的形态。"

我将所见所闻及照片证据发给宇海，仍解释了半个小时才让他信服。连说服他相信都尚且如此困难，更别谈要如何在法庭上让众人相信这点。

思考了良久，他突然问："所以遗迹是怎么建成的？"

"踽鲸告诉我，他们只会修理。"

等一下，遗迹是什么？连我都不知道遗迹是什么。

"我还没提到遗迹的事。"我感觉受到了欺骗，蓝鳞驾轻就熟的导游行动早就让我有所怀疑。

"你们早就知道下面有什么了，那些田地和工厂，你们都知道？"

他犹豫了一会儿，也许是在想搪塞的理由，最终发出一声叹息。

"对，你目前的所有研究，除了遗迹，其他的我们早就知道了。"

我想我的表情一定有些愠怒。

他叹了口气，无奈地说："这些都是机密，即便在法庭上，为了保护踽鲸的原住地也没有完全公开一些信息……像你这样纯粹的学者已经很少了，很多所谓的研究人员来这儿不过是混个资历而已，待不了几天就走了，有些甚至不敢下海。"

"那些田地、火山冶炼厂，你们都已经在法庭上提出过了？"

他重重地点点头。

"那为什么……"

"细微如蚂蚁的存在也能默契地挖掘出宫殿般的洞穴，深海中的鲸群也存在共同狩猎、养育的群体举动。倘若踽鲸真的不需要交流就能完成这一切，这更能证明这些行为本身就是刻印在基因里的天性，而非智慧文明的社会合作。这是他们的原话，你品一品，很有道理对吧？"

"可、可是这些工厂存在并不能满足踽鲸的任何原始欲望啊！"

"那你得能证明这些工厂的意义，找到工厂最后指向的东西，找到遗迹。"他突然摇头，"不，是让踽鲸带你找到遗迹。虽然新时代人类已经征服了太阳系，但至今都没能力完全探索星球上的海洋。我们没有能力对深海进行地毯式搜索。"

如果工厂的存在都无法证明踽鲸的离散式文明，那遗迹的存在就足够了吗？

/ 六 /

在很长一段时间里，蓝鳞都不肯带我去高塔遗迹。

"没有必要,那里什么都没有了。"

我很好奇,那里曾经有什么?

他总是这样回答,我只好偶尔单独行动,离开蓝鳞出没的海域。

这次,我找到了另一头蹼鲸,在离海底地面十余米的地方,这头灰白相间的蹼鲸一动不动地悬浮着。我上浮到他身旁,仔细观察,眼睑般的瞬膜呈现出半透明的苍白颜色。除此之外,他的背部秃了一片,脱落了鳞片的皮肤露出不自然的褶皱,呈现黑白之外的暗红。

他受伤了?

蹼鲸死后尸体会缓慢上浮,可能面前的蹼鲸没死多久,气体还未在他体内汇聚。又或者,他只是在睡觉。作为分解者,只要保持独行,他们就不会有太多生存上的危机,睡得像石头一样沉也是有可能的。

他的鞭须呈现放松状态,顺着微弱的洋流松弛在下颚后方。我用分析器仅存的一些信息素编译成语言,向他打招呼,没有回应。

前几天我还在怀疑蹼鲸是否分得清死亡,而现在我才发现,我也一样无法分清。我对蹼鲸的了解和蹼鲸对他们自己的了解一样少。

我在这头蹼鲸附近游荡了好一会儿,最终才下定决心把他拉回海底陆地。我用穿着深海服的身躯压着他,小心翼翼地向下潜去。水流的阻碍使得这一系列动作比我想象的要难得多,我不由得加重了力度。等将蹼鲸带到海底的时候,他的身躯突然炸裂开来,尸爆带来的冲击力如一颗迷你鱼雷的爆炸。

一时间,耳畔嗡鸣,整个世界在尸爆的鸣声中短暂地闪烁,犹若幻觉。

几个深呼吸间,我从短暂的混乱里清晰,检查了一遍深海服,没有损伤。随后,我开始观察记录蹼鲸尸爆后的躯体,他并非完全炸裂得四分五裂,虽然下半身没了踪影,但其上半身仍然完整……

不知过了多久，分析器突然显示出另一头踽鲸的信息素，那是我下海数周来从未见识的情绪：浓烈的悲伤，夹着一丝愤怒。我正想寻找这股信息素的来源，抬头只见一个硕大的影子，仿佛一座压下的小山，吓得我踉跄倒地。蓝鳞不知什么时候到了。

我组织了一大堆话来解释这一切，可分析器最终只处理出了一句话——

"对不起。"

"你做的？"疑惑间酝酿着怒火，蓝鳞分泌的信息素中带着责怪的情绪，我甚至感觉到周遭的信息素像燃烧起来一样燥热。

"温度在升高，走。"

蓝鳞的话让我才注意到，在我摆弄踽鲸尸体的这段时间里，温度已经上升到了四十度。我环顾四周，似有若无的断裂声从地底传来，声呐视觉系统用红色线条警告我，一点一点描绘着周围缝隙中传来的危险声响。

蓝鳞的鞭须缠上了那头踽鲸的半具遗骸，领着我从山脉的反方向走了。经过一个多小时的跋涉，蓝鳞才停下脚步，信息素里的情绪也缓和了许多。但他还是没说话，信息素里只表达着他的情绪。直到深海服电量告急，我向他告别，他才分泌出一个词。

"带走。"他把踽鲸的残骸推给我。

我还想说些什么，但后方的火山突然爆发，暗红的光柱在海水中急剧冷却，沉默地释放着曾带走浊星半数生命的耀光。远远望去，我看见岩浆从蓝鳞身后极远处喷射而出，正好在他脑门上显现。

浊星海底的死寂如故，火山爆发的轰鸣消融于此。

我必须走了。

上浮到距海底三千米的时候，低压和低营养浓度的环境似乎到了

宇宙回响

蓝鳞的极限，他才终于露出了一丝欣慰的神情，驻留在原地目送我远去。上浮了一会儿后，头顶不再昏暗，海面的微光渐渐显露，明暗交替之间，蓝鳞彻底融入漆黑。但我觉得他还没离开。

我最终什么也没说，在踽鲸的文明里，不存在告别的语境。

海面之上，没有月亮，但有群星，浊星的夜比我遇见的任何一颗行星的夜都要璀璨。踽鲸的漆黑的瞳孔似乎也在仰望星辰，可我的手稍微一松，他便又要下沉。我想起浊星海面的浮岛，花了一个小时才寻得一个还算坚固的，但它却像块薄木板一样上下沉浮。我费尽力气起起落落，最终将他和我自己甩到岛上。

我躺在岛上，又像躺在海面上，筋疲力尽，只剩一点力气与星辰相视。

自从星际旅行的时代到来，我都快忘记了第一次仰望星空的震撼。

踽鲸正目不转睛地望着夜空……蓝鳞说的没错，星空是看不见的，群星在他们不够发达的眼睛里只会糊成一片色彩。

/ 七 /

我有了一个大胆的猜想。

踽鲸确实看不见群星，他们只能听见星空，但在海底，天上的星星就是他们自己。他们死后会化作上浮的星星。像所有美好的童话一样，故事的背后藏着残酷的现实。踽鲸死后尸体会上浮，但大部分踽鲸都没有抵达海面的运气，会在漫长上浮阶段的某个地方爆炸，四分五裂。

对失声而且知识传递效率极低的踽鲸而言，深海的环境其实与我所体验到的并无差别，漆黑而死寂。尸爆产生的冲击在海底能绵延几十千米，曾在不到半秒的时间里点亮了深海服的声呐视觉系统。

这一声爆炸，是漆黑深海中的一束短暂的光芒，转瞬即逝的流星。

两周内，探测器在海底又接连收集到了四次类似爆炸产生的冲击。我将那头灰白相间的踽鲸带到空间站解剖，发现了更为反常的情况。正常情况下，踽鲸的生理结构决定了他们的身体并不会在死后汇聚腐败气体，但是在死去之前，踽鲸的鳞会反转过来陷入皮肤内，堵住所有气孔，主动封闭躯体。而这头踽鲸之所以没能上浮，是因为他背部的创伤导致了气体的流失。

所有踽鲸在自然死亡之前都会主动停止呼吸。踽鲸当然知道死亡是什么。我暗骂自己过去的愚钝。

我立刻向宇海汇报自己的新发现与推测，他对理论猜想依旧保持先前的态度，但这次却难得地给我的反馈进行了指正。

"别忘了，踽鲸之间缺乏交流和知识传承。他们上浮的原因不太可能是为了集体的探索，因为他们不知道这会为整个文明带来什么影响，也许他们根本意识不到尸爆是点亮海底的流星。"

"什么意思？"

宇海没了以前懒散的模样，正经地说："你看，在你的认识里，踽鲸死后上浮和尸爆是完整地联系在一起的，因为你能跟着浮动的尸体一起调查。但是尸爆大多发生在浅海层，踽鲸们根本看不见，在他们的世界里，死亡与尸爆也许是两件彼此没有关联的事情。"

我才醒悟过来，踽鲸们肯定意识不到那些是自己的同类，不然也不会以星星加以区分。

宇海突然发出一声细微的叹息："你是不是有点投入过头了。"

"不够，如果我真的够认真，那我不应该犯这种错误。"所有的信息无规律地在我的脑海中碰撞，像针线一样穿插出一种可能，"也许正是因为他们想探索浅海的景色，又或者他们觉得这样能在死后与其他踽鲸相聚？"

"死后？"宇海皱起眉头。

"只是一种推测，别担心，我觉得我很快能见到他们的遗迹了。"

"你不用那么努力的……"

"你应该比我清楚财阀的手段。如果二审政府再输掉，只怕他们会深入海底把踽鲸当作普通生物清理掉，不给以后翻案的机会。"

"我说过，官司的事情我们会处理好的。"

宇海突然默不作声，脸色凝重，缓缓吐出一句话："不会有二审了，以后也不会有其他官司。你的研究任务，要结束了。"

我怀疑自己听错了："什么？"

宇海露出我所不能理解的苦笑："为什么你那么认真呢，其实与你同行的另外十一人早就走了，我们只是需要你们挂个名在这儿进行研究，然后给你们发一个科研资历证明。"

"我不懂你在说什么……"

宇海挂断了通信。恍惚间，我上网搜索天狼星财阀的相关新闻，第一条便是财阀和政府庭外和解的消息。我不知所措地等了许久，突然觉得宇海的通信可能永远不会打来。通信最终还是响了，不过不是这段时间汇报时用的号码，屏幕上显示着宇海的私人号码。

我不明白，"我们已经快赢了。"

"你怎么还是不懂，我们根本不打算赢。当初是我们将浊星当作普通星球卖给了天狼星，现在我们要是赢了官司，还得赔更多的钱给他们。"

"那为什么还要找我们来研究踽鲸的文明……"我真的蠢，答案显而易见，我调查探索的大部分信息，他们早就知道了，"你们只是在用我给天狼星财阀施压，这里的研究根本没有任何意义。"

屏幕上的脸离远了些，宇海有些不知所措，眼神里的歉意在我看来显得那么虚伪。

他接着说："不是全部，我们确实还没有探寻到遗迹。天狼星财阀在浊星上投入了许多时间和金钱，一旦在法庭上证实踽鲸文明，他们也要撤离。他们也不想在法庭上与我们两败俱伤。你的努力没有白费，你会取得相应的资历证明，天狼星财阀也不会对踽鲸下手。"

我突然明白了一切。

"我现在只担心你们会对踽鲸动手。"

"什么？"

一直以来，政府都缺少一个保护踽鲸文明的合理动机。

"你们是不是打算……让踽鲸文明与联众星接触？"

气氛死寂如浊星深海，宇海像踽鲸一样沉默着。

"是的。"

人类政府在联众星里一直得不到其他文明的支持，踽鲸文明不过是一颗可以使用的政治棋子罢了。政治利益已经变成新时代人类探索地外文明的唯一目的。

"我还有多少时间。"

"一周。"

/ 八 /

几天里，我一直在思考继续探索的意义，最终才决定再下潜一次。

混浊的深海吞噬了一切，留下不足一米的可见度。就算是常年生活在海底的踽鲸，也只能看到七八米远。打开声呐视觉系统，寂静的海底空空荡荡，声呐形成的图像非常浅淡，细细的线条潦草地勾勒出

宇宙回响

了附近的轮廓。

一切还是那么的陌生。

蓝鳞在后方出现,他拖着一条装满可燃冰的管带,领着我向西游。他不会再用鞭须拉着我前行,我们之间已经没什么可以交流的了。我也早已习惯蹯鲸的游行速度,保持着一段距离,稳稳跟随着。如果人与人的交流是不断拉近距离的过程,那蹯鲸之间的交流就是不断疏远的过程。至少从人类的角度上来看是这样。

我渐渐明白几十年前学者放弃研究蹯鲸文明时的心境。同蹯鲸相处的绝大部分时间里,我都只能作为聆听者。他从来不会问关于我的问题,我为什么会在这儿,又为什么接近他们。

我设想成他们对其他文明完全不感兴趣,我尽可能朝着这方面假设,否则事情就会变成最坏的可能性:他们认识不到文明的存在,以为我身上厚重的深海服也是我身体的一部分,以为我只是一头长相奇怪的蹯鲸。

这一次游行花费的时间比以往都要长,我看了眼地图,我们已经离开了所有观光站的活动范围。我加速游到蓝鳞前头。

"这是要去哪里?"

"高塔。"

"好远,附近没有吗?"

"附近的高塔已经听不见星空了。"

我来了精神,如果这里的星空真的是指宇宙……

"因为轨道变动?那很快会再出现。"

突然,分析器接收到一份成分复杂、浓度时高时低的信息素,半天翻译不出来。最终这份信息素在海水中消散,被蓝鳞的情绪取代,他很困惑。这经历似曾相识,我立刻调出分析器的记录,果然,这情况在同红鳞分离时也出现过。

"星轨是没有规律的。"

"星轨没有规律？"

蓝鳞没有回答我，他无法解释这个问题，或者他没意识到这是个疑问句。我们继续游行了几个小时，终于抵达了目的地。蓝鳞望着面前的小山峦告诉我，这就是高塔。等我靠近看才发现，这竟然是用铜铁浇筑出来的建筑。

它高约三十米，我敲了敲它的外表，十分厚重。塔的底部有一个巴掌大的洞，我把探测器伸入洞里，声呐视觉系统显示，管道蜿蜒向上攀升，一边盘旋收窄。在曲度和坡度较大的地方还有许多由多糖布料形成的单向瓣膜，将管道分成了多条更加细窄的通道。这些通道又会在更高处交会，然后再分开，呈螺旋状上升……声呐的探测图只能显示上到十米的结构。我爬上高塔，塔的顶部有三个洞口，每个洞口都套着刺了小洞的布袋。结构与踽鲸退化的发声器官十分相似。

这就是宇海曾心心念念的遗迹吧，如果再早些遇到，这朴实的外观和设计只怕要让他叹气。说到底，我还下潜干吗呢？我抬头望向海面，浮力与重力的拉扯让我有一种失重于宇宙的错觉。

蓝鳞把可燃冰全部倒进底部的洞口，然后把两条孱弱的前肢伸进洞里，用体表的温度使得这些可燃冰急剧升华。

"你会冻伤的。"

"问题不大。"

气体开始在塔里的管道盘旋上升，管道里传来呼呼的风声。不一会儿，这声音开始变得尖锐，气体在细薄管道交错的地方剧烈摩擦，发出愈发尖锐的高频声响。我追着声音重新爬上高塔，能听见的声音却似乎越来越小，到十三米高时，高塔的声频已经完全超过人类的听

宇宙回响

觉范围。

我游回地表，此时可燃冰已经全部升华成气体，在管道内鸣叫。蓝鳞冻伤的前肢不停颤抖，但他却丝毫不在意，用鞭须抓着我的手臂。

"要来了。要来了。"

我看不见，头顶什么也没有出现。我盯着海面、踽鲸的天空，甚至侧耳留意起周遭那我不可能听见的高频声波。我真希望高塔的呼唤能指引星光越过海面，透过暗无天日的海水，照射到此处。

什么也没有发生。

"你听。你听！"

我沮丧地低下头，才发现海底世界竟突然明亮起来，声呐视觉系统的笔触不断落下，描绘着每一条裂缝和每一块岩石，轮廓粗细分明。高塔持续的高频声波击中了这个世界，折返到声呐视觉系统里，使得一切都变得清晰起来，发光的线条在眼前素描出海底世界的轮廓。我望向海底的边际，声音回荡所形成的画卷还在不断铺开，勾勒出远处的山川和平原，轻柔地绘出所有起伏。

这是踽鲸的灯塔！

我望着踽鲸，他的身形轮廓在声呐视觉系统中发出耀眼的光辉。他的前肢在这片璀璨中停止了颤抖，鞭须分泌着精简的祈祷。

"星光。星光。星光。"

星光真的出现了。抵达海面的声音触碰到了星辰，折射回另一段声波。眼前的画卷在这声涛铸就的光芒下浮现出暗面，为眼前绚烂的景色雕刻出明暗交替的阴影，整个海底世界第一次立体而清晰地浮现在眼前，让我舍不得眨眼。我抬头望去，深空中点缀着无数闪烁的亮点，群星璀璨。

蓝鳞的信息素中流露出向往与憧憬，那一刻，我和踽鲸感同身受。"这是第一次。"蓝鳞的鞭须紧紧地缠绕着我，"分享聆听。"

也许在踽鲸的认知里，那些漂浮的浮岛，就是他们上浮到海面的同伴。星星，就是他们对灵魂的别称。

十几秒后，一切渐渐消散，深切的悲凉随着光芒逝去渗入心扉。万籁俱寂，我瞬间被黑暗吞没，深海服探照灯的惨淡的光辉是那么可笑，像是一张贴在巨大创伤上的创可贴。那光芒像一个移动的牢笼，无法摆脱，也无法逃离。

漆黑与孤独的折磨令人无法忍受，不给人思考的余地，我只知道海面上存在光芒，我必须逃离这里。我疯狂挣扎着摆脱蓝鳞的鞭须，脑中只想着逃离到海面，因为我知道，那里有属于我的星光……

/ 九 /

几年后，天狼星与政府合作的空间站实验室落成，在浊星之上研究着能够模拟深海巨大压力的反向深海服。宇海又联系上我，向我讲述他们帮助踽鲸登岸的计划，邀请我重新潜入浊星。

我拒绝了。

那天以后，我再也没法潜入浊星的深海，连故乡的湛蓝海洋都令我畏惧，广阔的深海在我眼中变成了囚笼。我会偶尔回到浊星，欣赏光怪陆离的景色，红色的天空、绿色的海洋，以及总是像夕阳一样的旭日。我几度穿上深海服，却在接触到海面的一瞬间战栗，没有勇气下潜。

我希望蓝鳞忘掉我，希望他最好误以为我只是一头长相奇特的踽鲸。踽鲸的寿命很长，我相信他会忘记我。

宇宙回响

许多人在知道踽鲸的星空是随机浮动的碎岩岛屿时，总是觉得好笑。群星的本质是什么根本无关紧要，无论是看、听还是闻，或者是用有机生物体之外的感官去感受星空，对于群星的美好想象是智慧的倒影，每个文明都有着不尽相同的星空，但不同的星空都会指引着文明进行探索。

在海底那暗无天日的世界里，拥有智慧是一种诅咒。作为自然界的分解者，踽鲸的一生是无忧无虑的一生，他们像海水一样与这个世界融为一体，没有被猎杀的恐惧，没有捕猎的压力。而作为智慧文明，踽鲸的一生都在忍受折磨，几十年如一日地追逐着生存之外的事物，只为聆听十几秒的星空，聆听世界的轮廓。

如果我不曾见过光明，我本可忍受黑暗。但在蓝鳞踽踽独行的一生里，是什么在支撑他走下去？随着信息素语研究的深入，分析器终于能翻译出那两次故障中的语句。

蓝鳞浓稠的悲伤中带着一丝喜悦。

"我希望能再见到红鳞。"

代表悲伤的信息素在海水中散尽。

"我希望星空还会再出现。"

群星的声音，是希望的光辉。

作者简介
无 客

专情于科幻创作，居于深圳。爱好书籍、电影、游戏等一切能够讲述故事、表达情感的艺术形式。力求创作出能引发思考的作品，将科幻的魅力传递给更多人。

留　声

零上柏 /

/ 第一章　山脚 /

我们来到此地已有十几天，当地的食物终于让我们忍无可忍。祂们盛情邀请我们食用一种颜色艳丽的植物，看起来像是人类的心脏，闻起来有种沥青被加热之后令人作呕的气味。只有托马斯尝了一口，随后的一天内他都没再吃过东西。

娜塔莎揶揄我挑三拣四，我反过来以坠机前她撕心裂肺地哭喊回敬她，毕竟她向来自诩沉着冷静。不过在我们小队漫长的宇宙探索中，那样掉链子的事她可没少干。

全部落唯一会山坡语的就是维吉尔，我给祂做了很久的工作祂才勉强答应为我们做向导。索多玛部落的居民不太愿意和外界交流，也没有什么娱乐活动。即使生存已经不再是问题，祂们还是保留着远古的习惯，日出而作，日落而息。

其实这么说并不严谨，因为浮丘山没有白昼，也没有天空，人们头顶上是比脚下土地还要荒芜的酷似水星的地表，只反射惨淡的恒星光辉，视线所及的天穹全被这灰暗的地表覆盖，唯有山地边缘的天空熠熠生辉。不过部落里的人反复警告我们，不要到边缘去，凡是去了的人都没回来。

但这里还是能看到星空的，而且不需要仰望，只需要平视即可看见条带状的夜空，如果原地打转一圈，星辰会如同古代卷轴一样展开在眼前。

当地人对自己的处境并不清楚，大概率也不感兴趣，祂们根据自己身体的发亮程度规划工作与休息的时间。如果通体发亮，祂们就回去睡觉。如果身体变暗淡，祂们就会醒来工作。我一直对祂们倒头便睡的良好睡眠感到匪夷所思，因为我睡觉时旁边不能有一点光，而祂们自己就是大号的台灯。

索多玛人自太初就统治着山脚，当有人学会了使用工具，巫医发现了草药摆脱瘟疫，祂们的社会就再没有进步过。维吉尔是其中的怪胎，也是小队坠机后第一个和我们接触的人。娜塔莎作为语言学家首先和祂交流，但到了现在，她还是没能完全理解山脚语，这让她很有挫败感。

我对理解这种从牙缝里挤出来的语言不感兴趣，在我看来，这些原始人能否互相理解都是个问题。

不过这不妨碍我和维吉尔成为好朋友，有时候礼物比语言管用，作为小队队长兼飞船驾驶员，我有义务进行一些外交方面的工作。在我的诸多礼品中，祂们最感兴趣的是厨房里的榨汁机，祂们把邀请我们吃的那种植物放进机器里，后面的画面我再也不想回忆。

维吉尔喜欢我送的《星际航行概论》，作者是钱学森，母星上的一位科学家先驱。维吉尔看不懂，但对里面的插图很感兴趣。

回想起十几天前的那次航行，我还感到后怕。

出发前我们开过讨论会，大家一致认为这是一个温和的星系，和我们的家园太阳系有异曲同工之妙。恒星沃晟有三个太阳那么大，离它最近的行星但丁和水星类似，但质量更大。但丁自转缓慢，暴露在沃晟辐射下的永远都只有同一片区域，而我们小队正是从但丁背对着沃晟的一面进入大气的。

我们还没进入预定轨道就被但丁捕获了，引力把我们拽向这颗行星的另一面，当飞船越过晨昏线，浮丘山夸张地矗立在广阔的荒漠上，我不住地赞叹自然的鬼斧神工。

浮丘山并非一座传统意义上的山，不是说它太低矮而不足以称为山，它足够巨大，而是它的位置不对，山巅凶猛地插进地表，山脚高高地挂在天上。这是一座倒过来的山，像一根圆头钢钉杵在但丁星上。

很快我发现，捕获我们的似乎不是但丁，因为飞船正不受控制地朝着山地边缘飞去，越过边缘就是恒星沃晟，我判断这磅礴的引力应该来自它。

我开足马力，双手死死地握在操纵杆上，似乎要榨干最后一点能源。飞船像喝醉了酒似的撞击地面，迫降在维吉尔面前。

但丁的地核十分庞大，与它娇小的外形不符，天文学家歌川博司认为，正是沃晟惊人的引力导致行星上所有不坚固之物都被它吞噬。山脚是受恒星引力影响最大的地方，四野荒凉垂黑，无论是当地人还是动植物都矮小且佝偻。

这微妙的双星系统创造了当地人微妙的存在方式，祂们浑然不觉自己是倒挂着生活的。

按说这座颠倒之山应该早就步入恒星的滚烫之中，可它却顽强地抓住但丁不放，这是个神奇的现象。

同样，这颗离恒星最近的行星也早该投入恒星的怀抱，可它也惊险地一次次与死灭的命运擦肩而过，这就是我们考察小队来此的目的。

在是否继续向山坡前进的问题上队伍内部产生了分歧，我、歌川博司和托马斯都同意继续前进，而娜塔莎、切萨雷和艾里克则认为应该留在原地等待救援。

我的反对者以艾里克为首，他向来喜欢和我唱反调，捣乱是他的兴趣。他提议大家分开行动，我则表示强烈反对。作为队长，我向来要求集体行动。

争论以娜塔莎的妥协结束，她最终站在了我这边。

对于大家想要留在原地的情绪我可以理解，毕竟在我们停留的十五天里，蛾摩拉部落的行径大家有目共睹。他们从山坡上的石墙里冲出来，受特殊的重力影响，他们只需要坐在木板上，轻轻一推就能顺坡而下，然后掠夺成年男性，把他们赶回石墙里。

蛾摩拉人的武器要比索多玛人的先进得多，他们有精致锋利的箭矢、乌黑的盔甲，甚至是简易的火铳，虽然用得不太好，偶尔会误伤自己人。

石墙环山而建，根据地理学家切萨雷的粗略计算，估计有六千多千米，差不多是一座明长城的长度了。高度大概二十米，我们看不见山坡的情形。托马斯对此感到十分不解，他是位优秀的人类学家。既然山坡部落对山脚部落有着压倒性的优势，山脚水土肥沃且有广阔的平原，为何他们不下来统治这片广袤土地？

唯有穿过那堵石墙才能知道答案。

维吉尔建议今天动身，我们收拾好了装备准备出发。

祂是唯一一个从山坡逃回山脚的人，然而只是阴差阳错在蛾摩拉人下山时滚了下去而已。

祂知道如何与蛾摩拉人沟通，也知道石墙隐蔽的通道位置，但能否进得去还要看我们的本事。

就在这时，蛾摩拉人再次发动了对村庄的袭击。他们叫嚣着从山坡上滑下，零零星星的箭飞到我面前。艾里克再次掏出武器，他早就想给这些原住民一个教训，我抬手制止了他。

和蛾摩拉人交恶不是个明智的选择，毕竟我们还要进入他们的地盘。星际探索小队应当对其他文明保持观望的态度，这是我们的守则，况且未来这种友好的关系还会发挥作用。

我带领大家退回到飞船附近，这些天我们一直住在可塑材料搭建的房子里。就当我要关上门时，艾里克敏捷地冲了出去。

这时我才发现，维吉尔没有和我们一起躲进安全屋，而是向反方向跑去。

我跟着艾里克跑出去，剩下的人也无法安心，都蜂拥而出。我能远远地看见维吉尔的身影，村庄已经着起火来，索多玛人的草房子像玩具一样被熊熊烈火连根拔起。借着风势，倒塌的草屋带着摧枯拉朽的火焰吞噬下一座草屋，像多米诺骨牌一样，很快这片村庄就要化为乌有。

蛾摩拉人的进攻比前几次凶狠，之前我们都躲在飞船内旁观，这次他们终于看见了这群不速之客。

维吉尔在土里刨着什么东西，艾里克揪住祂细长的耳朵，想把祂拽走。

我粗暴地推开艾里克，把维吉尔扶起来，祂手上拿着我送祂的《星际航行概论》，上面沾满了土。

祂用委屈的眼神看着我，我不知道该说什么好，便做了一个山脚语中表示感谢的手势。

宇宙回响

大家陆续来到我身边，每个人都全副武装，我先前命令大家不要携带枪支，避免传递错误的讯号，不过在这种情形下，我也不便让大家手无寸铁地保护自己了。

我们的目标太大，向我们飞来的箭矢和投枪越发密集。一个身披软甲的蛾摩拉战士提着类似手斧的武器冲向我们，艾里克在一旁无动于衷，眼看就要到众人面前，他才挑衅地看了我一眼，然后轻松掀翻了那个战士。

蛾摩拉语比索多玛语清脆许多，真不敢相信这是从一个五大三粗的壮汉口中发出的。下一秒钟发生的事更令我震惊，被艾里克踩在脚下的蛾摩拉人企图抽出腰间的猎刀，艾里克迅速用枪射杀了他。

"艾里克，你知道你在干什么吗？"

"清理垃圾而已。"

他说得云淡风轻，无所谓地打量着已经死去的战利品。蛾摩拉人迅速包围了我们，有节奏地唱着战歌。我发现他们的脚底都垫着厚厚的鞋垫，像是黑色的海绵块。

局势一度陷入僵局，我只能依靠维吉尔来化解。祂上前和领头的蛾摩拉人交流片刻，中间做了一个双手向上交叉的动作，这在索多玛语中代表神的意象，看来这种表达方式也存在于蛾摩拉语中。

那个头领听了之后，端详了我们许久，估计祂从未见过穿太空服的人，感觉比较新奇，随后祂又盯着死去同胞的尸首，也凝视了许久，似乎在思考。

我喏喏着，呼唤大家放下手中的枪，以小队装备的杀伤力，把这些人全部化成灰不会耗费丝毫力气。艾里克是最后一个放下枪的，但他还是保持一副恶狠狠的状态。

头领长啸一声，极具穿透力的呼喊声笼罩四野，其他战士不再唱歌。祂又说了句什么，战士们都收起自己的武器，有序地退到一边，为我们让出了一条道路。维吉尔在前面领着，我跟在后头，向着山坡进发。

维吉尔一直冲我嚷嚷，大致意思是祂们要为我们举行典礼，具体什么内容我也听不太懂。

我转头看了看焦枯的村庄，发现那位蛾摩拉战士的尸体还躺在地上，直到最后一个人离开，也没人给他收尸。

/ 第二章　山坡 /

小队在蛾摩拉部落待了五天，众人的不满情绪就上升到了极致。我们的一举一动都在当地人的关注之下，迫于压力，我们只能在睡觉时间小声讨论，一不小心就会惊醒祭坛旁的祭司，然后祂就会摇晃着脑袋跪在我们面前，诵念一些远古的祝词。

山坡的气候与山脚是天壤之别，地表烫得能煎肉，当然蛾摩拉人就是这样做的。我教给祂们很多烹饪的方法，比如用铁锅炒菜，用石锅煨汤，还可以制作一些铁签子串上肉，这些都是地球上中国人的家常便饭。

祂们很愿意接受这些新鲜事物，有几位祭司是我看着他们长胖的。

饮食可以改变一个文明，原来在分配食物时疯狂争抢的现象渐渐减少，人们的心情似乎也变得舒畅起来。一位祭司崇敬地告诉我，菜式变得丰富之后，自己撰写史书的灵感都变得更加丰裕。

蛾摩拉部落的首领就是那日与我们相遇的头领，没想到祂竟然亲自带兵打仗。蛾摩拉是个尚武的部落，总让我想起古希腊的斯巴达。也许是他们生存环境的艰辛，这里的人向来奉行优胜劣汰。我们易如反掌地战胜了蛾摩拉战士，祂们便把我们当作神灵，把我们请上祭坛，围着我们跳舞唱歌。

这种简单的偶像崇拜让大家感到不适也不屑，但这并不妨碍他们把始终保持敬畏的蛾摩拉人当佣人使唤。

维吉尔没有和我们住在一起，不过首领同意了我的请求，没有让祂和其他索多玛人一样干苦力，而是充当翻译。

山坡语和山脚语有相似之处，但发音更加清晰，而且形成了简单的象形文字。娜塔莎根据刻在火山岩上的文字已经基本掌握了这门语言，只是有很多重复交叠的意象需要反复解释，这也是初级语言的通病。

我私下里告诉娜塔莎，即使她能熟练地运用山坡语，也尽量装作不懂的样子，给维吉尔留一些存在的价值。

首领邀请我们参观祂的国土，部落所属的领土就像是圆台的侧面，一个完整的闭环。通向山顶的路上也修满了石墙，山下的索多玛人被抓来做壮丁，唯一的工作就是修墙。

无论上下，两边的墙都奇厚无比，大约有五十米宽。山下的石墙有四个洞口，分布在东西南北四个方位，而山上的石墙没有洞口。

首领对山顶的问题避而不谈，我也只好不再提起。

山坡上的岩浆树里充满了岩浆，大型动物以岩浆为食。我们观赏了一次围捕大型动物的行动，一部分人持盾在前，盾牌上附着的是和祂们的鞋垫相同的隔热材料，一种木纤维素纤维，用岩浆树的树脂制成。另一部分弓箭手和投枪手在后，专门射击要害。

祂们把猎物从岩浆流边驱赶到石墙旁，猎物庞大的身躯撞在墙上，刚刚修好的墙坍塌大半。射手们深谙这里的重力特点，抛物线拉得很高，箭矢准确地插入猎物的身体。最后一击由首领完成，祂把投枪送进猎物的眼睛。

为了我们长久的安全，我们需要展示"神"的威力，因此我默许了艾里克参与打猎，结果当然无须多言，引力波反重力武器把一头身长四米的野兽抛向空中再狠狠摔下。蛾摩拉猎手们纷纷举起双手并交叉在一起，这对袍们来说的确是神迹。

我心中隐隐不安，长远来看，这种干预可能会造成负面的效果。可以小队现在的处境，生存依然是第一要义。

大家的焦虑情绪在增长，托马斯不止一次提醒我，我们应该回到飞船边等待救援。他同时负责通信工作，所以他十分清楚小队面临的危机。通信系统在不断广播我们的求救信号，但是没人回应。但丁星的磁场干扰囚禁了我们，相比之下，山脚反而是信号最好的地方。

其他人或多或少也有这样的担忧，虽然我嘱咐托马斯不要把我们孤立无援的情况透露给大家，但恐慌很容易传染，灾难中的人们总是敏感的。

我在心里已经决定，再停留几日就返回山脚，虽然还没有揭开山顶的神秘面纱，但我需要对全队负责，我们都不愿再冒险。

维吉尔终日在石墙边，看着自己的同族干活。不知为何，我又想起母星上的长城，那是一个伟大的工程，无论是军事性和艺术性都远超这些破破烂烂的石墙。

我和歌川博司站在维吉尔身后观察袍，我们很好奇一个原始人此刻的大脑是如何活动的，究竟是悲悯还是麻木？

远处的一个索多玛人叫喊了一声，其他人都围了过去，手持长矛的蛾摩拉战士怒吼着把袍们驱离。维吉尔也走了过去，望着正在被修复的石墙，这应该是前几天围猎时被撞坏的部分。那个战士挥舞着长矛，冲向无动于衷的维吉尔，看到跟随着走来的歌川博司和我，才悻悻地退到一边。

维吉尔并非不害怕，祂的背部闪闪发亮，这是索多玛人恐惧的表现，据娜塔莎说还表示惊奇的意思。

我们顺着维吉尔的视线望向石墙，在众多砾石中，一块平坦的石板显露出来。这部分石墙损坏严重，切萨雷建议祂们把这部分全部推翻重盖，防止以后再次倒塌。

索多玛人正在清理这些石块，但清理进程过半时遇到了阻碍。

我出神地与那块石板对视，其上诡异的纹路似乎在告诉我，这不是一个蛮荒文明能够建造的。

娜塔莎阅读了蛾摩拉人为数不多的历史，史书没有交代文明的起源，其中神明的元素却有规律地出现。可小队并没有在浮丘山发现其他的宇宙飞船残骸，这使得我们严重怀疑历史记载的真实性。

然而蛾摩拉人也没有提供其他具有说服力的证据，我们的研究只能囿于猜测。小队返回山脚的计划暂时搁置，毕竟石墙里隐藏的石板足以让大家忘记恐惧，变得兴奋起来。

切萨雷利用现代工具清空了索多玛人费力垒起来的石墙，但墙并没有消失，一道充满工业气息的围墙出现在人们眼前，褪去外层石墙的包裹，这座墙显得威严无比。墙体看上去像是水泥浇筑的，实则用了可塑性材料，是星际工业中很常见且经济的建造方式，我们认为很可能是某家矿业公司的采矿船在此坠毁。

蛾摩拉首领支支吾吾地给我们解释，维吉尔在一旁翻译。祂们几乎同步地做出了那个表示神灵的动作，周围的索多玛人和蛾摩拉人也纷纷这么做。

娜塔莎小声告诉我祂们对话的大意，很久之前这道墙就已经存在，那时通向山顶和山脚的墙都是封闭的，部落首领带领战士们试图推翻石墙占领山脚，可始终徒劳无功。部落里对首领的反对声浪越来越大，首领对自己的无力感到愤怒，无奈只好求助于神灵。神灵为祂打通了通往山脚的通道，首领命人用石块把原来通道两侧的墙覆盖，同时被覆盖的还有人们对超级力量的恐惧。这个秘密只在首领间世代流传，最初的那位首领叮嘱后人不得侵占山脚的地盘，否则会受到神的惩罚。

很蹩脚的故事，但对于一群未开化的原住民来说，逻辑还能基本自洽。任何神神鬼鬼的事情背后，都是他们对自然的敬畏与无知。

我观察过通向山脚的洞口，切割得很规整，应该是采矿设备进行的作业。其他人也认同采矿船坠毁的说法，看来的确有人类曾经在这里停留过。

现在最关键的是找到他们，抱团取暖是人类的本能。还有一种可能，就是找到他们的尸骨，不过大家都极力避免往那方面想。

首领指了指山顶，双手举起在空中相交。

我们的登山之旅又将启程，维吉尔向首领解释，神们要回到自己的宫殿了，祂自己也对此深信不疑。

可是神们自己却不知道该如何回到自己的宫殿。托马斯试图向山顶发送求救信号，却杳无音信。他的担心不无道理，船员们长期孤独的生活可能会使稳固的成员关系发生异化，当他们长时间脱离人类群体，自身的人类属性就变得有些模糊。

虽说我和我的队友们合作多年，但这样的事情我们都是第一次遇到，我不知道我的小队还能撑多久。

接下来的几天，小队对通往山顶的石墙进行了全方位的勘测，希望能找到一条通往山顶的路，然而结果令我们大失所望。石墙威严地护卫着山顶，我只能看见山巅凶狠地刺入但丁的伤疤里，山体却笼罩在一片浓雾之中。

艾里克采用简单粗暴的方式，他操纵着一块巨石，把它扔过头顶，巨石成功越过石墙。当这块石头落了地，我心里的石头也可以落地了，毕竟我们还可以直接翻墙。可惜事与愿违，巨石在飞跃石墙中轴线时气化了。

我们没有气馁，这反而加深了我们的信心，石墙后一定有我们的同胞，我们只需要找到他们，有效地交流，然后大家一起想办法回去。

为了能让山顶的人呼应我们的讯息，每个人都绞尽脑汁，歌川博司甚至站在石墙前念松尾芭蕉的俳句，娜塔莎和托马斯则与石墙上的花纹较上了劲。

蛾摩拉人把我们莫名其妙的行为解读为一种仪式，在我们忙碌时，祭司会在一旁记录我们的行为然后画在树皮上。

娜塔莎悲观地认为我们的行动很可能将流于行为艺术，没有回应意味着很多可能，解读越多就会越发绝望。

艾里克在心里盘算着什么，我太了解他了。

"为什么我们不直接把墙炸开？"他提议道。

这一鲁莽的行为竟然获得了多数赞同，作为队长我只好同意。艾里克从山脚下弄来了重炮，架在石墙前颇有气势，引得蛾摩拉人都来围观。

能量加载的时间仿佛有一个世纪那么长，我真希望时间能够静止，永远停留在这一刻，好让我们的理智能再次占据大脑，可惜不行。光束有力地冲击墙体，这应该是浮丘山最明亮的光源，蛾摩拉人的身体也跟着闪亮起来，像是某种神秘的远古感应。

能量槽空了，艾里克麻利地更换能源，准备第二次发射。

此时，众人面前的石墙唰的一下消失不见。我急忙冲到炮台边，抓住艾里克即将放下的手，差一点那只手就要与发射钮亲密接触。

那是一扇门，像是雾做成的，看不清后面的事物。门上有图案在变动，是六个小人儿走进门的情景。门后的力量似乎只允许我们六人进入，我有些遗憾地看向维吉尔，祂好像明白了什么，双手举起在空中交叉。

其他人都跟着祂这么做了，场面很是壮观，跟地球上的宗教仪式如出一辙。

娜塔莎向着山坡上的人喊了一句，在两种语言中都表示感谢，我们其他人也跟着做了。我不知道小队的干预会对这两个文明产生怎样的影响，更不敢说让祂们变得更好了，终究我们还是站在现代人类的视角看待祂们。

不管怎么说，蛾摩拉人逐渐养成安葬同族尸体的习惯了，这是一个好的开始。

/ 第三章　山顶 /

即便三个月过去了，大家依然对自己进入山顶时的感受滔滔不绝，这种震撼令每个人毕生难忘。

我第一个跨入门中，得以率先领略眼前的浮游胜景。优雅的白色建筑群环山而建，郁郁葱葱的植被覆盖视野中的每一个角落，线条优美的飞船起起落落，飞鸟在天空中翱翔，人们惬意地在广场上散步……如同桃花源一般的世界。

这里是山顶文明，先进的迦南部落。我们之前对山顶的猜测被全部推翻，并没有什么采矿船的落难船员，石墙是迦南人建造的。虽然迦南位于山顶，但这里却是温度最舒适的低海拔地区，气候宜居，风景宜人。

刚来这里时，当地人盛情邀请我们参加宴会，上桌的全部都是中式菜肴，这不免让我感到疑惑。一位长老通过转译系统告诉我，这些菜都是我在山坡教蛾摩拉人时祂们学来的。

"你们一直都在注意我们？"我小心翼翼地措辞。

"倒也没有，客人们是自己闯进来的。"

飨宴结束，长老领着我们来到接近山顶的白色宫殿。这里的房间建得很有意思，内部空间呈圆环状嵌套，每一个圆环都是一个独立的房间。长老们的办公地点就在靠近中心的倒数第二个闭环里，这里布满了动态的屏幕，我感觉自己好像走进了巴黎的艺术画廊。

屏幕展示了蛾摩拉人和索多玛人的一举一动，我在一些画面里看到了自己。

"纳米摄像机？"歌川博司问道。

"哦，是的。"长老胡乱在空中比画，"很先进的科技，用来观看山下野蛮人的生活，这是我们这里最受欢迎的娱乐。"

"我们也有这种技术。"切萨雷嘟囔着表达自己的不满，我也对迦南人偷窥他人的不良癖好感到很不自在，然而我们自己就深陷于这种癖好的困扰之中。

"咳咳，我们能不能见见你们的科学家？"我连忙打圆场。现在要紧的是请迦南的科学家帮助我们发送求救信号。

长老看上去也有些尴尬，听了我的话，祂又恢复了神采。

"我们就是部落最伟大的科学家！"长老张开双臂，在场的其他长老纷纷点头，"我们会帮助你们离开这里，当然，如果客人们想永久住在这里，我们万分欢迎。"

我谢绝了祂的好意，恳请祂尽快帮我们回家。

三个月过去了，我向长老会询问了无数次，每一次祂们都以各种各样的理由搪塞我，后来干脆以公务繁忙为由拒绝见我。

我们在山顶的生活无比舒适，每个人都有自己独立的宅院，衣食住行都是全自动化的，比在地球还要便捷。每周我们会开一次会，讨论接下来应该怎么办。整个小队的风向渐渐发生了变化，大部分人失去了回家的动力，心甘情愿待在这里享受，唯一支持我的居然是艾里克。

"队长，我们现在就身处魔女基尔克的宫殿里，再不走祂们就该把我们变成猪了。我可不想在这种地方度过后半生。"

微妙的平衡很容易被打破，我们和迦南人就处在这样的境地，双方都有所保留。也许是心理作用，我总觉得冲突的阴云正笼罩于山顶之上，如果贸然摊牌，很可能造成不可挽回的后果。

我和艾里克心照不宣，这些天山顶发生的一些匪夷所思的事情，让我们对迦南文明产生了质疑。

一次艾里克经过一个空荡的院子，出于好奇就进去看看，发现几个迦南人正笨拙地清理着什么，他躲在暗处悄悄观察。当时正是晚饭时间，一份份精美的食物从出餐口涌出，祂们把食物倒进大布袋子里，地面上一片狼藉，看分量应该足够吃十几天的了。艾里克一路跟着祂们，最后到了一个类似垃圾焚烧厂的地方，许多迦南人都扛着布袋走了进去。

另一件事发生在我身上，那天我想要乘坐城际列车去长老会，正在站台上等车，远远地看见驶来的列车旁挂着一个迦南人。列车到站后门开了，祂把自己夹在门里的手提包取了出来，慢悠悠地走了。我跑到车头想提醒一下列车长，这种行为太危险了，却发现车头连窗子都没有，应该是无人驾驶。

见到了长老，我跟祂们提起这件事，祂们口口声声说会解决的，然而几天之后切萨雷又发现了这样的事。

为了揭开心中的谜团，我和艾里克走遍山顶，发现了很多空置的宅院，里面堆积的食物已经发臭，迦南人隔一段时间就会来清理一次，然后把这些垃圾送到焚烧站。

怪不得迦南人的饮食起居这么规律，因为祂们根本不知道怎么关闭送餐口！

在来的第一天我们就掌握了房间里的全部按钮，而作为这里的主人的祂们居然不会？这座美好的城市在我眼中变得诡异起来，它就像一台永不停歇的机器，旁若无人地运转着，似乎根本不在乎是否有人在其中生存。

艾里克劝说大家一起去找长老们，可剩下的人完全丧失了斗志。突然从蛮荒社会回归文明社会，无论是谁都会沉溺其中。但我要的不只是回到一个文明社会，我要回家，地球是我的家，我还有父母、妻子在等着我。

虽然我和艾里克动机不同，但我们的目标是一致的：离开这里。

"怎么可能，科学研究都是需要时间的嘛！"长老嚷道。

我把我们的发现统统告诉了长老，祂几乎瞬间乱了阵脚，小队的其他人在我和艾里克的软磨硬泡下，终于不情愿地和我们站在一起。

"你们根本就不是这里的主人！"我宣判道。

长老愤怒地叫嚣着，感觉自己被深深地冒犯了，满是皱纹的脸上散发着紫色的光，转译系统已经分不清祂在说些什么，卫兵从四面八方闪出，把我们团团围住，杀气腾腾地望着我们。

"放心吧，对付一群把激光枪当狼牙棒用的野人，我一个人就可以。"艾里克掏出藏在袖子里的反重力装置，我还没来得及阻止，他就像串糖葫芦似的把卫兵们钉进墙里。

艾里克对迦南人没有丝毫好感，肚子里的火气憋了很久了。

我们都亮出藏在身上的武器，对准长老们。外面的卫兵蜂拥而入,奈何我们劫持了人质,祂们不敢轻举妄动。我在心里暗暗感谢艾里克,是他提议携带武器以防万一的。

"不好意思,我们要暂时接管这里了。"

以长老会为阵地,小队轻而易举地控制了山顶,消息没有泄露出去,居民们仍保持着安逸的生活。

"我们不想杀人,我们只要答案。"我说道。

长老们打开了白色宫殿的最后一道门,从倒数第二环进入了宫殿的中心。这里很久没人来过了,地面上积起厚厚的灰尘,立柱上缠绕着植被,结着那种与心脏同形的果实,我不禁有些作呕。

领头的长老向我们交代,上古时代迦南人的科技水平就远超山坡和山脚的部落,祂们是进化速度最快的种族,为了维持秩序,祂们修建石墙以区分三个文明,并自以为是地扮演了神的角色,傲慢地目睹山下野蛮人的生活。

人们热衷于此,便不再发展科技,渐渐地就没人懂得过去的技术了,几个世纪的时间跨度摧毁了这个部落的精神。后人们享受着祖先的荫庇,也承担着祖先犯下的错误。

位于房间中央的是祭坛,和蛾摩拉人为小队提供的祭坛形似,祭坛正中摆放着一颗钢铁心脏。我走近观察发现,是一个引擎。

所谓的祭坛似乎感应到了人们的到来,发出细微的轰鸣之声并散发出蓝光,这应该是操纵城市运转的调度平台。长老们整齐地把手臂举过头顶并在空中交叉,目光惊惧地盯着祭坛。

我忽然想起娜塔莎前段日子和我提过的发现,从山脚到山坡到山顶,三个截然不同的文明的语言系统却呈现出诸多相似之处,譬如那个表示神明的手势。

虽然山顶语听上去已然和山脚语大相径庭,但语法和发音方式都

宙回响

是大致相通的。还有蛾摩拉人鬼画符般的文字，在山顶浩如烟海的书籍中也有所体现。

听她这么一说，连山顶人和山脚人的长相我也觉得相像，更何况三个种族都具有身体发光的特性。

艾里克催促长老走上前，祭坛看上去需要解锁才能使用，长老滑稽地不知道该把手往哪儿放。我指了指一个圆形的图案，示意祂把手放过去。

长老一副视死如归的表情照做了，然而祭坛没有任何反应，依然淡淡地泛着蓝光。直到所有的长老都试过，还叫来了卫兵尝试，祭坛仍无动于衷。

我好像隐隐知道了答案。

依我们的要求，迦南人从山下请来了蛾摩拉首领和维吉尔。蛾摩拉首领勇敢地把手放在祭坛上，祭坛的光闪烁了几下，像是电压不稳的电灯，然后归于沉寂。

维吉尔则缓缓地把手放了上去，显得有些恐惧，祂的背部自然地亮了起来。

我期待的事情发生了，祭坛上开始出现文字，整个浮丘山的三维结构在祭坛上浮现。维吉尔戒备地后退，就像平日里遇见大型动物时那样。

大家都惊愕地看着维吉尔，长老们脸上的表情更是阴晴不定。

"各位不必惊讶，"我说道，"从山脚到山顶，就是一部活生生的文明发展史啊！"

无论是物种形态还是语言文化，三种文明都表现出依次进化的特征，而之所以浮丘山上仍存在三个文明，则是很典型的种群脱离现象。山脚的一部分索多玛人由于不可知的原因，没准儿是族群内部的战争，而转移到山坡生活，山坡炎热恶劣的环境改变了祂们，把祂们变成了一个全新的种族。又过了不知多久，人们发现了气候条件适宜的山顶，蛾摩拉人中的一部分再次离开家园去往山顶，这就是最初的迦南人。

维吉尔唤醒了祭坛，这是祭坛对如今迦南人的莫大嘲讽，祂们已经丧失了祖先的基因。娜塔莎有些后悔，用索多玛和蛾摩拉为山下的两个部落命名实在有失公允。相反，迦南在我们眼中渐渐变得浑浊，再也不是那片流着奶和蜜的应许之地了。

当然，这只是一点猜测。托马斯从人类学的角度赞同了我的观点，但感性上却不容许我们相信。

为什么当初山顶那批人没有把自己的同胞接到更优越的地方生活？

没有人知道答案。

歌川博司则提出了更为实际的问题：但丁这颗星球是怎么避免被恒星吞噬的？

大家沉默地思考着，就连那帮迦南长老也煞有介事地沉思。维吉尔在确定无害后终于对祭坛放下了戒备，祂的个头刚刚超过祭坛，踮着脚才能看见三维浮丘山的全貌。

我下意识地蹲下身子，顺着祂的目光观察。

穿过山脚索多玛部落的辽阔田地，我的视野飞到边缘地带，越过那条看似遥不可及的地平线，来到浮丘山的底部。原来巍峨的浮丘山之下，居然是一个偌大的洞口。

这时我才发觉，整个浮丘山模型居然都是围绕着祭坛中央的引擎成型的。

／ 第四章　山底 ／

小队所有人加起来毫不逊色于一个顶尖大学的科研小组，我们经过一周的研究基本掌握了山顶的科学。娜塔莎功不可没,毕竟只有破解了文字才有开展工作的可能。

越是发达的文明,越是愿意隐藏发达背后的技术细节。图书馆里无边无涯的文献来日方长,小队只需搞清楚粗略的操作方法就足够了。

迦南长老们放弃了抵抗,祂们没有负隅顽抗的理由。我们替山顶解决了城市建设中的诸多问题,比如关闭送餐口和紧急停车,还把这一切归功于长老会的英明领导,祂们应该表示感谢,实际上祂们也这么做了。

我从迦南人的祭坛上把引擎拿了下来,长老本想阻止,但艾里克凶神恶煞的目光让祂闭了嘴。我向长老借了一架飞船,看样子是初民时期的作品,模样简陋,毫无舒适度可言。

然而,它却能承载现代人类飞船都无法装配的特殊反重力引擎。跟迦南的引擎比起来,艾里克手里的装置成了花拳绣腿的样子货。

说起来也好几个月没有驾驶飞船了,为了防止意外事件,我没有选择直接从山顶起飞,而是从山脚开始滑行。

这可把蛾摩拉人和索多玛人吓了一跳,祂们再次展现了自己无与伦比的神明崇拜,以及那标志性的敬神手势。我俯视山脚星罗棋布的村庄,人们无不仰头望天,祈祷神灵护佑。

为了保障小队在山顶建立的临时政权不在我们外出时被颠覆,我带上了长老会的全部成员,还有维吉尔,反正这飞船很能装。

"接近边缘,高度矫正,引擎申请切换。"副驾驶托马斯报告。

"同意切换,执行。"

飞船掠过地平线,穿过边缘地带,翻身进入浮丘山的底部。反重力引擎对抗着恒星沃晟的牵引,我感觉身体也受到恒星的影响而产生一种强烈的抽离感。透过驾驶舱的窗户就能看见,正值盛年的沃晟火

留　声

热地迸发着生命力，可生活于浮丘山的人们却丝毫感受不到光明的润泽，真是可惜。

从这个角度看，但丁和沃晟相距甚近，我们似乎行走在恒星与行星构成的峡谷之中，近距离的压迫总给人渺小无助的感觉。

我稍稍提高了高度，飞船悬浮于山底的大洞上方，以便摄像机和测绘仪清晰地捕捉浮丘山的全貌。

系统传回的测绘结果令我大吃一惊，这浮丘山的内部居然是空心的！

此时的浮丘山如同一朵盛开的喇叭花，面向炙热的沃晟旺盛地开放，又像一台留声机，播放着无人聆听的交响。

深渊般的大洞漆黑一片，仿佛黑洞一般要吞噬一切物质，沃晟的永恒之光也无法在其中播撒光明。飞船与黑洞相互凝视，我不知道是否应该下降。视界内不可逃逸，洞内回响着死神的呼唤。

托马斯投放了飞船内的无人侦察机，在深邃的大洞前宛如沧海一粟，我们的飞船更像天地间的一只蜉蝣。我看着它平稳地飞入洞内，探照灯的光照不亮任何一处，似乎一去不返。

过了一会儿，画面开始回传，无人机正在经过山脚的地下，内壁上是光滑得看不到一丝焊接痕迹的特殊材料，应该是用来巩固整个山体的。

无人机继续前进，洞口开始变窄，监测到温度在不断上升，已经进入山坡地界。山坡的内壁并不规整，看起来坑坑洼洼的。

既然山体内部是空心的，山坡上的岩浆从哪里来呢？

"无人机失去联系了。"托马斯惊呼道。

我竟傻傻地想通过肉眼找到失去联系的无人机，但很快我发现这并非徒劳无功。山坡地带的内壁正变得通红，就如同过去燃气灶加热时那样，在红色的帷幕映衬下，一个渺小的黑点正快速移动着，在视

139

野里成倍地放大，笔直地向飞船袭来。

轰的一声，无人机在我还没来得及调整飞行姿态时击中了飞船，稀巴烂的零件像子弹一样四散开来。

小队成员们镇静地返回自己的座位，系好安全带，他们已经训练过多次了。歌川博司把维吉尔的安全带也绑好，迦南长老们则乱作一团，手忙脚乱地坐回位置上，安全带缠成了麻花。

"系统报警，我们在后退！"不用托马斯提醒，我已经感觉到了，有一股力在把飞船推向危险的恒星。

飞船现在腹背受敌，既受到恒星沃晟的引力，又受到来自浮丘山洞的推力，我拨动操纵杆，反重力引擎开到最大，向洞口边缘飞去，我能清晰地听到引擎过载的呻吟声。

我被窗外壮观的景色震撼了，但丁与沃晟跳着危险的双人舞，行星眼看就要陷入恒星之中，它们挨得太近了。我偷偷地瞟向维吉尔，我第二次从祂的眼睛里看到了悲悯。

山坡地下的火光越来越强烈，宣泄出磅礴的能量，但丁在做最后的挣扎。

"但丁到达近日点了！它在脱离沃晟的束缚！"歌川博司兴奋地说道。

系统推演出了但丁的运行轨迹，投影在操作台上。但丁正在缓缓地远离沃晟，但还远不足以脱离它的掌控，它们有惊无险地擦身而过。从山洞内爆发出的能量拍打在恒星上，引起剧烈的恒星风暴，沃晟喷射出的高能带电粒子流使得飞船系统暂时休克。

谜题解开了。

我打开了舷窗，大家都趴在窗台上一睹眼前的奇景。飞船正在经过山坡地下，斑驳的内壁像是钟乳石山洞。

经过对洞口的多次观察，歌川博司发现了规律。只有在但丁与沃晟的距离缩短到一定程度时，洞内才会产生抗拒恒星引力的反推力，保证但丁不会被恒星吞没。

根据详细的测算，他得出了两星之间的安全距离，只要保持安全距离，我们就可以进洞探秘。

山坡酷热的气候也得到了比较令人信服的解释，洞内倾泻而出的巨大热量需要一个散热器，而山坡上的特殊岩石形成一个天然的散热系统。位于底层的岩石受热后化为岩浆上涌，上层的岩石自动补位，不断循环。

通过开采判断，这种岩石是人造的，而非天然生成的。

穿过山坡内壁，我们进入山顶内部，这里真像是原始山洞，岩壁上整齐地刻满了图案和符号。

位于山巅的巨型引擎则提醒着贸然拜访的陌生人，这里不是什么原始社会，而是一个拥有先进技术的骄傲的文明。

迦南长老们虔诚地举起双臂在空中交叉，这是祂们离先祖最近的时刻。我相信，祂们能产生共鸣。

眼前的引擎简直是飞船上反重力引擎的放大版，给人带来的视觉冲击难以名状。无人机再次飞出窗外扫描岩壁上的雕刻，随着转译系统一点一点读出上面的文字，一幅文明发展的图景呈现在我们眼前。

岩壁上记录了一个伟大的文明，祂们生活的母星幅员辽阔，气候寒冷，人们靠耕种勉强维持生活，科技进步缓慢，始终停滞在蒸汽时代。然而，稀薄的大气层越来越无法抵御日益狂躁的恒星，地表迅速升温，眼看就要成为人间炼狱。为了生存，科学技术竟开始突飞猛进，潜藏在大脑中的智慧基因帮助人们逃离母星系，流亡太空。

流浪者们在宇宙中漫无目的地飘零，能源即将耗尽。弥留之际，希望眷顾了人们，为祂们送来了一颗天堂般的行星。人们得以重新安家落户，在这颗星球上建立灿烂的文明。好景不长，一路高歌猛进的发展遭遇瓶颈，一部分人索性放弃了科学研究，全身心享受生活；另一部分人则居安思危，努力突破技术的桎梏。

近日行星接二连三地被吞没证明了人们并不是杞人忧天，天堂终有被摧毁的一天。人们怀着悲痛的心情建立了一座丰碑，在上面播撒文明的种子，纪念曾经拥有的辉煌，在逝去中保留存在，为自己的文明留声。

这是一个伟大而值得敬佩的文明，同时也是一个悲哀的文明。

娜塔莎流下了眼泪，托马斯也暗暗地叹气，我不禁怅然，这难道就是曾经那个文明的遗迹吗？祂们如今身在何方？

也许祂们又开始了漫长而孤独的迁徙，抑或是已经连同但丁上的一草一木被沃晟吞噬，宇宙中再也看不到祂们的身影。

这是一台文明留声机。它以生命作曲，奏响荡气回肠的绝唱！

不知怎的，我眼前浮现出嵇康被问斩时的场景，依稀听见他的叹惋声："袁孝尼尝请学此散，吾靳固不与，《广陵散》于今绝矣！"

我驾驶飞船返回山顶，环顾四周繁荣的景象，头一次感到生命、宇宙以及一切都是如此虚无。浮丘山文明的先辈们不会想到，祂们绝望的举动却延续了文明的火种，让文明在新的轮回中重生。祂们更不会想到，文明陷入了可悲的死循环，迦南人辜负了先祖的期望，再度陷入沉沦与停滞之中。

我突然觉得，那些逝去的人无法知悉未来之事，似乎是一种幸运。而身处未来的我们，却显得有些可怜。

伴随着轰鸣声，飞船再一次离开山顶，赶去与一光年外的人类舰队会和。随后，舰队会在小队的指引下来到这里，掠夺与杀戮无可避免。

没办法，星际探索计划本就是为侵略计划服务的，这也是我们来此的真实目的。

山顶在视野内变小，洁白的建筑像是过家家的玩具。维吉尔举起自己的双手交错在空中，余下的迦南人也跟着做了。

不知道我的《星际航行概论》又被维吉尔埋藏在哪个坑里。

我下意识地想要以这个动作回敬祂们，不过我抑制住了这种冲动，估计其他人也和我有同样的感觉，我竟无法想象人类舰队摧毁这文明遗珠的场景，那将是一场灭顶之灾，足以消灭文明的全部幻想。

不能让这样的事情发生，脑子里有个声音对我说。

可我又能做些什么呢？

飞船穿过大气层，反重力引擎以万钧之力将我们带离但丁星，很快就要摆脱恒星的拉扯，留声机状的浮丘山被甩在身后，如同一位孤独的吟游诗人，向着想要吞噬它的敌人歌唱。

我把手轻轻地放在操纵杆上……

作者简介
零上柏

陕西师范大学文学院学生，腾讯科幻研究及文化传播课题组成员，中国科普研究所区域科幻产业研究课题组成员，作品散见于《科幻世界》、ONE·一个等平台，曾获第二届星火杯全国高校科幻联合征文大赛一等奖、第四届冷湖科幻文学奖短篇二等奖等，作品收录于《杜邦的故事》《赛什腾之眼》等科幻小说合集。

放　云

李　翌

/ 1 The Happening–Pixies /

"挺浪漫的，不是吗？"我说。

黄土、黄土、黄土、Pixies、伸进雪山与垂云的狭长公路和 XP 桌面般的蓝天，保养得很差的红色旧车不属于车内的任何一人。

迷幻、躁动，和令人饥饿的期待。

"如果你正在想的和我一样，"开车的人眼皮都没抬，"我当迪恩·莫里亚蒂。"

"别吧，给我塞尔玛成不？"我乞求。

"方向盘可是露易丝握着。"

"我看你像手工皂商人。"

"而你把枪塞进自己嘴里。"

"这不公平，"我吸气，"开车的总是酷上那么点儿。"

"你可以当萨姆·温彻斯特。"

"你对迪恩这个名字是不是有执念？"

"好吧好吧，欧比旺怎么样？"

我隐约觉得又吃亏了，但因为很喜欢欧比旺，还是点了点头。

这是我们的游戏，乐趣不在于谁当谁，而是整蛊迟到的第三人。

"下一个上车的是加·加·宾克斯。"我宣布，然后意识到这项游戏被中止的时间几乎与最初设计要整蛊那人的迟到的时间一样长。而且从路况与车况来看，我们可能永远等不到加加了。周遭的气味开始虎视眈眈，我训练有素地陈列吸入器、鼻腔喷雾、口服液、滴剂和其他可能只是起安慰作用的片剂，悄悄平息了这场突袭。心脏缓慢、沉重、响亮地跳动着，汗液、铁锈、油脂、掉漆的人造革、老化的塑料、空调的陈年灰尘和廉价柠檬香膏，这些气味对我来说只是无差别的嘈杂。

"专心任务啊大师。"老邱腾出一只手把我额头上的增强现实眼镜捋下来。

不可否认，就平息余波而言，这个建议确实有效。

/ 2 Where Is My Mind? –Pixies /

老邱是绿组高级探员，我是她临时找的打手。

她突然出现在我家门前，说缺一个在她开车时盯着能量塔然后对周围无差别攻击并拣点装备的人。她的黑眼圈几乎延伸到了嘴角，眼睛却亮得像星星。手攥着揣在兜里的什么东西，不断交换着身体重心，可能也觉得自己的理由很扯。

"不然我找别人了。"她又说。

我没事可做，也不相信她能找到"别人"，实在想不出理由拒绝她的邀请。

但从西宁站下来看到她租来的小破车后，我后悔自己当时没有更努力一点。

老邱开车时总是习惯性探着脖颈，像是在努力嗅着方向盘上的什么。

我知道她其实什么也没闻见，那些气味只是我一个人的战争。

一开始，我发现自己能仅凭气味预知四个小时以后的雨。

接着，餐点的组成和制作者们烹饪的状态对我来说变得清晰可见，所以我顺势做了一段时间美食评论员。

当那些气味不再以混合的美妙整体形式出现，而是变成一只只纠缠不休的骚扰虻，我开始觉得不对劲儿。毕竟品出一个忧伤大厨的叹息，即便是出自最刁钻的鉴赏家之口，也有些惊悚了。

被耳鼻喉科和神经内科接连转出来的时候，我知道是时候慌了。

那会儿气味于我已近乎固体，有时候是困住我的一堵墙，有时候是劈头盖脸的一顿暴捶，大多数时候是嘈杂市场里一声盖过一声的争吵与一千只土拨鼠的尖叫。对我来说不存在"久而不闻其臭"的情形，挣扎着挨过了与某种气味的鏖战，下一次又能认出它混在其他新的气味中向我放冷箭，还不忘得意扬扬地问句"想我了没"。如果我闭上眼安安静静地装作这些嗅觉噪声不存在，应该可以和老邱一起平安毕业；可我终究抑制不住闪避和格挡的条件反射，以及偶然暴发的狂躁，休学在家对所有人都好。理由写的是过敏性鼻炎，对外也是这么解释的。亲戚觉得大惊小怪，推测是小孩自己厌学，好歹比实情体面得多。我妈觉得是因为加加,我也这么觉得。我见了咨询师,把各大教派的心灵课程听了个遍,尝试了针灸、推拿,甚至学了瑜伽。后来不得不换了个远离书房的极简房间,因为那些思想也像是逐渐形成了自己的气体分子,和纸屑油墨一起与异见厮杀,我甚至能听到它们振动碰撞的嗡嗡声。

老邱听说这些的时候愣了一下。幸亏我出门前洗了澡,她说。

那阵子她游戏打得很凶,类似背了无数遍的"abandon"所描述的疯狂,开了家网店卖游戏光盘,有时候也做解说,但没什么人看。她手腕上贴着治疗腱鞘炎的土方膏药,颈椎前倾严重。讲话时语速很快,因而吐字不清,有种打了鸡血般夸大的兴奋。

我爸觉得让我和她出去走走没准儿是件好事,会有点积极影响,原话。

每个人应对悲伤的方式是不同的,我心想。也许是像她那样在虚拟中掌控真实的尝试,或者是在发现了真实的荒诞之后的自我放逐,说不准。

就像一瓣碎瓷片认出躺在不远处的另一瓣,我知道我的真实已经失控了,她的情况更糟。

乱成一团的两人头也不回地跳上车一路向西,像极了公路片的开头。

/ 3 Wave of Mutilation–Pixies /

车载音响传出的乐声带着先天和后天的 Lo-Fi 风格,老邱用手指在方向盘上敲打着节奏。我突然想起马丁和鲁迪,不敢相信我们竟然落下了《敲开天堂的门》。

"还有《古鱼复苏》。"老邱说着,鬼使神差地把车停在了路当中。

"你知道这里原来是一片海吗?
"那时候世界还没被人用旧,而喜马拉雅和我们一样年轻。"

潺潺的水流从老旧的音响中淌出,慢慢没过脚踝。微咸、带着海藻的柔嫩腥气,被一个比现在稚嫩得多的太阳温暖着,洁净、安然、轻盈。车里的杂物摇晃着漂浮起来,被水流裹挟着轻轻碰撞又远离。阳光通过波纹将跳动着的金色的网投影在车顶,而水面下方是毛茸茸的白色光流。我没有在意自己很快会溺死在车里的事实,想都没想过,但当水没过我的鼻子,我一瞬间认出了那个长久以来纠缠我的老朋友。

周遭的一切不是水流,而是气味,我知道气体分子们是可以通过某些方式影响嗅觉以外的东西的,却想不通它们用了什么手段赋予自己色彩与质感。

那些粗粝不羁的气味,就在此时,是前所未有的乖巧驯顺。

海水,或者让我误以为是海水的气味灌满了小车,然后从我悄悄打开用来通风的车窗缝中溢出。我和老邱交换了个眼神,抓住把手背靠车顶,合力将天窗拉开。当我们钻出天窗时,所见的已经被发光的海水淹没了。

明亮、轻盈、纤美,我们在温暖的海水中漂浮,舒适得几乎产生困意。巨大的远古生物在我们周围悠然游弋,偶有好奇者向我们投来类似克拉姆斯柯依画笔下女郎的高傲一瞥。有些看着吓人,大多数长得像个笑话。要换平时,只消一张照片便足以让人失去理智,可不知为什么,它们令人安心的气味让我们坚信是无害的信号。

"看来之前图片展里的那些丑鱼,还算几十亿年来进化出的大美

放　云

人。"老邱笑了，说。

她离我有一段距离，但声音就像是凑在耳边。

我试探性地张了张嘴，没有像预想中的呛一大口水，或灌进一阵风。

"可能是那会儿没这么多消费主义陷阱可以踩。"我说。

"如果美即正义，那我们还真是罪无可赦啊。"

"你们，别算上我，裁判是不能参加评比的。"

我们追打笑骂着在金色的柔软海洋中兜游，穿梭在海底漏出的蓝绿色锯齿形光柱之间。这些奇异的光，看起来如此年轻、生机勃勃，我从没想过光能给人这种感觉。我望见远处安静趴伏的云朵，折射着周围的色彩的波纹。

一片海底的云，绝对值得考察。我向老邱示意，一起向云游去。

就在这时，海底开始微微震颤。像是桌前久坐的人伸了个懒腰，舒展僵硬的肌肉，而我们身处的这片海洋是他肩窝的一小滴汗液。

昆仑山、阿尔金山、祁连山、巴颜喀拉山。我念着这些名字，将思绪从高中课堂上不算愉快的时光中抽离。它们因喜马拉雅的造山运动而崛起，将我们的温暖海洋围困成湖。

可惜，我已经爱上那片海了。老邱摊了摊手，却没有很遗憾的表情。

先前海底奇异的光柱依然有规律地跳动着，为周围的水染上蓝绿而带些荧光的诱人色彩，那片云朵却因为湖床的伸展而离我们更远了。湖中的生物比起海洋自然是无趣得多，我们一致投票决定继续追寻海底的云。

我们经历了湖泊的干涸，结束了迷幻的失重之旅，终于踏上湿润的沃土。我们见证了原始森林的萌发、壮硕与衰老，感受脚下土地在干燥西风的吹蚀下逐渐瘦弱，森林变成草原，草原变成沙土，沙土析出白色的盐晶又被吹散，土地干裂的缝隙很快被加深、扩大、打磨，我们几乎无法保持直立，只能倚靠在其中一个土丘背后捂住双眼，时不时从手指的缝隙中瞟上一眼。

蓝绿色的光柱跳动加快，但亮度依然稳定。

当周围一切停滞，或者说只是按照他们应有的速度运行时，那光跳动了两下，消失了。

而我们正站在中国最大的雅丹群之中。

俄博梁，有人认为这里是地球上最像火星的地方。

如果说火星闻起来像是干燥的盐与被太阳烘暖的沙子的话，我会认为我们就在火星上。

"这算什么，集体错觉吗？"老邱无力地呜咽。

"外加梦游。"我看了看远处的小红点。

车里的饰物零星散落，尽数找回多半不可能。我们的头发凌乱，袖口和裤腿为了方便蹚过泥淖而挽得老高，脸上残存着梦幻般的神情，看上去精神不太正常。

老邱突然想起什么似的拍拍衣兜，然后捏起一片暗灰的石头样的物件，那东西一碰着阳光就消散了，等我狂奔着凑过去的时候，她手心里已经渣都不剩，只留下一股微弱叹息般的气味。就连这点气味，也很快被风稀释了。

"是之前钻进口袋的鱼。"老邱解释。

"你，在你还不存在的时候，摸了一条，不存在的鱼。"我一字一句地说。

"那现在又怎么说？"老邱耸耸肩。

我俩面面相觑。在尴尬的沉默笼罩之前，我觉得自己有义务对此回应些什么。

放　云

"就当是柴达木寂寞很久,想找人讲一讲自己的前半生。"我艰难地说。

"就,挺狗血的,开头有些尴尬。"老邱评价说自己胃酸都起来了,但鉴于她想不出更好的解释,这一观点暂时保留。

"哎,云。"

老邱的注意力很快从我的表述局限转移开来,我悄悄松了一口气。

那片伏在海底的云,依然趴在原来的位置,安静乖巧。

老邱的手指张合着,不难猜出她在动什么歪脑筋。

我立马追了上去。

/ 4 Greens and Blues–Pixies /

卡尔维诺说云是种旋转流动着的冰冷颗粒状物质。

在攒够实地考察的钱和胆量之前,我决定保留这一印象。

而青海的云与它潜伏在各地的同类相比,有着极为特别的存在感。想象一片蔚蓝如洗的洁净天空,神圣而又高远。你站在大盐湖旁,刚巧身边没有红裙少女,你会觉得难以分辨水色与天光,仿佛进入倒转的世界,这便是体会"天国清浅,海洋深邃"这行诗句的绝妙时刻。你骗过了地心引力,向水晶般的无垠苍穹悠然飘去,然后,突然,你撞上了某样沉重的东西,眼冒金星,慌乱中重又被引力逮住。你睁眼看这一悲剧的罪魁祸首,哦,青海的云。和天际线几乎一样长而连绵不断的、重重堆叠厚实得不像云朵而像一千床老棉被的、将天光遮蔽得一丝不漏在地上投下浓重阴影的,青海的云。你困惑,渗出冷汗,你不明白为什么这里的天看起来这么高而云却这么低,你担忧

151

宇宙回响

这长云有一天会坠下来将你捂在地面动弹不得,你怀疑这云不是大气的奇妙产物,而是来自远处雪山的某个秘密石窟,传说那是云的国度的入口,将你从美妙幻境中撞落的,则是逃亡的云国偷渡客。

青海的云就是有这样的存在感。

如果不是因为过于兴奋而左脚勾住右脚,老邱本可以比我更先摸到那片云。

我将手拂向那片白色雾气。

分不清是湿润的微小水雾还是凉薄的虚弱气流,除了一股字面意义上闻所未闻的云的气味,我几乎没有感受到任何东西。

然后,以我的指尖为中心,气流开始汇集。像是把手指放在音响前。

云中气流逐渐稳定,多了一种光滑的弹性质感,紧接着有了形体。萦绕在身边的气味实体像是突然决定开个小差,放松了对我的钳制,长久以来我第一次感到自由。面前的形体有了气味,又生长出色彩。当老邱气喘吁吁地跑来,我已经和我自己的镜像面对面了。

我的大脑一片空白。于是你知道当真遇到某些情况时,人类的表现可能与夜行时猛然撞见远光灯的鹿并无差异。

老邱愣了一下,将我和我的镜像仔仔细细打量了一番。

"绝了。"她感叹。

不愧是老邱。要在平时我绝对会为她的清奇思路起立鼓掌。

我活动了我的嘴。我有了感觉。我让自己能够受到注意。

我的镜像张了张嘴,或者说是在嘴位置上的随便什么东西。试探着,发出了气流微弱振动的声响。

我听到了响声。我区分了响声。我制造了响声。我制造了语音语调。我能够说话了。

在我们惊恐的注视下,我的镜像用老邱的嗓音,一模一样、完完整整地重复:"绝了。"

老邱有点儿慌了,在云雾旁转来转去。

"恶作剧吧。这种情况,全息投影?这玩笑还挺贵。无人区找插座挺难的嘿。老王,老王你这什么表情。你跟他们一伙的?Hello? Can you hear me? 不好笑哦。你看我有在笑吗?"

镜像将这些话丝毫不差地重复了一遍。

于是我们意识到,在我们面前的是同样的智慧生命。

而且,它正在学习。

也许它是地球上先前从未被发现的生命体,也许来自外星——毕竟总有人想方设法向全宇宙广播地球坐标。"如果它真的是个外星人……"我顿了顿。

"那么'第五类接触'还算不算成立?"老邱兴奋地补充。

我想了想,友好、文明、交流三个关键词一个都没沾上边,应该不算吧。而且,你也很难严肃对待那种一来就和地球人学说话的外星人。

这一点意外地令人安心。

语言不同的两个种族如何进行交流?翻译。

从一开始,翻译如何将两种语言联系起来?基于双方拥有的相同事物。

一方有而另一方没有的情况呢?将该事物向另一方展示,然后让他们为其命名，作为公认的标准。

当双方对语言之间的对应关系达成一致，能够以较小的障碍理解对方的表述时，就完成了翻译。

我想，最早的翻译一定是个生活在两国边界的商人。早在两国建立联系、派出专业的官员之前，他已用自己的蔬果或小手工艺品，无意间沟通了两个文明。

我们现在就是那个商人。

"根据我多年看电影的经验，如果遇到不讲英语的外星人，应该先互相自我介绍。"老邱说。

"根据我多年的做人经验，我们应该交给专业人士处理。"我说。

我们等待着从天而降的帅气特工和全副武装的特种部队，告诉我们一切尽在掌控之中。但是没有等到。

"我猜，这也许说明我们是主角了。"

仔细想来，如果风尘仆仆穿越群星，刚抵达一处新景观，还没来得及修整一番、看清自己身处的世界，却被杀伤性武器顶着脑门儿盘问来意，所乘的飞船被拆解，然后又被抓进玻璃罩榨出每一滴不属于这个星球文明的知识的那个外星倒霉蛋是我们中的任何一个，绝对是个非常悲伤的故事。

一个事实：当另一方文明似乎没有产生语言，似乎能控制气体分子的时候，教会它使用自己的语言比上述所有情况都要容易得多。

也就是说，如果这是在游戏里，我们不光选了初学者难度，还开了挂。

/ 5 Echo–GUMI /

老邱指了指自己。"人类。"她说。又戳了戳我。"人类。"她重复。镜像抬起手,指向老邱和我。

"人类。"镜像说。

我看见了。我辨认出了看见过的物体。我指向了所指的物体。我学会了描述所指的物体。

用相同的方式,镜像辨认出了泥土、石头、天空、云朵、纸巾、钥匙、手机和蛋黄派。

"蛋黄派。"镜像又说了一遍。

老邱将撕开包装的蛋黄派递给了我的镜像。

我现在知道自己对什么东西很有兴趣的时候是什么表情了。

这时候我已经确信我们面对的是个外星人。一个掌握超空间技术的智慧生命,不知道跨越了多少光年的距离来到地球,做的第一件事是学人说话,紧接着对一个蛋黄派又瞧又捏又闻。虽然我坚决捍卫一个人漫无目的、无所事事的权利,但在这种情况下要保持严肃真的很难。

我记住了。我记住了那些学到的符号。我看见了所描述的形体。我用同样的名称描述了类似的形体。

我闻见了。我认出了我熟知的气味。我嗅见了从未闻过的气味。我知道了这种气味的名称。

"汽车。"老邱指了指远处的红点。

"汽车，有，蛋黄派。"

老邱又做出离开的动作，"走？"

我的镜像靠近老邱，那片云乖巧地跟在身后。

我惊讶得不敢相信自己的眼睛。

就在刚才，我们拐了一个外星人。

"你想什么呢，"我冲过去轻声对老邱说，"你甚至不知道它是谁，从哪儿来的，来这里做什么，它现在却要坐上我们的车？"

"哲学三问对它来说还太早，"老邱说，"这些问题我们自己难道就能回答出来吗？"

我沉默了，老邱总是很有说服力。

和一个游戏成瘾的人打交道，最麻烦的不是她对支线任务和主线任务同样地重视——我已经分不清两者的区别了，而是她认为一切都有一个存档点，当你搞砸了，只要重启任务，烂摊子会恢复如初，死去的人会重生，一切都像没有发生过一样，你还有无数次尝试的机会来找到那个完美路径，然后进入下一关。我想这就是为什么老邱总是一副恃无恐的样子。

可这世界并没有什么存档点，因此我们必须互相照看。

下一站，дэлхийн。

我扳过后视镜，监视着车后座的另一个自己。她一手捏着蛋黄派，一手拿着平板电脑——老邱在上面下载了一个早教应用程序。她兴致勃勃地用老邱的声音模仿着机器女声——苹果，香蕉，梨，男孩，女孩，我叫小明之类的。我觉得现实失控的程度如此之高，以至于嗅觉对我的干扰已经在危机排行榜上降到了第二名。

我学会了。我学会了词语。我学会了动词、名词、副词、指示词、形容词和物主代词。我获得了词汇。我将词汇组成句子。

她学习的速度很快,我觉得在她考上清华之前是时候自我介绍了。

"我叫老王,她叫老邱。"我说,"你叫什么名字?"

她张了张嘴说了"我叫……"后面什么都没有。与此同时,我嗅到了一股微苦的盐的气味。

"你叫啥,再说一遍?"老邱挠挠头。

我再次闻到了那股气味。

"这是你们交流的方式?"我问。

她表达了肯定。

"我的天啊,老邱。他们没有语言,因为他们是用气味进行交流的。"我想,和我们碳基生物不同,这是一种气态的新生命形式。

"那我们会不小心闻掉你一个胳膊吗?"老邱问,"虽然我目前啥都没闻见。"

"不会。"气态版的我说。

镜像有着我的脸和老邱的声音,这会儿听着很像老邱在自言自语,有一种诡异的氛围。

"我们没法模仿气味,"我问老邱,"该怎么称呼她?"

"这简单,你以后就叫小加了。"老邱大声宣布。

"我叫小加。"小加说。

我们的游戏终于等来了第三人。小加,加·加·宾克斯二世的昵称。只要我们保证这个外星人远离《星球大战》,就不会有任何问题。

宇宙回响

我变成了句子的对象。我得到了我的名字。我复述了我的名字。我说了我。

我们待在 дэлхийн 的时间比预想的要长,主要原因是小加对烹饪的浓厚兴趣。

没错。那个一来到地球就学人说话,又被蛋黄派轻易拐上车的外星人,最后爱上了烧烤。宇宙之大,惊喜装不下。

一开始我们是早上和傍晚出去探索周边的奇景。镇上的蔬果等物资需要外面配送,牛羊肉则自给自足,物美价廉。我常常想起那个"我就闻闻味道"的笑话,但小加确实不用吃饭,晚上,当我们在招待所休息的时候,她便高高兴兴地坐进那片云中与蛋黄派为伴。

有一晚我们去吃了露天烧烤。

夜空中悬浮着的橙红色火星随着热浪上下翻飞,下面的木炭烧得通红,三双饥饿的眼睛紧盯着烤架上的肉。腌制好的嫩羊肉需大火快烤以锁住内部的水分,逼出肌肉蛋白的香气。雪白的羊油在炭火炙烤下披上了金黄酥脆的外壳,油脂滴落在木炭上,发出噼噼啪啪的声响。一把孜然、一把干辣椒,在油脂与高温的共同作用下,赋予羊肉串以灵魂。

我本来是无力支撑此等视、听、嗅三重盛宴的,能冷静坐着的主要原因,应该是小加把大多数气味都吸走了。她这会儿正注视着烧烤师傅手中上下翻飞的肉串,看得呆了。

然后她说:"能让我试试吗?"

我闻到了新的气味。我学会了改变气味的方法。我创造了新的气味。

放　云

于是我们吃到了这辈子吃过的最好吃的烧烤。而小加，一个刚来地球不到一周的外星人，在我和老邱两人之前找到了工作。宇宙之大，惊喜装不下。

此后我们白天睡觉，傍晚爬起来去烧烤店帮忙。收摊以后还有大把时间探索дэлхийн之夜。

/ 6 Mars-Feyde /

夜色温柔，群星免费。

我们整夜醒着，直到晨曦催促星空闭门谢客才离去。

有意思的是，都市生活的一切都提醒着你自己的渺小，我们却常常逃亡荒野，从大自然口中得到确认。难道答案会有不同吗？

我们躺在报纸上，望着天空傻笑。

"古代的时候，人们会给星座命名，相信它们运行的角度和距离不同，会决定一个人的命运。我想知道，你在繁星之中穿行时看到了什么样的景象。"

我将手枕在脑后，转向小加。

悬挂在黑暗的真空之中，被太阳照亮的、小小的、蓝白相间的光点。

在它后面是明亮、暗淡、热闹、荒凉、燥热、冰冷、水晶般通透、尘土漫天、一碰即散的群星。在那些星辰之间，恋人、亲人、友人、同事、同学，擦肩而过的、素昧平生的，不断地相遇、相依、别离，然后重复。他们的声响嘈杂不堪，他们的气味混杂不清，他们用力地渴望着也被渴望着，不顾一切地爱着也被爱着，无视星辰大海山

159

宇宙回响

川平原种族肤色性别年龄与他们曾经走过和未来要走的所有路。

"你的故乡是什么样的?"作为交换,我描述了家乡浓得化不开的桂花香气、渔网间跳动的银色小鱼和彻夜不眠的灯光。

一颗非常小的粉色星球。她的名字不能用任何语言发出,你需要将小指塞进耳朵回忆星球上一种植物的芬芳。我们复制一种气味,然后将它塑造成各种形状,赋予它们色彩与功能。这就是我们每天所干的事。

我们经历的一切都变成了自己的气味,讲述着我们一生的故事。由于种种原因,我们会渐渐丧失对气味的掌控,当气味完全逃逸回到它们原来的地方之时,便迎来了你们所说的死亡。

"我以为她会很像火星,很像这里。"我说。
"当你选择远离家乡时,寻求的是不同,而不是相近的事物。"老邱说。
"是什么让你选择了地球?"

你还记得那片海吗?有着蓝绿色的光柱的那片气味的海洋。

我们点了点头。

我快要死了,闻遍了星球上的每一种气味。我想在这星球之外一定存在着更广阔的世界和完全不同的气味。于是我摘了一片云,开始在宇宙间巡游。

放　云

我和老邱一凛，小加仍是平静的神情。

然后我看到了蓝绿色的奇异的光。它对于我来说，是一股冲动、有力、生机勃勃的气味。闻起来就像……

"十听雪碧。"老邱补充。

闻起来就像十听雪碧。
然后我降落在俄博梁，掉进那一片变幻着的气味的海洋。

"我还以为那片海洋是因为你才出现的。"我惊讶了。

我也只是个观光客罢了。
我想，也许地球只是想要为自己的故事找个听众。

"那你找到想要的气味了吗？"

比那更好，我学会了创造气味的方法。我学会了说话，我还认识了你们。

"等等，你说你快要死了。"老邱严肃起来，"如果我们给你一个恒定气压的容器，将所有气味都锁在里面，你是不是就永远不会死掉？"

我们做过相同的尝试，遗憾的是我们的生命力只来源于不断的感知。

"如果我们用化学方法或者其他任何技术重塑了你的气味，是不是就可以将你复活了？"

我们并没有创造气味的技术。但是理论上可行，找对了气味和方法，你可以重塑任何一个人。但是……

"死亡是唯一需要战胜的敌人，我是这样相信的。"老邱坚定地说。我觉得老邱偏执得有些吓人了，急忙打岔，发起命名星座的比赛。我命名了螃蟹座、饭勺座和衣架座，小加命名了狗狗座和毛肚座，老邱始终一言不发。

/ 7 Lithium-Nirvana /

我常常想起和小加分别的那一天。
我们第一次在白天醒来，小加想再去一趟俄博梁，我们就开车出发了。
到第一次见面那地方，东西一点儿没变，可我们已经变了好多了。
小加问我们会不会放云。
我说不会，老邱说会。老邱就是什么都说会的那种人。
小加把云交给老邱，然后从里面摸出一根发亮的丝线样的东西绕在了我的手腕上。

我和老王就站这儿，你拿着云。我说跑，你就拽着云撒丫子往前跑，等风把这云吹得你拽不动了，或者我说停，你才能放手，听到了吗？

老邱摆摆手说："小意思，别瞧不起人。"

放　云

记住，跑的时候千万别回头瞧。等会儿摔你一大马趴我绝对第一个笑。

我刚想说我俩之间我才是跑得快的那个，突然间全都明白了。我看了小加一眼，小加向我眨眨眼。我认识镜中的我脸上的每一个表情。

预备，跑。

我的手腕被牵动着，抬头望见那片云远去、缓缓上升，然后与青海堆积在整个天际线的厚重的云相汇合。
我的眼泪一下子掉了下来。
我感到身边小加的气味渐渐淡去，然后完全抽离。
于是除了对她气味的记忆，什么都不剩了。

这世界上的一切都变化得太快，我想。就像海明威说的，我们所有人都让一些事情给搞得迷惘了。我们在数不清的浪潮中挣扎着前进，有时力竭而被冲回原处，只能相信自己的感知。我们迫不及待地寻找可倚靠的事物，不顾一切地向外伸出手。当抓住同样在苦海中浮沉的另一只手时，它便成了我们用来掌控自己生活的一支锚。
忽然有一天，那支锚消失了。我们用了很长时间想念它，一度失去了所有前行的勇气。
就在这时，我们看到了天上的云。
老邱骄傲地转身时，另一头只剩我一个人。
而在千沟万壑的红色土地上空，有一片云属于我们仨。

8 All I Think About Now-Pixies

和老邱在车站分别时我问她接下来什么打算。

她还是想着气味、化学，还有那些星星。她说她会想出找回他们所有人的办法，然后我们可以乘着那片云追逐不同的气味，见证宇宙的奇景。

她问我同样的问题，我却答不上来。

为了维持与云的联系需要不停地消耗身边的气味，困扰我的嗅觉问题因此得到了缓和。我终于可以集中精力做一些事情。我知道世界上有许多东西等着我去搞明白，但首先，我必须记录下我、老邱、加加，还有小加的故事。

我抬头瞧见飘浮在我头顶的那片云，它乖顺地跟随着，俯瞰地面上的芸芸众生。因为沾染上不同生活的气味而变化着颜色。当我们再次相见时，它又会讲述什么样的故事呢？

这时候我想起了 дэлхийн，想起了俄博梁的红色雅丹和它奇异的光之海。

我甚至想起了那片被胡乱命名的夜空，毛肚座，她究竟怎么想出来的啊。

我真想小加。

作者简介
李 翌

同济大学博士研究生，高校科幻创作者中心成员，第一、二届星火杯全国高校科幻联合征文大赛获奖者，第二、三、四届星火杯全国高校科幻联合征文大赛复审评委。

落　言

靓　灵 /

/ 一 /

雪。

雪几乎填满了我对落言星的全部记忆。

那些宽大手臂的落言小人儿，就静静地站在广袤的雪地里，像幽灵一样出现在各处，又或者已经在那里很久了，而且还会永久地待下去，与世界融为一体，等待雪和别的东西降落在它们身上。

它们一动不动，芭蕉叶一样又大又扁的手抬过头顶摊开，几乎挡住了自己整个小小的身体，像一场不出声的朝拜。直到一颗不知从何而来的石头砸中了其中一个落言人的大手，它才把手放下来，其他人则继续等待。

落言人就是这样，观察、聆听、接受、吸收、理解、给予，终其一生。很久之后我才从那些穿插着符号、色彩和音频之类怪异注释的信件里知道，它们没有共同的语言或写在纸上的社会契约，但在它们极为单调有限的中微子词汇里，没有词语是关于疏远的。

宇宙回响

不真实感在陌生的星球上总是恰如其分，夜晚的大地上明明没有一点儿灯火，却可以清晰地看见远处，谁都没注意到是为什么。萝朵斯最先说出了原因："雪在发光。"她是对的，她总是比别人要敏锐。

就像一个小时后她抱着小盒子到治疗室来找我时一样，不要我说她就能知道我的心情有多差。

"爸爸，'动物先生'坏了。"她小小的手指尖因为用力捏紧盒子而泛白。

"现在不行，萝朵斯，不是告诉过你不能在工作的时候找我吗？"

她的头更低了，我几乎产生了一点愧疚感，毕竟我也不在船长室。然而飞船的问题关乎六十多个工人的性命，这种时候，小女孩儿的玩具绝对谈不上重要。

艾格推了我一把。"去吧，你现在这样也做不了什么，控制室我帮你顶班。"

我叹了一口气，把冻伤的手从温药水里拿出来，冷空气接触皮肤，像针刺一样疼。

/ 二 /

我把"动物先生"盒子对准萝朵斯房间里的鹦鹉，用力摁住写着"说"的按钮，没有任何声音发出来。但是光看也知道这只小鸟不太有精神。

这种东西到底是谁发明的？把动物的实时体测数据翻译成简单的句子，"我饿了""陪我玩""喜欢你"。一台"动物先生"加一只大小不超过拉布拉多犬的小动物几乎是现在小孩子的标配。搞不好"动物能陪伴孩子健康成长"的话一开始就是"动物先生"玩具公司说的。语言会生长，父母一旦相信了动物或任何东西对孩子成长的价值，就会持续追加购买大量的周边产品。

而花了很多钱买下这东西之后才几个月,这个贴着笑脸的盒子居然不说话了。

"也许你该把它放到太阳灯下面去照一会儿,可能是没电了。"保修期是多长时间来着,六个月还是一年?希望是一年。"它肯定没坏。"

"可是我想知道小鹦说了什么,现在就想知道。"萝朵斯的脸红扑扑的,努力争取着自己的权益。虽然她才读中学,但已经可以分辨出我的心不在焉。我的心思都在别的地方。

"小鹦说它想休息,趁这个时间去充会儿电吧。"我的手又痛又痒。萝朵斯站在落言人面前的场景又浮现出来。"实在不行,我们泊船了以后,我在港口超市给你买个新的。"

"如果我会说小鹦的语言就好了。"她沮丧又认真地说着天方夜谭的事情,"那样我就不需要'动物先生'了。"

我该回去工作了。"爸爸需要照顾全船的工人,萝朵斯。"我尝试着用不那么冷酷的说法,"这是更重要的事。"

"对不起,爸爸。"她在我出门之前说,语调之急促,仿佛这句话已经憋了很久。

我的伤手抽动了两下,欲言又止。"以后别随便乱跑了。"小女孩就应该待在房间里,玩她的鹦鹉和电子学校。

"我没有乱跑。"她斜低着头,委屈巴巴地嘟嘴申辩,又忧心忡忡地看了小鹦一眼,用力搂紧"动物先生",几乎要把按钮压得凹进去。

我转身离开,在身后带上门,前一秒还在考虑是否该问问有没有工人会修玩具,后一秒却听见房间里模糊传来一声发音机械的"对不起"。

这不是没坏吗?但一只生病的鹦鹉干吗要说对不起呢?

算了吧,别想了——和动物交流是小孩子的事情。

宇宙回响

/ 三 /

无法加速进展的工作让我只能待在船长室里,翻看工人们分享到船内公共网络上的视频。与遥远的人类世界短暂失去联系也不能阻止他们在小小的社交群体里分享见闻与心情。

在回家的路上,飞船的能源炉堵了,是很快就能修好的小毛病。但修之前必须先就近找个地方落脚,所以我们才降落到落言星上,要知道在没有重力的太空里修化学燃料炉子可并不好玩,一丁点儿泄漏都会在无法预知的未来引起大火。

因此只好使用超出计划的能源来降落。

在降落之前也不是没有考虑过能源补充的问题。飞船在很远的高空对落言星做了一点基本勘探,结果显示这里不但有大气,而且氢含量丰富,这听上去简直叫人欣喜若狂,只要是常见状态的氢,不论是氢气、水、甲烷,或者它们的变体组合化学式,我们都能用。

来了之后才发现完全是上当了:氢在雪里,遗憾的是这里的雪并不是水冰(水蒸气受冷凝结成的固体),而是一种复杂的大分子晶体,虽然可以高温分解,但反应的过程耗能太大了,没法用划算的方法把氢提取出来。成吨的雪被铲进反应炉,现在还得原封不动再铲出去。

最后的选择是太阳能。在这里要用太阳能补充足够起落的能源得花五十天,如果再算上这五十天里的消耗和日常使用,得八十到九十天。

在这个冰天雪地里待三个月的消息只在最初的几个小时稍微挫败了一下工人们,很快他们就因为外出许可和带薪假期而欢天喜地,四处拍照。

大气里没什么有害人体或腐蚀保温服的成分,周围的陆地也算得上广阔和结实,所以也没必要把工人们关在几万平方米的小地方整整三个月。只要不跑出监控范围，不去招惹外星人，大家都可以在白天穿好保温服、戴上面罩，在附近走走，拍拍视频。其实根本不需要强调保温服和面罩，没人会傻到在零下几十度的外星裸露任何身体部位。

除非自己的女儿已经危在旦夕，急需冲过去推开她面前的外星冰棒人，来不及换衣服。我想。

已经两天了，冻伤的地方不再刺痒，转而产生一种轻微的灼热感，皮肤温度摸上去也比别的地方高。低温产生的伤痕居然会有火灼的痛感，这让我感到怪异，但船医艾格说这是正常的。"这是我们与死物的不同之处，人的反馈常常强于施加者"，他是这么说的。一个诗意的怪胎。

一个在降落那天拍摄落言人和雪的视频引起了我的注意。年轻人喜欢在视频上加滤镜，这个视频刚开始的时候，拍摄者似乎还没拿定主意用哪一款滤镜，所以来回试了好几个。他切到温度滤镜的那几秒，也就正好拍下了这个星球的红外热成像。

落言人零下一百二十度，雪地零下八十度，这都没什么奇怪的。可雪中间夹杂了几个高达零上几百度的斑点，完全不受周围温度影响。

我想起那个被石头砸中的落言人。它不是运气不好，它是在等那块石头。

一群冰棒小人儿为什么要站在雪里，等着挨两下热石头？它们扁平宽大的手，简直像是天生为了接住石头而长的，这东西对它们一定有重要的意义。

我找出便携目镜，走到窗前调到最高功率红外模式，看向离船最近的落言人。从前天起，就有几个家伙一直待在船附近。

光谱画面里，落言人冰冷深蓝的身体中央，有一块小小的黄色热源。

我打开内线话筒："艾格，准备一下。我们下船走走。"

/ 四 /

"你注意到了吗,雪越来越少了,但我完全没看到任何液体,这里的雪一定是直接升华的。"我左右环视,搜寻视线里的每一个角落。

"如果你只是想极限运动一下,我建议你回太阳系以后找几个志同道合的人去珠穆朗玛峰,顺便放过我。"艾格牙齿打架的声音从话筒里传过来,"如果你是因为搁浅耽误工时这事心情不好,除了小公主,船上任何人都可以陪你喝两盅。"

他不提我都没注意到,萝朵斯这几天没来闹腾我。

"又或者你是觉得冻伤挺有意思的?想再找两个落言人玩玩?"

"我说了我们是出来找石头的,艾格。"我绕到艾格袖子侧面,把他保温服的功率调高了一档。"而且我拍掉那个落言人的手——如果那两片芭蕉叶子确实是手的话——是因为它站在萝朵斯面前。"

他仍然报以不信任的眼神,然后告诉我那些石头叫言岩,总是跟着落言星的雪一起从天上下来。

这下轮到我盯着他看了。他早就知道,却没有告诉我。

"《星区生物辞海》里写了那么多,我哪知道你想知道什么?"他哆哆嗦嗦地争辩,"而且你也没说过你感兴趣。"

"你还查到什么了?"

"下雪的时候落言人出来接石头,接到了会带回去。"

"那石头是什么?为什么它能在零下一百多度的环境里保持零上几百度的温度?"

"那是本生物辞海,不是地质辞海!"艾格说,"而且我就随便翻了翻……我还得再查查。"

我还想多问几句,却突然看见了一个双手异化的落言人——我是指相对于它自己的族类而言——它的双臂不似其他落言人那样像大芭蕉叶片,本该平滑的后缘出现圆状的波浪,顶端也变得尖而细长,而且行走时会无端地扇动,那样子像极了一只笨鸟在扑腾翅膀。

我转向相反的方向。

一丝不自然的反光引起了我的注意。我向那个方向走过去,雪地里果然躺着我要找的东西。

"你看,功夫不负有心人,"我手里拿着一个透明的小盒子,底端有一颗核桃大小、磷光闪闪的黑色石块,"你又有工作了。"

"我倒宁愿负一下。"艾格回头看了看远处已经小得看不见的船。

/ 五 /

"在告诉你结果之前我必须说明一下,我们捡回来的东西已经被我丢出去了。"艾格一边说一边在柜子里寻找药物。

我拆纱布的动作停了下来,等待艾格的充分理由。

"那块破石头有辐射,谢谢你防辐射的保温服吧,救了你一命。要不是回来以后发现得早,我可能已经死了——你也该买块儿带辐射计的表——我用了两支抗辐宁、两片止吐药,这笔账我会记在公款上。"他接手拆下我剩下的绷带,丢到一边,"那么重点来了:它为什么会有辐射?"

我没有猜谜的情调,艾格已经熟稔这一点,继续说道:"因为石头里在发生非常缓慢的裂变。"

"你的意思是,我们捡了个核弹?"

"这样理解也不算错,不过它非常——非常非常缓慢。资料里没写它的核心是什么。"

宇宙回响

我向他展示了便携镜头拍下的红外照片，落言人冰冷的身体中央有一小片热源。

"原来是这样，这就说得通了，"他露出恍然大悟的表情，"有篇亚洲人写的资料里提到落言人是'以石为食、以岩为言、以镉为歌'。它们一定是把缓慢裂变的言岩放在身体里，吃辐射能活下去，听辐射粒子的声音，而镉则是反应如此缓慢的原因，人类的核反应堆也用镉来减缓链式裂变反应速率。"

我没听明白。或者说，我字面上听明白了，但想象不出这些是怎么在生物体内发生的。

"你还没听懂吗？亏你是个船长！"艾格揭开一小罐冻伤修复液，将折叠的罐子展开成瓶，倒进纯净水稀释。他讲学术话题的时候像另一种生物。"落言人会把一颗言岩放进孩子的身体里，这个孩子将会用一辈子的时间去听它说了什么——换句话说，去接受一块裂变石头的辐射。它们吸收能量，同时又聆听辐射粒子的声音，以此建立文化。多普林，这太美妙了。"

辐射粒子的声音？那是什么样的声音？不论是被加速还是被减速，同一种物质裂变的节奏是恒定的，这就像把同一首曲调听上几十年，如果是我可能会疯了，而落言人却乐在其中。我尝试想象自然模拟软件里听过的单调声音，真的会有人类将瀑布、麻雀和暴雨的声音看作艺术，写入歌曲吗？

至少我面前这个人类认同它们。也许当医生的都这么口味奇特吧，特别是在一艘全是工人的船上靠不联网的 VR 游戏生存了六个月以后。现在还得再加三个月——

也不一定。

"这个，言岩……安全吗？"

艾格盯着我笑了。"别想了，多普林，这不是艘核能船，如果是的话我们也不至于这么穷了。船不能转化裂变的辐射，除非石头自己会转化能量。"他说完觉得很好笑，自己又笑了起来。

一阵小孩子的轻快脚步声从门外传来。

"说点实际的，小公主的'动物先生'修好了吗？"艾格揶揄道。

"不知道，可能好了吧，上次在治疗室说完之后她就没找过我。"我有些心不在焉，还在想核能的事情，天然而稳定的裂变物质可不多见。如果能把这种核能用在船上，我们就能早些回家了……

"你最近陪她的时间是不是有点少了？这几个月她作业写不好都是跑来问我。"

我指望用沉默终止这个话题，但心思还是被拉回来，感受到了一丝妒意。

"明年的择业高中还要把她留在船上读吗？虽然现在是大航行时代了，也不是没人这么做，不过实体学校更利于她交朋友和见世面什么的。有些比她小的孩子早就脱离远程课了……"

"艾格，我很忙。"

艾格把调配好的冻伤修复药整瓶浇到我手上，我感到一阵钻心地疼。"抱歉，粗鲁了点儿，船长，"他微笑着说，"我很忙。"

/ 六 /

萝朵斯的房间在走廊尽头，墙上自带网格的圆形舷窗外围被她贴上了向日葵的金色花瓣，绿色的茎延伸到墙角。

从网格舷窗往外看，还能看见几个落言人。工人们围观时留在雪地上的脚印在落言人四周远远绕圈。

它们待在那里干什么？它们在吃，或者在听这艘船的"声音"吗？生活区的热辐射是不是比储藏室更强烈一些，这在它们看来是什么样的区别？会类似于柴可夫斯基和莫扎特的区别吗？

我转向萝朵斯的房门，一瞬间产生了年轻时做错事以后向朋友道歉的既视感。我是什么时候开始不在意人际关系的？即使那个人是我的女儿？这条长走廊迂回过的几十间宿舍里住着六十多个工人，我跟他们认真聊过工作以外的事情吗，即使这些同事是过去十年里和我待在一起时间最长的人？

工作像洪水常年浸泡着五官，我听不见任何声音。

"萝朵斯？你在吗？"

门过了一小会儿才打开。"有什么事，爸爸？"

"我从厨房给你带了点谷子，小鹦不是喜欢吃这个吗？"我递给她一盒谷子。

"不用了，"小姑娘的眼睛瞟向一边，"小鹦已经……坏了。"

我抬头环视房里，没有发现鸟的影子，才反应过来她的意思是鹦鹉"死"了。她拒绝选择如此痛苦的字眼。即使没有人直接教育孩子们生老病死的忌讳，这些也会藏在文字里流传下来。

我愣在原地，那盒谷子让我感到尴尬，不知道该不该安慰她，也不知道是该走进房里还是继续站在门口。"什么时候的事情？要不要帮你处理一下？"动物尸体不能留在船上，得拿去烧掉。

"就……前几天。"萝朵斯似乎不太想继续对话，"我已经把它埋了。"

"埋在哪儿了？"我有点落空，好像自己已经起不到什么作用了。

"外面。"萝朵斯看了一眼舷窗，外套下摆的褶皱显示出她的手在口袋里攥紧了，看来她不想继续这个难过的话题。"你的手好些了吗？"

我下意识想把防护手套藏到身后，但也明白这样做很笨拙，所以没有动。"好多了，艾格给我上了药。"无论如何，她为我担心了，不是吗？

"小洛……就是弄伤你的那个落言人，它一直说'对不起'，"她的眼睛明亮起来，似乎觉得自己传达了很重要的话，"我想它是对你说的。"

我的脑子嗡了一下。小洛。她和一个落言人交了朋友。

她向我伸出手来，掌心放着一片闪着黑色磷光的石头。

/ 七 /

"不，我都说了好几遍了，她不需要任何抗辐射治疗。她目前受到的辐射剂量就跟每天打一小时游戏差不多。"

"可她兜里装着一块那种破石头过了七十个小时，你见到的上一块可是被你丢出去了。"我把采矿用的金属标本大箱子放在地上。我为什么要把这东西留着，还大费周折去找个金属箱子来装？我是想尊重萝朵斯，还是那个落言人？

"把箱子打开，多普林。我的辐射计和眼睛都没问题，萝朵斯很健康。"艾格摸摸萝朵斯的头，她看上去吓坏了。"你这几天没有不舒服吧？"

萝朵斯憋着眼泪摇摇头。

我犹豫再三，还是把箱子打开了。这块石头比我们找到的那颗要小得多，只有瓜子大小，薄薄的一片在偌大的金属箱子一角，看上去有点孤独。

"看吧，没有任何问题。"艾格将手表靠近"瓜子"，侧面的辐射读数一动不动。他拿起石头和便携目镜仔细观察。"和上次那一块有些不同，有一层反光的薄膜附在表层，也许就是这个阻隔了辐射。"

"这是石头的膜，小洛把石头吞下去时，就给了它一层膜。"萝朵斯一边说着，一边感受到了我们质疑的神色，旋即拿出"动物先生"来增加自己的说服力，"它用树枝向我演示过。"

"而且它还可以随时把石头取出来？"艾格耐心地引导问道，但掩饰不住惊讶的表情。

"对，但是不能太久了……我猜的。这几天，小洛越来越没有精神了。可是每次我要把石头还给它，它都只是朝着爸爸的船，说对不起。"

"你们怎么交流？"艾格把玩着那颗覆膜的言岩问，"我是说，也许'动物先生'可以粗略地把小洛的心情翻译成中文，但反过来，小洛要怎么知道你在想什么？"

萝朵斯眨巴眼睛回答不上来，也许她没有好好想过这件事。

我感到一种意料之外又情理之中的困惑，我尚未成年的女儿，用一台在我看来几乎是骗钱的动物体测翻译机，或者说一个玩具，理解了一个—— 一位，一头，一只，我甚至拿不准应该用哪个量词来称呼这种生物——落言人，一个连耳朵都没有的外星生物。萝朵斯在过去三天里和这个小洛待在一起的时间很可能比过去三个星期和我在一起的时间更长，以至她的鹦鹉需要埋葬时，她甚至不是来找我。

这种无力让我暗自愤怒。

我抬头刚要说话，发现艾格已经不见了。

石头也不见了。

/ 八 /

我们在锅炉房的能源转换机边找到了艾格。他兴奋地声称这块覆膜的言岩可以转化能量。"这块言岩简直就是个微型的核能发电机！我只是用两个铜片头把它放在副电路里，我们自己的电机功率立马就降下来了！现在让我们冒险一下……"

他拨动几个开关，又把萝朵斯和我推到门边的转角。萝朵斯第一次从艾格口中听到"言岩"这两个字，小声而专注地琢磨着它的发音。艾格切换充能闸门，头顶的灯熄灭了又亮起来，然后啪的一声再次熄灭了。我以为行不通，艾格却高呼万岁。

"成功了！它刚才给这个房间供电了！"

"可是这个房间没有电。"萝朵斯四处张望。

"那只是因为核能的功率太高了，我只要在电压转换器里修改一下线路就行了——我们有能源了！"艾格抱起萝朵斯转了一圈，"多亏了萝朵斯！"

"不是我，是小洛。"她看上去远没有艾格那么激动，甚至有些担心的样子，"我们是不是……很快就要回家了？"

"是的，只要有这颗言岩供能，我们明天就能……"

"不行！"萝朵斯慌了，"这是小洛借给我的，我……得还给它。"

"它是这么说的？"艾格疑惑地问。

萝朵斯憋红了脸，看来小洛并没有说过，是她一厢情愿觉得对方需要。就像我一厢情愿觉得她需要我。

艾格偷偷和我对视一眼，轻轻耸肩微笑。那意思是"交给你了"。

我突然发现自己都不用蹲下来。仅仅是前两年，我想要认真说服她听话，还需要半蹲在地上，才能做到平视她的眼睛。仿佛不久之前，我还能单手托起刚出生的小小萝朵斯，而现在她已经一米六了。

"萝朵斯，你的朋友没有要求你把言岩还给它。这颗星球上有很多这种石头，我和艾格昨天还捡到过一块……"

"掉在地上的不行，地上的石头不会说话。"她搂紧"动物先生"力争说，"天上的石头可以说一年，地上的石头只能说一天。"

"原来是这样！落言人用镉膜减缓言岩裂变，而落地的那些很快就反应完了！难怪它们要站在雪里等。"艾格兴奋地接话，然后在我的瞪视下捂住嘴巴。

我给他使了个眼色，暗示他赶紧去解决技术问题，自己则把萝朵斯拉到一边。

"萝朵斯，我们不能在这里等三个月，这个空档太长了，所有的工期都得往后推。这颗小石头可以帮爸爸省下所有工人三个月的工资，还能解决很长一段时间的能源费用问题，那是一大笔钱，我们会过上好日子，爸爸可以给你再买一只鹦鹉——或者小猫，你不是一直想要小猫吗？"

她沉默了良久，吞咽了几次口水。

"不拿走小洛的言岩，我们三个月以后也可以安全离开，对吧？我们有吃的，有喝的，不会死在这里，对吧？可是如果没有言岩，小洛可能会死……"

我的注意力越过她的头顶，看艾格在锅炉房里折腾变压器。大多数设备都过时了好几代，能源炉堵得越来越频繁。萝朵斯在这种时候把免费的能源捡回来，这一切都会改变，再跑几趟活儿就能换一艘新船，而且我根本不关心一个外星人的死活。

可我为什么还是不能狠下心来直接拒绝她？

她努力控制自己："这是更重要的事。"

我能听到她嗓音里不容置疑的坚韧，那是我的回声，是一个小孩子对权威的父亲所能做到的全部。

她认真地听我说话了，哪怕我只是敷衍。可我从没有听过她说。

我几乎在飞船和萝朵斯之间产生了一瞬间的动摇，能源炉突然嗡地运作起来，艾格抓着油漆剥落的试电笔冲出来，关上了房门。

"雪化了，"他颤抖着说，"言岩的能量流进反应炉，把雪里的氢元素放出来了！燃料罐正在补充！"

萝朵斯严肃的表情化开了，她不太确定地问："这是不是说我们可以把言岩还给小洛，然后用氢回家了？"

艾格似乎以为我已经完成了劝说，没料到萝朵斯还执着于这件事，所以为自己的兴奋感到有些尴尬。"额……不是的，那石头已经拿不出来了。"

萝朵斯的眼睛睁得很大，她的艾格叔叔从来没骗过她。

"言岩正在给船和反应炉供电——高压电，我为适应它的电压而调整了我们的配电系统——炉子和温控都开到了前所未有的功率。如果突然停用这个新的能源，直接切换成旧的电力系统，瞬时功率会让系统过载跳闸，也就是全船断电；如果不停用核能，只单独关上炉子，持续流出的巨大电力消耗不掉，也会跳闸。"

"断电会把船弄坏吗？"萝朵斯试着理解艾格的话。

"断电本身当然不会，可关上反应炉的时候，里面的温度不会自己消失，化学反应不会马上停止。温控和氢气液化之类的周边设备都得开着，否则炉子里的热量不会马上减少，氢气却会猛增……"

"然后船就炸了。"萝朵斯盯着地板轻轻地说。

我以为自己会因为用不着继续劝说萝朵斯而松一口气。但她转身跑掉的脚步声一下一下撞进耳朵里时，我只想给自己一拳。

/ 九 /

这是我第二次离落言人这么近，也是第一次近距离观察这个种族。可面前的落言人完全不像我上次见到它时的样子了。它宽阔的手萎缩了，圆滑的身体瘦了下去，不知是不是错觉，它好像还变小了。它坐在雪地上，缓缓抬起头来看我的伤手。

"这是小洛。"这句话明显是对我说的，萝朵斯却并不看我。然后她又掉转手指，看向小洛："这是我爸爸。"

"对不起"的声音从"动物先生"小盒子里发出来。我意识到三天前我走出萝朵斯的房门时，说话的就已经不是小鹦了。

小洛当然没有听觉，她们是怎么沟通的？也许它可以分辨萝朵斯的体温或血流变化——透过保温服——来辨别她想不同事情时的身体状态，毕竟热量也是辐射的一种，也会随着思维变化。每个人都在毫无察觉的情况下不断地发出辐射。

她想到我时会快乐还是害怕？体温会不会上升零点零一度？

我把金属拉箱放在地上，打开扣锁，再次确认我们俩的保温服都严丝合缝地穿好了，才掀开箱子。

里面装了一整箱工人们从落言星上四处收集来的、落地的黑石头，闪着整齐划一的黑色磷光。

说服他们出去找言岩比我想象的容易多了。我想好了十几个说得通的理由，最后却选择向他们讲真实的故事，请他们救救萝朵斯的朋友，也帮帮飞船。我请他们自愿决定是否帮忙，出乎意料的是，所有人都热情高涨，排队换上保温服，小队长们甚至像对待正经工作一样严格地分组分区来提高效率。这是他们擅长的事情：找石头。不出半天时间，这个箱子就满了。

天上的石头说一年，地上的石头说一天。既然如此，那就给它几百颗地上的石头。我原本以为这么做就能让萝朵斯满意，但看来并非如此。

我朝小洛推了推箱子，想了想还是说："谢谢。"

小洛仍然看着我。它果然没有听懂。

萝朵斯在面罩里咬紧了牙齿，鼻子隐约红起来。

"动物先生"这才突然翻译说："谢谢。"

真有趣。也许它听不懂我的辐射，但听得懂萝朵斯的，也许它们像猫，只对特定的人有特定的语言——它们只能听懂曾经花时间去聆听的对象。

小洛用它已经萎缩的扁手抓起一把言岩放到胸口，那里似乎有通往体内的洞口。然后没一会儿，这些石头又被它吐出来了。它重复这个动作十几次以后，我才终于看出了一点变化：它手侧的枯萎处逐渐丰盈起来了，顶端甚至出现了熊掌般粗圆的手指状分叉。

这是人手的样子吗？它在吸收和理解萝朵斯的形状？

我想起那个像鸟一样的落言人。也许它找到了小鹦，吸收了小鹦微乎其微的辐射，在其尚有体温的时候。我不确定这是一种短暂的拟态，还是一种长久的痕迹。萝朵斯有我的眼角和鼻梁形状，也有我的坏脾气、坚韧和勇气，偶尔还能从她嘴里听到船上其他人的口头禅或观念，这些痕迹有的可能会随着岁月逐渐加深，另一些则可能会磨蚀变浅，这种变化每时每刻互相拼接着进行下来，结果才交织成此刻的萝朵斯。

她每一刻都是新的，而我却没有停下来认真看看。仅仅把一个人放在自己附近，是不能了解她的。

小洛持续吞吐着石头，一人大的箱子很快就空了一半，雪地上用过的言岩也慢慢堆成小山，可即使如此，连我都看得出来，它的躯干仍然是干瘪的。

本来因为看见小洛好转而逐渐放松的萝朵斯开始着急了，她攥紧的小拳头和前倾的身体都写满了对言岩分量的担心。箱子的一角已经露出底板了，而小洛离原先圆润的样子还差得很远。

我想做点什么来打破紧张的空气，却不知道干什么才好时，"动物先生"抢在我之前开了口——

"我很好，谢谢，我很好。"

巨大的愧疚和挫败感将我淹没了，一时之间我成了三者中的外星人。萝朵斯没有发出任何声音,我和小洛就都能从言语之外的信号发现她的不安,而且都产生了安慰她的念头。可我们的区别在于,我不知道说什么,小洛知道。

箱子空了。方圆十千米能找到的落地石头都用完了。

"石头。"小洛缓缓停下动作,看着空箱子说。它现在是什么情绪吗?它有情绪吗?我为什么开始在意了?

出乎我意料的是,小洛转向萝朵斯,仍然说:"石头。"

我以为"动物先生"又出问题了,它不断地说"石头""石头""石头",而小洛仍然面向萝朵斯,可突然之间我明白了:"动物先生"还太原始,只能译出"石头"这个词,小洛想说的是"言岩"。

萝朵斯在它心目中是一颗言岩,从天而降,辐射热量,如诗如歌。它们都是这样,等待雪和别的东西降落在它们身上,它们观察、聆听、接受、吸收、理解、给予,它们的死亡是接受不到新的辐射,而它们的新生是一切高于绝对零度的对象。

它们没有耳朵,却听得比我们仔细得多,一个光子都不愿意漏掉。

不知道这个画面在它听来是什么样的呢——萝朵斯在它努力的欢呼与安慰中,咬住下唇无声地哭泣。

至少在我听来,震耳欲聋的静默声音开始出现了物理学定义之外的意义。

/ 十 /

保温服设置在高功率制冷模式,我则热得满身大汗。

"我再说一遍,多普林,你只要一句话我们就立刻停下这蠢事。"

反应炉像一根通天的大柱子,耸立在锅炉房的正中央。平时我们就用这个炉子在异星炼矿,工作对象中大多有价值的元素都可以用高温煅烧这种简单粗暴的方法从原石里分离出来。

现在炉子里炼的是落言星的雪,纯氢离开雪晶变成氢气,从上方的冷凝管里快速液化流入燃料罐,雪渣则留在炉底。在艾格打开炉子并退出房间两天以后,我是第一个进来的人。

"工人是撤出去了没错,但除你以外,船上还有个我,炉子要是炸了,我不死也得残。"

我负责在切断言岩与系统的联系之后待在热火朝天的锅炉房里,在合适的时机打开反应炉的周边系统,让炉子里新生成的高温氢气不至于无处可去。艾格则在楼上控制室负责切换能源开关,以及和我说说话,确保我没有昏过去。

"……切换能源系统之后立刻就会跳闸,那个时刻线路过热,电闸是推不上去的,得要一小会儿自然冷却——可能几十秒吧,我也不知道多久……你要盯紧压力计,直到……"

我开始走神儿,艾格的声音在耳机里显得断断续续,但我知道他一直在说话,我只是太热了,这地方平时就不是人待的。保温服真的在正常运转吗?

"……屈服极限……不可逆……别管石头……冷凝管开裂……"

炎热的记忆和萝朵斯缠绕在一起。

火星的夏至晚上九点,外面天光大亮,热得要命。她出现在玻璃那一边,只哭了一声就摆动幼小的四肢笑起来,从人群中找到我、盯着我,渴望和我互动。那一刻她像那轮仿佛永远不会落下的太阳,我是她的向日葵。

宇宙回响

"多普林?"

可我错了。向日葵从不问太阳的想法就擅自行动，还自以为这是双向的爱。像所有的家长一样，我在乎她，却从不在乎她的感受。

"你倒是说句话啊?!"
我回过神儿来:"我很好，有点热。"我并不太好，很想一头栽下去。"开始吧。"
"……小心点。"艾格说完这句话，我周身机器运转的嗡嗡声就跟着房间顶灯一起消失了。小洛的言岩已经离开了电路系统，系统已经跳闸，船上只剩下两个地方在独立运转：炉子里的化学反应，和我的保温服。

萝朵斯掉头跑掉的脚步声，用力捏住"动物先生"希望我帮她修理时指尖血管的挤压声，喊"爸爸"时嘴唇碰到一起的气流声。

手肘和后颈的灼热感最先明显起来。

她渴望的语调、不敢奢望的语调和失望的语调。她第一次出现在世界上时响亮的哭声，站在小洛面前时眼泪在面罩里蒸发成水分子的布朗运动撞击声。

压力计告诉我炉子快到极限了，手表告诉我电路很可能还没冷却好，眼皮告诉我大概要中暑了。

她站在船长室门口抱着满分试卷等我吃晚饭，结果等太久坐靠在走道上睡着时均匀的呼吸声。她不再等我一起做任何事以后,带小鹦出去时踩在雪地上的吱呀声。

不能等了。我把飞船供电开关推上去,扶手的热量透过保温服传来,手掌出现火灼痛觉的同时突然产生了加强的压感——看来它还想往下掉。我用小臂骨头的力量强行把它又推上去。

房间亮起来,嗡嗡声响起,冷凝管在我的想象中重新开始散发凉意。

我用不疼的那只手抓起言岩,晃悠着向外走去,萝朵斯的笑声重新在耳边绽放。

/十一/

"你真的要这么做吗?"

"是的,爸爸,"萝朵斯看着舷窗外越来越远的白色星球,黑色的山峦割裂积雪、褶皱平原,"我要去念语言学校,我想当个外星语言工作者。"

"那种学校很难考,而且接触陌生的文化也很危险……"我的手火烧火燎地疼,它在一个星期内先后被冻伤和烫伤,唯一没有改变的部分是我仍然下意识地想把它藏在身后。

"我的成绩很好,也不害怕危险。"

"这不是你害不害怕的问题。"

"小洛不知道我们需要核能,它只是把自己能给出的最好的东西拿出来了。"

我也是。我想。

"我们猜测的原因不一定是正确的。艾格叔叔说落言人在裂变的辐射物质上发展文化,可人类世界里并没有人知道那到底是什么样子的。"

她转过头来看着我,纵使语气温和,眼神里却写满了不容置疑的坚定。

"但是我想知道,爸爸。我想知道落言星的语言。除了落言星,这个星区还有别的语言,除了这个星区,外面还有别的星区。需要有人来做这些事情。语言很重要,不论它是不是建立在声音之上的。"

也许我把她捆得太紧了,所以她张开翅膀的时候,会想去更远的地方。像艾格说过的,人的反馈常常强于施加者。

到落言星之前,我从未真正意识到自己为什么要把萝朵斯留在身边。我以为自己是想保护她、陪伴她,想时刻响应她的需求,给她力所能及的最好的生活。事实上最后这部分我几乎做到了——她永远不缺新的电子设备、宠物和零食,船上每个人都喜欢她,他们给她有趣的小东西,让她远离危险场所……

但这一切只是在掩饰真正的原因:我需要她。

萝朵斯向往地看向窗外,白色星球远离的同时,黑色的宇宙开始占据视野。她的心已经离开这艘船了。

她将言岩交还给小洛时没有带"动物先生"出去。她说不需要。

我从未说过"我爱你",有些话并不是用来"说"的。

除了"留在身边",爱还可以用别的语言和方式来表达,比如聆听与理解。

"爸爸尊重你的决定。"

作者简介
靓 灵

科幻作家。擅长在宏大神奇的设定中表现人类的温情。代表作品《绯红杀手》《落言》等。著有个人选集《月亮银行》。

百屈千折

昼温/

街上空无一人。

四处流淌的血水已经被清理干净了,地上只留着道道白线,勾勒出生命最后的形状。

人们应该已经陆续离开了城市。以天地为棺椁,这里将成为另一座没有尸体的坟墓。

他们不会回来了,我也不会。

我刚从家里出来。已经有人贴心地处理过了,客厅里只剩下了一个不规则的白圈,粉笔画的。两个人应该是一起离去的,令人嫉妒。

我本想带走一些纪念品,但还是什么都没有动。

和家里一样,奇异的紫色花朵在钢筋混凝土、柏油马路甚至是玻璃幕墙上生长出来,诡异的清香正好中和了腐烂的气息。

戴着足以抵御雾霾的无纺布口罩,我还是能闻到它。

"因为气味分子比较小呀。"他立刻回道。

我把手机紧紧地攥在手里,一如往日温热。

但他的味道已经彻底消失了。

宇宙回响

/ 第一次·辰时 /

早上七点，第一个人死在我眼前。

她姣好的面容突然变成了靠近热源的蜡版，五官像液体一样开始融化。上下眼皮很快粘在了一起，嘴唇脱落，露出森森白齿。鼻子顺着脸颊滑了下来，眼镜哐的一声掉在了地上。

随着皮肤流淌殆尽，眼睛又露了出来。我不知道她还能不能看得到，但那双白球真真切切转向了我的方向。困惑？不甘？求救？眼球消失，转瞬即逝。

十秒之后，博士同学已经在我面前完完全全化成了一摊血水。

那浊液顺着寝室倾斜的地面向四周缓缓流淌，浸润了一本本材料和论文。

惊惧像实物生生堵住了我的喉咙。我张着嘴，想喊喊不出来，想呕也呕不出来。

终于，在液体就要接触到自己的一瞬间，我夺门而出。

全身贴在冰凉的墙壁上。我深吸几口气，终于找回了冷静。

求救。

昏暗的宿舍楼很安静。正值暑假，留校学习的人很少。我左右看看，几乎没有亮灯的房间。倒是几块阴影被我看成了顺着门缝流淌出来的血水，吓了一跳。好不容易拖着几近麻木的双腿下了楼，可宿管值班室的木椅上也只剩血水。

我颤颤地望向值班室对面的正衣镜，自己的脸因为惊惧而煞白，但至少没有融化的痕迹。

冷静，冷静，冷静。

得益于多次独闯异国他乡的经历，我的理智和勇气很快回来了。

稍作判断，我还是回了寝室。尽量不去看地上那一摊，我抓起几样东西放进背包，手机、身份证，还翻出几个口罩。

我的手机还有信号，但在手里一直跳来跳去，让我没法顺利拨号。后来我才意识到是冷到没有知觉的手在抖。

120，占线。

110，占线。

保安处电话，没人接。

父母手机，没人接。

还有他。翻了一下通讯录，我才记起两个月之前已经把他的全部通信方式删除了。

/ 过往·之一 /

我和津波相识在一年前。

食堂人很多，我端着盘子转了很久，最后坐在了他对面。我的嗅觉很敏感，人挤人的情况下，我是不愿意和男生在一桌吃饭的，尤其是夏天。但他看起来比较干净，身上的味道让我想起阳光晒过的书，发热的笔记本，还有冬天厚实的围巾。

那时我们还都是研究生，在各自学院出于不同的原因小有名气。我认出他的时候，他也认出了我。但他只是看了我一眼，又继续专心致志地对付碗里的土豆。

我可不愿意放弃结识新朋友的机会，更何况是他。我把握好时机，在他快吃完的时候起身去送餐盘。这样送完餐盘转过身，正好直面也刚吃完的他。

"你好,是物理学院的津波同学吧?我在校报上见过你。"

他猛地抬起头,好像刚注意到我。

"嗯,你是那个,什么霜。"

"林霜,人文学院。"

"哦哦,你好。"

等着他把盘子递给食堂阿姨,我自然地和他一起往外走。

"为什么不选物理?"

得知我高中是理科生后,他突然发问。

"为什么要选物理?"我有些诧异。

"因为简单。"

"哦?听说咱们学校物理学院可是挂科率最高的哦。"

"我不是这个意思。喏,给我一张纸。"

树荫下,我们停了下来。我看着他写下了八组公式,A4纸还剩很大的一半。

"这是物理专业本科全部的基本方程。对,学了四年就学了一张纸都不到。"

"唔……"

"不觉得很神奇吗?世界这么复杂,运行起来遵循的不过是一两条定理,而我们所做的一切,就是发现它。"

我笑了。他当然有资格这么说。当年物理竞赛保送至中国最高学府,不久后成为使用布鲁克海文国家实验室顶级科研设备的百位各国学者中最年轻的中国学生。

我与他正好相反。

如果整个宇宙可以用一个简洁的公式概括,我大概会疯掉吧。

我喜欢语言。

语言是最变幻莫测的东西。它不是生命,却每时每刻都在吸食身边的一切,不断进化自身。人类文明的发展史就是语言的厮杀史,那些紧紧包裹着价值观念、生活方式、文化认同的语言在同类相残中或传播千里,或黯然消亡。最终呈现在这个世界上的,都是最有活力的语言。它们是不同文明的最鲜活的侧写,也在不断重塑着我们的社群和大脑。

所以,在经济实力无法支持常常跨省搬家的情况下,学习多国语言成了我逃离这个日益重复的世界最好的方式。这也使我被动地成为人文学院的一个传奇。

也许是因为传奇间的惺惺相惜,那次相遇之后,我和他迅速坠入爱河。

/ 第二次·巳时 /

"徐叔,我手机没信号了,你——"

回头一看,我的心跳瞬间漏了一拍:原本站着两个人的地方只剩下一摊血水。

半个小时前我找到了几个幸存者,包括校车司机徐叔和一位值班老师。还有一个女孩儿,但已经疯了,我们没能控制住她。

徐叔打通了家里的电话,得知很多地方都出现了同样的状况。电视、广播都没有报道,社交网站则掀起了末日狂欢,甚至有人上传了人体融化的小视频。埃博拉、外星人、秘密武器……一时间谣言四起。

学校远在郊区,我们几个商量了一下,决定先开车去市里和大部队会合。只是还没出发,新一轮死亡已经来临。

我暗骂一声,在手机上把时间记了一下。

市里还是要去的,我得见到别的活人,我得获得信息。

不过我才刚考下来驾照,独自上路就是找死,面对唯一能用的校车更是无能为力。

思索对策之际,又一个幸存者出现了。

"小霜!"

看到扈导,我的眼泪一下子涌了出来。她是我的博士生导师,求学期间一直像母亲一样照顾我,甚至包容了我常常请假出国的任性。

"太好了,太好了,你没事。"

扈导紧紧地把我抱在怀里,声音里也带了哭腔。

"老师,您怎么……"

"我从家里过来的,上头让我来接你。"

"接我?"

"别管了,跟我走吧。"她温柔地抹掉眼泪,带我上了车。

我像往常一样坐在副驾驶上,还没系好安全带,扈导就一踩油门驶出了学校。行驶的过程中,我一直仔细观摩她的动作。似乎感到了我的注视,扈导转头看了我一眼。

"怎么还戴着口罩?怕病毒啊?"

我脸红了,忙把它摘下来收好。

"没有说你的意思,明智的决定。不过这次没必要。"

"老师,我们去哪儿?"

"去机场。"

"为什么?发生什么了?"

扈导看着前方,没有说话。我也就知趣地没再问。

路上人和车都很少,偶尔有几辆车冒着烟停在路边。

"我这辈子教了三十年书。"

过了很久，扈导突然说。

"学生无数。有三岁的孩子，高中生，自考生，还有大老板，当然最多的还是你们大学生。"

我望着扈导，不知道她为什么提这个。

"你知道我说过最大的谎言是什么吗？'你的孩子很聪明，就是不努力。'根本就不是。有的人就是不适合学习，有的人把老师当敌人，还有的人就是来买学历混日子的。一开始我还跟他们生气，跟自己生气，后来也看开了。他们跟小霜没法比。"

"我……"

"都这时候了，你用不着谦虚。你是我教过的少有的好孩子，语言天赋高，还好学。有点个性，也是好事。不得不承认，有的人就是能瞬间意识到发生了什么，还能搞出对策。但有的人，你什么方法都用上了，他就是不懂、不会、乱写。真是当老师最挫败的时刻。"

"老师——"

"人类就是这样脑瓜不开窍的学生啊。考题就在眼前，倒计时已经接近尾声，却还浑浑噩噩，不知道在干什么……"

"老师，到底发生了什么，您能告诉我吗？"

"小霜。"

"嗯？"

"你会开车吗？"

我点了点头。

"万一老师也没了，你自己跟着导航开到机场可以吗？"

"老师……"

扈导看了眼表，把车停到了路边。

"还有十分钟，现在是遗言时间，各自说各自的吧。一会儿不管谁死了,记得给对方带着。你先下去。"

她打开手机的录音功能,自顾自地说了起来。

站在尘土飞扬的路边,我也打开了手机。

"津波……"

过往·之二

津波很忙,相聚时间寥寥。

有那么几次,他在实验楼底下等我。路灯微暗,正巧在夜里照出他的身影和四周一圈花木,似乎少年本身在发光。

这个场景让我想起日语中的"花明かり",意思是暗处盛开的樱花能够隐约把周围照亮。

他站在那里微笑,照亮了我世界的一角。

然后,我们会一起回到实验室。可做的事不多,只能聊聊。

"津波,为什么取这个名字?"

"我是在天津出生的。怎么了?"看我笑了,津波有些疑惑。

"第一次见面就想说了,这个词在日语里可是'海啸'的意思哦。"

"啊?"

"日语里有很多汉字,可是表达的意思跟汉语完全不一样。当然,汉语也借了很多日语词,像'干部''哲学''教授'等。这侧面反映了中日两种文明在漫长岁月中的相互影响。现代日语还有海量的西方外来词,同样也伴随着被坚船利炮敲开国门的历史。语言的变迁就是文明的轨迹。这是历时语言学。"

"哇。"

"还有地理语言学。在一些印第安语中,当你转述其他人的话,

'某人说'的这个'说'字便会根据不同情况发生词形变化来暗示这个信息是听来的,读来的,还是道听途说来的。印第安人生活在茂密的丛林里,生存环境恶劣凶险,所以信息的来源非常重要,而汉语就没有这种语法。"

"这样啊。"

"津波,你不是总说物理是描述世界最客观的工具吗?语言其实也有这样的功能呢。我甚至觉得 Leonard Talmy[①]提出的力量动态学理论可以发展成物理语言学……啊,你要是累了就休息吧。"

"不累,我喜欢听你讲。"

津波望着我微笑,可眼中的倦意已经很明显了。

"休息吧。以后再讲。"

"嗯……"

房间里很安静,只有几台仪器在低声轰鸣。

少年躺在我的腿上,像一只温顺的大犬。我轻轻抚着他的头发,心化成了一波汪洋。

时光就这样慢慢向前,仿佛永远流逝不尽。

/ 第三次·午时 /

回到车里时,驾驶座上已经没人了。

我庆幸自己再次逃过一劫,也为扈导悲伤。她是国内语言学界泰斗级人物,如果真有什么事,该被保护起来的是她不是我。

[①] 伦纳德·泰尔米(Leonard Talmy),纽约大学布法罗分校语言学系教授,认知语言学创始人之一。

宇宙回响

座椅上脓血相混,也顾不了这么多了。我知道自己必须尽快赶到机场,不然不知道下次铡刀落下的时刻还有没有命担心弄脏衣服。

还好路程不远。

机场大厅血水横流,只在远方传来几声精神崩溃者的尖叫。

我把书包背好,直接奔向飞机停靠的地方,几次躲闪不及,溅起片片血花。

期待和家人团聚的老者,奔赴光明前程的留学生,第一次出国旅游的孩子……

对不起,对不起,对不起。

到达停机坪,真的有人在等我。

除了一位穿着西装的先生,其余五位全是飞行员。

"为了安全,人员备份应该更多一些才对。不过现在人手紧张,而且有更重要的任务。我们先登机吧……对了,我姓吴,负责接你和扈教授。"

"吴先生您好,我是林霜,扈教授已经……"

"我知道,正常。不过你真年轻啊。"

"这不重要。您能告诉我发生了什么事吗?"

"你先猜猜?"

"嗯,我猜地球正面临一个大危机。每隔两个小时就会有人死去,但死因不具有传染性。"扈导曾说口罩没有意义,而且没有阻止我接触尸液。

"还有呢?"

"间隔时间明显是按照人类的计时法,所以排除部分自然原因。但据我所知,人类也没有瞬间使人尸骨无存的技术。最后,大费周章来接几个语言学家,基本可以肯定是外星人入侵了。"

"厉害,我没接错人。"

"那也请您告诉我,死亡人数有多少?"

"半数人类。"

"哪一次?"

"每一次。"

飞机上,吴先生为我介绍了大体情况。

五个小时前,一个神秘物体从太阳方向逼近地球,距离很近时才被几所观测机构发现。北京时间上午七点整,该物体降临保密地点,悬空离地面一米。与此同时,世界范围内三十七亿人口在十秒之内化为血水。死亡原因未知,筛选方式随机。

七点三十分,神秘物体被确定为人体湮灭的原因,降临国派出第一批武装力量。八点,各国科研工作者陆续抵达,同时紧急召集幸存科研人员。

九点,十八点五亿人口折损,死亡原因未知,筛选方式随机。

九点十分,全体人员撤离现场。

九点三十分,某大国对该物体实施核打击。

九点四十分,该物体自行移动至远离核辐射的某保密地点,速度约为每小时一百八十千米。至此,各国军队实施的打击行动均告失败,科研工作者再次入场。

十一点整,九点二五亿幸存者折损,死亡原因未知,筛选方式随机。

"也就是说——叫什么来着?"

"中文代号'白矢'。"

白矢,白羽的矢,立也。传说如有少女被选为活人祭品,神明便会在其屋顶插上一枚羽箭。白矢已立,人类难逃。

"每过两个小时，那个所谓的白矢都要杀死世界上一半的人？"

"没错。"

"连原子弹都扛得住？"

"是的。"

"那还挣扎什么？快把我送回去，你这是剥夺我和家人享受最后时光的权利！"

吴先生笑了。

"别逗了，你是这样的人吗？遇见这么有意思的事，你能安心回家？我今天见多了，一个个都恨不得赶紧飞过去看看外星人长什么样。你们这些人啊，兴奋劲儿全写脸上了。"

我也笑了。

他一眼就看出，我讨厌一切简单乏味的事情。

/ 过往·之三 /

如果不是津波，我不会在这任何一座城市停留这么久。

我搭上 221 路公交车，挑了后排靠窗的位置，紧紧攥着手机。窗外的风景还算新鲜，消去了一些心头的烦躁，但阴霾有增无减。不用记录我也知道，这是山前市最后一条我没有见过的路。

往后，无论怎么规划、怎么绕远，我都只能去走曾经走过的地方。重样的建筑，乏味的风景，高度相似的人。

重复，重复，重复。

我厌恶重复。

你没有过这样的感觉吗？

驱车前往一个陌生的地方，即使速度一样，回程时也会觉得用时更短。

孩提时的一天漫长到无以复加，成人后在每一个新年才惊觉岁月如梭。

庸庸碌碌，按部就班，没有新的刺激，没有新的体验。我们的大脑也就懒得把这些放进记忆，主观上人们便觉得时间快了许多。

所以说，经历重复的事情就是在字面意义上偷走了我们的时间，这比吸烟、吃垃圾食品什么的可怕多了。

千千万万人宝贵的生命就这样被无情地缩短，为什么还没有人立法防止这样的事情发生？

不，他们不会。天知道有多少人对安稳重复的生活求而不得。

津波就是其中一个。

我叹了一口气，看看手机，他还是没有回我消息。

我在实验室找到了他。不出所料，他又在盯着电脑看。

"做什么呢？"

"学编程。"

"怎么想起来学这个了？又不当程序员……"

"因为21世纪不会编程的都是文盲啊。"

他不假思索地回应，丝毫没想到把我也骂了进去。

我已经习惯了。

"津波，我要去巴斯大学交流半年。"

他的视线这才从屏幕上移开。

"巴斯？"

"嗯，进修一下口译。"

"我不是和你说过了吗？学翻译一点用都没有。"

我没搭腔。

"你看你看,这是飞云公司新出的翻译软件,可以长时间记录佩戴者和交谈对象的话语并分析。有了实时语境,翻译的准确度会高很多,而且……"

他自顾自地说着,品不出离别的意味,也完全没注意到我正拼命地压着眼泪。

这是最后一次尝试,它的失败意味着我不得不面对现实:津波从来没注意过,我想要的到底是什么。

/ 第四次·未时 /

特别行动组语言分组临时基地位于神秘物体西北部三百米,后者被巨大的建筑工事严密包裹。进组前,我无缘一睹它的真容。

工作的地方是一个小礼堂。里面的椅子都被拆掉了,换上了几张大圆桌。五十多个人围着几张桌子有坐有站,显得十分拥挤。

我们进来时,几个中国人抬起头和吴先生点点头,算打了招呼。我认出几个语言学界的知名学者,还有专攻心理学和文学的教授。

我正要找吴先生要资料,屋子里突然安静了,接着响起了热烈的掌声。回头一看,一位巍巍老者现身。我立刻认出他是现今语言学界最珍贵的宝物乔伊斯先生。他的理论开创了一个时代,无数专家学者靠研究他或反对他而活。

尽管年逾九旬、旅途劳顿,乔伊斯先生仍然目光炯炯、精神矍铄。他在轮椅上探起身,向所有人微微颔首。

包括我在内,几个语言学家看到乔伊斯先生依然活着,都微微湿了眼眶。

"小霜?"

我这才注意到，帮老先生推轮椅的正是我在英国认识的小梅。

"师姐，没想到能在这里见面。"

"对呀。"

小梅师姐撇了撇嘴，表情有点怪。

没来得及叙旧，吴先生已经开始为新来的人提供外星来客的信息。

打开设备，一个纯白球体的全息投影在圆桌中间凭空显现，淡淡的光芒只能勉强照出各位学者的身影。

"这就是白矢？"

吴先生点了点头。

就样子来看，似乎叫"雾球"更为合适。我心想。

在球体的表面，开始出现密密麻麻的斑点。什么颜色的都有，每一个都是正圆形。那些星星点点的色彩渐渐变大，又仿佛是从球心向外飞来。圆点儿们成长的速度各不一样，但都很快停止了变化。在这个过程中，每一个图案都与邻居保持了一定的距离。我看到几位教授的口型，他们在默数。

"各位不用着急，这是放慢的影像，具体数据稍后会提供。"

紧接着，所有的圆点儿都伸出了长长短短的触手，在尖端相互接触、缠绕、溶解，像烟花在纯白的天空密集炸开，也像百花突然一齐绽放。但又不完全一样：颜色在其中狂乱而自由地涌动着，一瞬间让我想起了梵高的《星空》。

吴先生把画面定格在了这一刻。

"这样的图案在这几个小时里随机出现。如果有人在附近，它也会展现。我认为它在试图和我们交流。"

"每次的图案都一样吗？"

"所有的图案我们都已经记下来了,目前没有发现相同的。"

坐在下面的吴先生一摆手,球体上的图案迅速变化。

"有没有发现什么变化规律?"

"统计学意义上的规律还没有发现。这是数理组那边的初步分析。"

吴先生调出另一个画面,我看到了几百条公式和数值。

斐波那契数列,黄金分割比例,星图,真空光速,电子质量,普朗克常数……

每一条后面都跟着一个血红的叉号。

我突然想到津波,他一直坚信数学物理法则是跨文明通信的第一选择。

不知道他在哪儿,是否还活着。

这时,吴先生的话打断了我的思绪。

"乔伊斯先生,两个小时前我们已经把部分资料传给你们那边了,不知道'瞳朦'有没有什么发现?"

在大家期待的目光中,乔伊斯先生轻轻地摇了摇头。

失望的叹气声响成一片,但我并不意外。

乔伊斯先生的理论完全是基于人类的脑结构和心理基础。地球上碳基生命之间的语言有共性我信,可是放到外星生物身上就不一定灵了。

再说了,如果瞳朦真的已经破解了这门语言,乔伊斯先生还用千里迢迢跑到这里来和我们讨论?

"咳咳,"小梅清了清嗓子,"大家别急着失望,来之前我们讨论过,程序没有问题,路子也是对的。机器认出这是一门语言而不是随机数。但是我们缺乏条件。结构、格式、断词断句的方式,甚至一两个词语的意思都可以。只需要一点点规律,我们就能破解这门外星语言。"

"什么意思?"

"吴,"乔伊斯先生终于开口了,"我们必须见白矢,当面。"

/ 过往·之四 /

在巴斯交流期间,我又跑去了英国其他几个大学听课,当助教。最后一个月,我就是和乔伊斯先生与小梅师姐一起度过的。

乔伊斯先生是转生语法的创始人,退休多年还坚持讲课,同时特别欢迎别人的质疑和反对。上他的课,我受益匪浅。

在传统的语言学理论中,人们倾向于"描述"语言。就像中学生常用的语法书一样,理论中充满了条条框框,完全无法展现语言的丰富与精妙。而乔伊斯先生他们则抛开了外表化语言,研究全人类共同的内在性语言,即以心理形式体现的人脑对语法结构的认知。他们强调从认知学的角度对人类语言共性进行解释,认为语言有生成能力,是有限规则的无限使用。

随着计算机技术和人工智能的发展,乔伊斯先生甚至开发了一套分析语言内在规则的程序,想借此找出人类语言的共同公式——这听起来很像津波会做的那种事。

我给那套程序起了个中文昵称叫"瞳朦",指的是太阳将出、天色微明的样子,寓意此物将带来人类语言真正的黎明。乔伊斯先生很喜欢。

除了学习,大部分时间我都和小梅师姐在一起。她是乔伊斯先生的博士生,平常也负责推着乔伊斯先生四处讲课。

小梅性格豪爽、外向,经常带我到处去玩,阴雨连绵的日子就拉着我喝酒。我不胜酒力,常常喝两口就不省人事。但酒精带来的奇幻

宇宙回响

体验着实让我沉迷了一阵，可以暂时不去想津波。

不过，分开之后，津波似乎进步了不少。

消息常常秒回，说话也开始懂得照顾我的感受。一方面不再提翻译无用论，另一方面对我生活的点点滴滴也关心了起来。这是个难得的变化，之前总是我努力找话题，可没说几句就聊不下去了，而现在我常常和他聊到深夜。

我和他分享我在英国所看见的一切，谈乔伊斯先生的理论，谈小梅师姐家里养的花猫；分享未来要去的每一个国家、每一座城市，具体到参加烟火大会穿什么图案的浴衣；分享孩子的名字和婚礼的细节，甚至未来小家的布局……

他是那么有耐心，在每个异国他乡的深夜给予我温暖。

阳光晒过的书，发热的笔记本，还有厚实的围巾。

每一个恋恋不舍的"晚安"过后，我对他味道的思念就更深一分。

/ 第五次·申时 /

需要实地接触白矢的机构很多，许久才轮到语言组入场。

每穿过一道关卡，我的心跳就加快一重。

我以为我会见到一个浮在半空的奇异行星，恣意绽放的图形仿佛快进千百倍的原野之春，在其中流转的色彩则像木星表面的风暴一般呼啸。

我甚至有一种奇怪的预感，在我面前，它会做出不一样的反应，它会回答我的话。

五六台笨重的仪器挡住了视线，移开之后，我们终于来到了它的面前。

原来，这个飞跃无尽深空的来客，屠尽无数生命的冷酷杀手，神明射向祭品的无情箭矢——只是一颗纯白的珍珠。

借助现场的透镜，我意识到那是透明的外壳里充满了白色的迷雾，深深隐藏了内容。

我有些不知所措。军方总是像挤牙膏一样透露他们以为足够的信息，但他们忽略了生命的形态与大小对语言来说是多么重要。

在放大的图像中，它一瞬间完成了原点的出现与绽放，完成了一次书写。我还没反应过来，色彩即刻消失，然后又是一次出现。接连五次，也可能更多，它出现与消失的速度超过了人眼的承受能力。不过没关系，这些都被现场的监控设备记录了下来，并立刻连入乔伊斯先生的软件进行分析。

隔壁操控计算机的小梅很快发来了消息，没有重复的图案，一个都没有。

其他语言学家也做了常规测试，但我知道这没用。

语言不只是干巴巴的文字。在交流的过程中，各种各样的属性都会影响我们对语言的理解。

声调，重音，节奏感，屈折性。在不同的语言中，每一种属性的功能负荷量也不同。

在超音段音位学中，中文被视为声调式语言。阴平、阳平、上声、去声，音调变了，意思也就变了。与之相对的，英文单词声调的改变则不会产生这样大的影响。作为语调式语言，英文整个句子的语调才是改变意思的关键。

如果不知道这一点，生搬硬套母语经验的英语者仅凭中文的语音语料很难做出正确分析——在他们看来，仅有音调不同的字词怎么会有其他意思呢？

把范围扩大一点。

宇宙回响

在大多数有声语言中,交流主要靠语音,手势仅为辅助中的辅助,功能负荷量很小。

在手语领域中,手势则承载了绝大部分信息。

如果一个天生聋哑、与世隔绝的部落拿到了人类社会的影像资料,他们的关注点会自然而然地落在手势上,又怎么会知道一张一合的嘴巴正在源源不断地吐出信息流呢?

把范围再扩大一点。

盲蛇不识文字,蝼蚁视碑为壑。

在人类的世界里,鲸歌寂静无声。

再大一点。

缓慢的地壳运动可能是星球文明跨越千年的书写,而傲然隆起的峰峦则是它们绵延万里的句读。

对于白矢也是这样。

只有亲眼见过的人才知道,它是一种完全不同的生命类型。它的视野有多大?它的眼睛在哪里?或者说,它有眼睛阅读文字,有耳朵听懂语音吗?

这么说来,它周身绚烂的图案,真的是文字吗?

"你是说它的语言可能是其他形式?"

我点点头。

"温度变化,辐射,其他物理形式的变化或是散发出的什么东西,可能是我们肉眼看不到或者听不到的。"

"可瞳朦已经认定那是——"

"那只是分析人类语言的工具!它可是——它怎么可能和我们一样!"

我在心底里不允许它和我们一样。

曾经的梦里，我发现自己站在一个陌生的星球上，茫然不知望向何方。那时的我已经踏遍了宇宙里每一个角落，向哪里走都是重复的风景。

不，宇宙的多样性不可能这么差。

乔伊斯先生和吴先生也同意了我的看法。

"各部门注意，现准备验证六号假设。"

/ 过往·之五 /

津波的转变令人欣喜，但随着时间的推移，我总觉得有什么不对劲。

直到临近回国的一日，乔伊斯先生邀我去喝下午茶。

原来，他从小梅那儿拿到了一个叫"电子诗人"的小软件，是三十多年前一位中国工程师开发的，可以自动写诗。现在可以用人工智能写诗的程序不少，但在那个年代使用磁盘操作系统编出这样的软件，乔伊斯先生觉得很有意思。

"林，最容易被电脑抢走工作的艺术家，恐怕就是中国现代诗人了。"

想想也确实如此。

一来与别的文学形式相比，诗歌几乎没有语境，不必讲求逻辑，二来汉语也有着比较独特的语言学特性。

在地球数百种语言中，由印欧语系发展而来的多为屈折语。

与汉语不同，它们常靠词形本身的变化来表达信息。扎克伯格一句"I was human."引来猜测无数，就是因为它比"我是人类"多表达了过去这一时态信息。

屈折特征较强的语言中，一个词就能展现出事情发生在过去、现在还是未来，语态是主动还是被动，动作的主体是男人、女人还是小孩，是一个人、两个人还是一群人，甚至还能表现出说话人的情感与取向。

再加上无数介词、助词，英语这种形合语言将逻辑和情景牢牢锁在每一句话中。

但汉语不一样。词形不会随着情景变化，这就意味着同样的单字能够根据情景做出无限解读。

以"树"字为例，作为名词它可以是一种植物，作为动词它可以"树"桃李，也可以"树"劲敌。它不受时间、地点和主语的限制，同时拥有广阔的隐喻空间。

此外，作为意合语言，汉语中的逻辑和情景往往是隐含在字句中的，极其依赖语境消抹歧义。现代诗几乎没有语境，那解读的空间就很大了。

人会不自觉地将三点之物看成面孔，心理学家称之为类脸性，而意合语言母语者将随机单字组合想象成有深远意义诗歌的特性，我给它起了个名字叫"类诗性"。

乔伊斯先生哈哈大笑，他夸我是一个起名专家。

回到住处，我突然意识到哪里不对了。

我调出几个月来和津波的聊天记录，很快发现了无处不在的违和感从何而来。

津波的话总是很短，多为对我的回应，很少涉及他的生活。

有那么几处模棱两可、答非所问的句子，都在类诗性的影响下被我自动理解为另有深意。

这只是一个猜测而已，我对自己说。也许津波只是不善言辞，也许他的生活太过规律，没有什么新鲜的事情好说。

"津波，你能讲讲我们初遇的那天发生了什么吗？"

"具体的记不太清了。"

"你的实验室是什么样的?我上次提到地理语言学时是怎么说的?"

"呃,具体的记不太清了。"

叙事,描写,转述。大段汉语文字需要极强的内在逻辑,显然屏幕里的"津波"没有这个功能。

这么久以来,到底是谁在和我聊天?

回国之后,我立刻去找了他。

"津波。"

"嗯?"

"这是怎么回事?"我调出聊天界面给他看。

"啊?什么怎么回事……"他明显有点心虚。

我当着他的面发出几个字,立刻收到了回复,而眼前的男孩甚至没有摸手机。

"呃……被你发现了……"他脸红了。

"不解释一下?"我压着火气,但声音有点抖。

"嗯……其实是我之前和你提到过的实时翻译软件,它会通过收集长时间的会话数据来提高翻译精度。我稍微改造了一下,它可以分析这些会话数据来代替你进行反应。然后我还根据网上的'哄女孩大全'稍微调教了一下……"

"多久前开始的?三个月前?还是我一到英国就开始了?"

"嗯……其实早就开始了。不过之前只是偶尔用,到英国以后就一直在用……"

我闭上眼睛,深吸一口气。

"津波,你要是不爱我了可以早说,分手就是了。"

他沉默了,我的心一沉。

宇宙回响

"我猜对了?"

"你怎么会这么想?我实在是很忙。费力开发这个软件是为了让你开心。"

让我开心?

在英国的一点一滴,我都分享给了谁?未来的旅游计划,是谁答应我一同前往?生病难受的时刻,对我嘘寒问暖的又是谁?

那些深夜里的彷徨、大千世界孑然一身的孤独和被无尽重复掏空生命的无奈都曾在他一次次的抚慰中消解,有求必应的话语也曾是我安全感唯一的来源。

现在想来,所有的温暖不过来自被窝中发热的手机。

我的胸部剧烈起伏,泪水几乎夺眶而出。

看到我的样子,他皱起眉头。

"只是小事,不要生气了,我以后不用就是了。"

"那你道歉。"

他沉默了一会儿。

"我没觉得有错。我陪你和 AI 陪你效果是一样的啊。"

"我要你亲口说。"

"哪怕是一模一样的话?"

"怎么会一样呢?在你眼里,人类语言就是算法可以轻易模拟的吗?"

他又不说话了。

"你是不是觉得语言只是工具,研究没有意义,翻译更是迟早要被淘汰,就你们的物理有意义?"

他盯着地面。

我咬紧嘴唇,希望一辈子都不要再见到他。

/ 第六次·酉时 /

很快，数十台更精准的仪器换到了小间，不间断测量它可能散发出的其他形式的信息。此外，各颜色的数值也被量化，成为计算机中一股股数字流。先做简单的规律测试，再在乔伊斯先生的软件中进行分析。

…………

"声波？"

"无效数据。"

"光强？"

"无效数据。"

"电磁场？"

"无效数据。"

…………

无效数据，无效数据，无效数据。

"真糟糕。"

最后一个希望也破灭后，我忍不住把所有资料砸在了桌面上。

小屋里已经没几个人了。乔伊斯先生独自在角落沉思，而吴先生早已在领我们回程的路上化作了春泥。

我现在改了主意：这个小珍珠就是一个纯粹的屠杀机器，什么语言，根本就不存在。而我在这里度过的时光，完全就是浪费自己生命里最后的几个小时。

"小霜，终于想明白了？"

小梅师姐不知什么时候过来了。她浑身散发着酒气，一把揽住我的脖子。

"世界末日就该有点世界末日的样子,挣扎什么呀。"

我抓过她的酒瓶,猛灌了一口,辣得眼泪直流。

"这就对了嘛!喝了这个,什么黑矢白矢,都给我滚出地球……"

她四处分发酒瓶,除了乔伊斯先生,每个幸存者都喝得烂醉。

"还有多久?"

师姐打了个嗝儿,坐在我身边。

"十分钟。"

"现在呢?"

"九分钟。"

"现在呢?"小梅立刻又问,哭了。

我沉默了。

随着又一个整点临近,末日狂欢派对变成了死刑执行现场。

大家三三两两地坐在地上,有的人念念有词,有的人在写遗书,但又突然想起读者早已先一步离去。

"现在呢?"

"五分钟。"

"啊,五分钟。"

小梅再也受不了了。她站起来,摇摇晃晃地向窗口冲去。她忘了这是二楼,得不到想要的解脱。

我想提醒她,可白矢的图案重叠在小梅蹒跚的躯体前。我知道这是酒精的作用。

各色的玫瑰在球体里旋转盛开,伸出细小的触手彼此纠缠,在每一个交叉口都长出一张变形的脸。我变得比草履虫还小,站在未知材料铸成的保护壳下,痴迷地望着半边狂乱的天空。那些面孔都转向我，眼睛流淌出眼睛，双唇嵌套双唇，它们都在和我说话。我伸出手，想要触摸这有形的语言……

"小霜！"

一片沉寂中，熟悉的声音把我拉回现实。有人推开大门，气喘吁吁地站在门口。

我猛地回头，是津波。

不顾满屋绝望的泰斗前辈，不顾滴滴作响的死亡倒计时，不顾最后那场激烈的争吵和分离两个月的隔阂，他在看见我的瞬间飞也似的向我冲来。

哽咽着，紧紧抱住了我。

我还没有原谅他，但早已不再重要了。

阳光晒过的书，发热的笔记本，厚实的围巾。

他的味道一如往常。

"对不起。对不起。对不起。"

他把头埋在我的长发里，摩挲着，一边哭一边把什么东西往我身后的包里塞。

"我才知道你在这里。对不起。对不起！"

"没事了，都没关系了。"

真的什么都没关系了，在他的怀里，我什么都不怕了。

"我写给你的东西，一定要看。"

"我不看。我要你亲口念给我听。"

我用尽最大力气回抱他，我要把他的气味揉进每一寸肌肤里。

"在未来，让我的 AI 陪你吧。"

宇宙回响

/ 第七次·戌时 /

少年开始在怀中融化。

他的头一沉,落在了我的肩膀上,黏稠的液体流进了衣物,贴着皮肤滑下。我紧紧抱住的躯体曾是那么坚实,突然变得柔软异常,双臂嵌入肌肤,甚至触到了肋骨。但那只是一瞬间。骨头,皮肉,衣物,属于少年的一切顷刻间化为脓血,随着身躯的倾倒瀑布般浇满我的全身,然后混着其他人的遗迹顺着略微倾斜的地板流向田野。

我整个人跪倒在地。

身体的一部分在撕心裂肺地叫喊,但另一部分早已游离于这个世界之外,冷静地看着浴血崩溃的自己。

一个念头冒了出来:在下个时辰到来之前,我一定要看看津波写了什么。

部分血水顺着拉链的缝隙流进了背包,所幸字迹没有污损。

他的笔迹和性格一样一板一眼,像刚学会写字的小学生。我的手在抖。

小霜,对不起,都是我的错。我明白,是我太自私了。我一直认为,世界是物理的,遵循着不可逾越、万物平等的规律,所以人和人也不会相差多少。但我错了。是你教会我每个人的内心都有一个真正独立的世界,都有外人极易忽视、自己却视之为珍宝的东西……对于你来说,就是语言和万千变化。它们与我所珍视的物理和和谐稳定一样,都是有价值的,值得尊重的。是我不懂得换位思考,看不清你的世界。对不起。

没关系。真的没关系。

我的眼泪缓缓流下来，冲刷掉了脸上的血污。

对了，我有一件礼物想要送给你。我准备好久了，希望可以让你在这个你不喜欢的世界里好受一点。

我想告诉你的是，在我们所处的空间里，万物都在变化当中。温度在变，湿度在变，气压在变，光压也在变。空气中布满了分子、细菌和病毒，还有可见和不可见的尘埃。哦，还有电磁场。无线电和微波无时无刻不在穿过我们的身体，掌心大小的区域里就会有几十个来自宇宙深空的电子。

看似平静的水面，各色分子翻滚不息；看似坚固的物体，实则是一汪电子海洋。还有各类元件中奔涌的电流、生物体不断生长的发丝、永远在前进的时间……万物从来没有一刻是重复的。

小霜，从这个角度来看，世界也没有那么乏味，不是吗？

哭了不知多久，我才恍然回过神来。

大口呼吸着污浊的空气，我躺在原处，还在回味刚刚的一切。

短短二十五年的生命在脑海中闪回，最终浮出水面的只有寥寥几个词句。

津波。语言。AI。

乔伊斯先生。瞳朦。屈折性。

永远在变化的世界，永远在变化的花纹。

那是一个全新的可能。

我一下子坐起来，心突突直跳。四周一个人都没有。发丝混着血水一缕一缕贴在脸上，我也顾不上整理。

稍作搜寻，我找到了吴先生的对讲机。他一直靠这个与几位重要人物沟通,他们再根据各个工作小组的提案来协调行动。

只是人类大部分优秀的科研工作者都已经牺牲或崩溃了,我不知道一会儿谁能听到我的声音。

饥饿,恐惧,悲伤,痛苦。我拿着对讲机的手在发抖,但脑海里的一条思路异常清晰:

无论是人称、时态还是语态,每多携带一种情景信息,屈折语的信息密度就会增大一重,学习难度也会呈指数上涨。

汉语也曾是一种屈折语,同一中心意思的词语也有无数独立变体,例如古汉语中的骠骢骓骐骥。难学,难记,字形变化多端,规律细致庞杂。因此,随着时间的推移,各国语言几乎都在向分析语发展。现代英语还保留着一些屈折变化,汉语的单字在交流中则完全不会变形。

"我代表语言分组在此作出七号假设:白矢的花纹很可能是一种屈折性极强的语言。就复杂性来看,单字的变化不仅反映了常见的时态、语态和人称,也许还包含了辐射强度和温度等周边的物理属性。它们的千变万化使得单个文字的重复性急剧下降,表面随机性骤升,因此我们找不到两个相同的图案,规律也无从谈起。建议收集白矢周边环境数据录入瞳朦,从屈折性角度进行分析。假设完毕。"

如果是真的,这将是世界上最复杂的语言,每一句话都精准无比。类诗性无法发挥作用,津波设计的语言 AI 也永远无法模拟。

但这同时也是最美的语言。它完美映射一切外在环境和情感体验,创造出的每一个字都新鲜无比,表达出无数独一无二的世界。读懂这种文字的人,就理解了那一瞬间你的一切。

时间一秒一秒过去,设备对面一片寂静。我没有失望,面对这个谜题,我已经尽了最大的努力。

我又躺了回去,把信纸捧在怀里,期待不久之后与津波重逢。

又过了几秒,对讲机里传来了乔伊斯先生的声音。

"林,这个假设很好,来白矢这里吧。"

我赶到时,乔伊斯先生已经在重启曈朦了。

白矢身边早已布置了各类精密仪器,我稍作调整就得出了所需的环境参数。在乔伊斯先生的调试下,曈朦很快给出了参数与花纹对比分析的结果。

和我之前想的一样。

白矢文明所拥有的是一种密度极高的信息传播体系。它的每一个词语都随着时间、空间、温度、湿度、辐射强度、引力和光压的变化而变化。当然,乔伊斯先生认为还有一些人类未能正确认知的物理参数。

这些变化不是机械性的——我更倾向于认为那是白矢对这些微妙改变所作出的情感反应。就像有的人见到滔滔江水会壮怀激烈,听到细雨连绵会暗涌思愁。

接下来就是曈朦的精细运作和反向运作——解读具体文字,给出我们的回答。

半个小时后,朵朵墨花在我手中的屏幕绽放,那里写着我们的历史,我们的文明,还有对生命的渴望。

奏效了。

在一老一少的注视下,这个屠尽亿万生命的异星杀手隐去了自己的身形,在空气中消失得无影无踪。

整点的钟声敲响,我和乔伊斯先生相拥而泣。

/ 余波·终局 /

事后想来,全世界最早猜测出白矢目的的人是扈导。

在交给我保管的录音里,她再次提到人类是一个不开窍的孩子,面对考试莽莽撞撞,在倒计时接近终点的胁迫下手足无措。

我和乔伊斯先生也认为,白矢很可能就是一个文明测试,测的是语言和科技。或者说,在它看来两者本为一体。

科技水平决定了我们能测出多少种变化的环境参数,语言学水平决定了我们能否利用它顺畅表达。每隔两个小时湮灭一半人类的做法则可以看作残酷的倒计时和强劲的推动力,以最快的速度逼出这个文明的整体水平。

是的,整体水平,不是最高水平。

语言本身就是体现世界整体文明程度的最终标准。得以在世界范围内流通的文法和词汇,反映了整个人类最普遍的认知水平。"电脑""AI""量子通信""虚拟现实",只有曾经的前沿科技、专有名词随着文明发展化成日常用语,才意味着人类整体向前更进一步。文学名著、哲学名作、诗词名篇,只有超越时代的伟大作品终为世界的大多数所接受并奉为经典,才说明这个物种的精神文明平均水平再上一层。我们侥幸通过了这场测试,代价是数十亿人的丧生。

走在充满奇异花香的街道上,我收到了乔伊斯先生的邮件,是对白矢信息的进一步解读。

和当场破译的相同,白矢的花纹大部分都是一些喃喃细语,在述说一些感受,感受这里的风光和独特的物理环境。

我发给津波的 AI 看,我说这个文明可能和我一样极度厌恶重复,它们放大自身的感官去感受世界一切细微的变化,借此来拓展生命的长度。它学着津波的语气夸我,还说别忘了明年三月要一起去北海道旅行。

我笑了。在最后一次见面前,津波把我在英国和他的所有的聊天记录都看了两遍,记下我想去的每一个地点,查好攻略,认真录进了

AI 的数据库里。

  我会去约好的每一个地方。在不能旅行的时候，我会像津波教我的一样，认真感受这个世界一点一滴的变化。

  对了，如果有机会，我要飞上太空，去寻找白矢的家乡。

  阳光晒过的书，发热的笔记本，还有冬天厚实的围巾。

  无论走到哪里，他的味道我都不会忘记。

注 部分理论做了艺术化处理。

参考文献：

[1] 许余龙. 对比语言学 [M].2 版. 上海：上海外语教育出版社，2010.

[2] 温格瑞尔，施密德. 认知语言学入门 [M]. 北京：外语教学与研究出版社，2001.

[3] 莱文逊. 语用学 [M]. 北京：外语教学与研究出版社，2001.

作者简介
昼 温

  科幻作家。作品发表在《三联生活周刊》《青年文学》《智族 GQ》和不存在科幻公众号等平台。《沉默的音节》和《猫群算法》分别获得 2018 年、2021 年的中国科幻读者选择奖（引力奖）最佳短篇小说奖。2019 年凭借《偷走人生的少女》获得乔治·马丁创办的地球人奖（Terran Prize）。多篇作品被翻译成英语、日语在海外发表，其中《沉默的音节》日文版收录于立原透耶主编的《时间之梯 现代中华 SF 杰作选》，并于 2021 年获得日本星云奖提名。多次入选中国科幻年选。著有长篇《致命失言》，个人选集《偷走人生的少女》。

星　变

松　泉／

／　一　万里人间伏苦暑，烟波江上论苍生　／

深秋十月。这本该是个寒气初上、万物萧条的季节，却一如三个月前一般热浪滚滚。

一条大河自西向东缓缓流动。说是大河，可极其宽广，远远望去竟看不到对岸。河面上漂着不少小船，仔细望去，能看到一些渔民正在紧张地拉网捕鱼。太和星的光芒洒在河面上，粼粼闪闪，令人一阵心神动摇。

"金陵才士百零八，徐家游子二十三。"河边的画船上传出一句温润的男声。船头的几只水鸟一惊，扑棱扑棱迎风而起，向着远方的高树飞去。

"高大哥，你就不要取笑我了。"一青年男子笑道。这男子肤色偏黑，却不是天生的那种黑，而是由于经常在野外行走被晒出的那种黑。虽黑，却掩盖不住天生的眉清目秀，举止神态分外不俗。

"我哪是取笑你，这可是碧海阁每五年公布一次的金陵榜。现在大街小巷的娃娃们都会唱了。哈哈。"中年男子继续道，"竹杖山河开秘境，芒鞋草木入霜毫。妙！妙！"说着不禁拍起手来。

"不过是些沽名钓誉罢了，何足挂齿。"

"你看看你，还是这么个淡泊的性格。这金陵榜的本意岂是为了让你们扬名？说白了就是认为你们是这一代的领头人。我金陵朝号称千万人口，但读书人不足百分之一，将来带领他们前进的担子少不得要落在你们肩上。"

青年闻言正色，毕恭毕敬道："高大哥教训的是，我竟没想到这一层。"

"我倒不是教训你，"中年男子摆了摆手，"这金陵榜的前五十人中，理科只有你徐隐、张云、祖苐三人。你们不是从政之人，也不是应用学科，排名却能如此靠前，这是对你们的认可，也是给你们的压力。最近这几年异变频发，天下很不太平，你看这祖江，不过数年工夫，水量足足减少了一半。据说很多区域已经断流数月，今年的旱情怕是几年中最严重的。这次王上召见你们，也是希望你们能提出一些好的建议。"

徐隐点了点头，望着向东流去的祖江，沉默不语。

前些日子顺祖江东流而下，见到了太多令人惶惶不安的变化。比如江州附近的百香岛，每每想起令人唏嘘不已。那本是一个江心岛，方圆数千米，曾有人在那儿发现过数种新奇的动植物，比如一种长相颇似老鼠、叫声如同羊叫的鸟；一种植物圆叶赤秆、黄花红果，动物食之无事，人食之则亡；还有一种植物开黑色的花，结白色的果，花与果香味浓烈，根茎却奇臭无比……但现在，原先水面以下数米的岛石都裸露了出来。听几个渔民说，岛上的水源都枯竭了，植物死了大半，遍地都是动物腐烂的尸体……渔民还说，前段时间有几只三脚兔跳入水中活活淹死。它们是自杀？想起这些，徐隐一阵心悸，几乎喘不过气来。

"说起来，这些年的异象你可了解？"中年男子问道。

"异象之端是五年前开始的夏季延长。一般而言，立秋则夏止，但五年前，炎热天气直到白露时才逐渐消退，此后炎热天气逐年延长，今年已过寒露，但温度还没有下降的迹象。第二个异象是大量坠落的陨石。两年前陨石第一次落在我朝密州，然后是徐州、蔡州等地。目前我朝各地均已发现坠落的陨石，据统计共百余颗，最大的重数千斤，绝大多数为铁陨石，但仍有许多成分不明。陨石共造成约三百人伤亡。第三个异象来自东海国。一些渔民出海时，发现海上有几处冒起浓烟，气味刺鼻，数日不息。浓烟周围有大量鱼群死亡。据猜测，可能为海底火山喷发。"

"不错。除了这些异象，我朝各地已出现了不同程度的灾情。目前许多河流已断流，难以满足正常的灌溉需求。荆州、淮州等地的二季水稻大部分因干旱枯死，而北方的冬小麦也面临大面积干旱致死的情形。不少地区还因高温天气发生火灾。"

"那百姓可有伤亡？"

中年男子赞许地看了徐隐一眼，说："如此大的天灾，百姓伤亡无法避免，而且流民也日渐增多。幸好各地府衙及时开仓放粮，全力救助遭受灾害的百姓，并建立了大量的流民收留站，才没有发生骚乱。内阁在这几年的事务处理上极为稳健得当，据说因为长时间的无休当值，阁内三分之一的官员都病倒了。"

"百姓安居乐业，内阁担子最重。当朝首辅又是谨慎稳妥之人，相信他们不会让天下百姓失望。"

画船再次安静下来。早先飞走的几只水鸟又扑棱扑棱从远处飞回，稳稳地落在了船头上。

/ 二　斗转星移天变色，桑田沧海地生谜 /

王上召见是在文华殿。除了内阁诸老、朝中大臣、数位翰林学士，剩下的都是国内科学世家的代表，比如天文世家的张云、数学世家的祖苒、化学世家的葛清、工家的墨储、农家的贾和等。徐隐向众人一一打招呼。虽然不是第一次见面，但由于他经常在外勘探旅行，黑得竟有些让人认不出了。这些人里与徐隐最交好的便是张云了。"掌内棋盘布星海，胸中经纬破重天。"这是碧海阁对他的评价。金陵榜排名第八，他也是二十年来第一次排入金陵榜前十名的科研之人，年纪轻轻便已名扬四海。

王上也是个奇人。他年轻时就对科学表现出极大的兴趣，经常召见各科学世家的家主问这问那。一开始，大家以为这只是年轻人的一时兴起，但王上即位后，却直接成立了国策院，把一半的席位分给了各大家主，从此科学世家在重大国策的制定方面有了极大的话语权。当时许多老臣连连上书反对，跑到太后那儿一把鼻涕一把泪地哭诉，说是动摇国本。天下各国也都出言讽刺，"以不敬之心窥探天地，不自量力，必遭天谴"……不过令这些人出乎意料的是，金陵朝不仅没有遭天谴，反而国力突飞猛进。王上大力支持农家培育新的粮食品种，研究新的种植方法；支持地理世家在国内寻找各种矿产资源；支持工家改进灌溉设施，创新冶炼技术等。王上将自己的年号命名为"更始"，寓意为"改变从此开始"。十几年来，金陵朝的百姓生活日益丰足，不仅再也没有大臣反对国策院，周边几个国家甚至也学起了"科技兴国"这一套，只可惜他们的王上并非真正对科学感兴趣，又常常受到大臣的反对或阻挠，总之没一个学成的。

与前几年相比，徐隐发现王上憔悴了很多。这些年天下异象多发，各国都渐渐出现动荡的局势，上至各国君王，下到各级官员，都心急如焚，如果不能及时解决这些问题，只怕到时又是一场生灵涂炭。

王上环顾左右，说："近几年天下出了不少事情，想必诸位爱卿都已知道。这次召集诸位，便是想集思广益，想出个为什么和怎么办。"说着看向科学世家那边，竟有了一丝微笑，"这次能见到你们这些新一代的科学才俊，寡人甚是高兴。本次朝会也主要是想听一听你们的看法。"

朝堂上安静了一瞬。

气象世家的黄安缓缓出列，道："王上，这几年气候变化殊异，臣翻遍古代典籍，未发现有如此气候特征。臣猜测，这必然是一种新原因所引发的变化，恐怕与陨石的密集坠落有某种内在关联。"说着看了张云一眼，"张兄可有解释？"

张云琢磨了一会儿，道："气候变化的原因臣大概能推知一二，但陨石的坠落臣尚不明白。"

"哦？"王上的眼睛突然明亮了起来，声调也高了几分，"你说说看。"

众人也都注视着张云。

"诸位都知道，我们的祖星自转一周为一天，祖星绕着太和星运动，环绕一周为一年。但祖星的自转平面与公转平面并非共面。也就是说，祖星的自转轴与其公转平面并非垂直。在这种情况下，太和星对祖星的直射点一年循环一次，就产生了四季。祖星的自转轴一直是指向帝星的，但据臣等近两年的观测记录，祖星的自转轴发生了偏移,不再指向百帝星区,而是指向了旁边的麒麟星区,这就导致太和星直射点的范围发生了变化。臣推测,太和星直射祖星的时间变长,所以导致了气候的变化。"

"唔!这解释颇有些道理!"王上赞叹道,"既然你已明了原因,为何不曾上报朝廷呢?"

"回禀王上,一来,虽然这能解释气候变化,但却无法解释陨石的密集坠落,而祖星自转轴发生偏移的原因也尚未查明,因此臣目前还在求证。二来,祖星的自转轴偏移,虽然在臣等眼中不过是自然现象,但百姓可能并不明了。若是贸然讲出,只怕会滋生事端。"

"难得你有心。"王上看向众人,缓缓道,"此事确实需要谨慎求证。本次朝会内容一概保密,有泄密者立斩不赦。"

"诺。"众人遵令。

"王上。"说话的是一名老者,鬓发已然斑白,脸上有几分疲态,但依然目光炯炯。老者姓谢名谦,便是当朝的内阁首辅。"臣不太懂科学。但臣以为,王上思虑各地的灾情,已是非常劳累,何必再去想这科学之事呢?更何况,这天上的东西摸不得闻不得,我们又怎么证明自己了解的是正确的呢?"

"首辅大人此言差矣。"张云道,"科学之论,在于寻求真理的过程。虽然有时无法证明某个理论一定正确,但我们可以回避某个完全错误的理论。据我所知,因为高温,南方的梁国境内已经有大量民众伤亡,大理国的农作物一半已经绝迹,而这两国的王上在干什么呢?他们下诏'寻求各地的奇人异士,能布云施雨者官至上卿',虽然应召之人络绎不绝,却无一人成功。有传言此二国已经流民遍野,暴乱随时可能发生。若不是王上当年大力发展科学,我朝现在恐怕也会如此吧。"

"哼！伶牙俐齿！"谢谦冷笑了一声，转而向王上道，"王上，这几年各地拨粮救灾、收救难民、兴建灌溉设施等耗费了大量库银，目前财政日益吃紧，但对各科学世家的款项支持却没有变化。臣恳请削减对科学世家的财政支持，加大对各地救灾恤患的投入。"

"臣等附议。"包括内阁诸老在内的绝大多数的大臣纷纷表示赞成。

一时间，朝堂有些混乱。王上的脸色变了变，但没有说什么。

一会儿工夫，朝堂安静了下来。没有人说话，安静之余伴随着些许尴尬。

徐隐环顾四周，咬了咬牙，向前迈一步，说："王上，这些年，徐家之人周游四方，勘探地理资源，考察未知之地，有一些发现，不知对了解此事有无帮助。"

"原来是徐隐，说来听听。"王上有了些精神。

"前些年，臣远下南方，在大理国的最南处误入一古地。古地有一组石刻，石刻内容前半部分为'烈火当空，万众伏野，祭祀高歌，求云祈雨'，而后半部分则是'战乱四起，尸横遍野'。据臣判断，此地石刻距今已有千万年。而另一地理世家班家曾于极北方发现一古地，亦有一组石刻，内容却与南方的截然相反，上面刻的是'冰覆八方，万物凋零，人迹绝踪'。此地亦有百万年之久。"

"哦？这些发现倒是颇为有趣，众卿可有耳闻？"

一个翰林走了出来，道："王上，这些发现臣也听说过。只是我人族史不过两千余年，这号称百万年、千万年的石刻实在是让人费解。况且，一些人把这作为古人的预言，臣也是不敢苟同。'子不语怪力乱神'，臣以为这不过是些可笑的传言罢了。"

"臣也有此意。不过，虽然臣不认为这是古人的预言，但臣确定这些石刻的年代基本正确。"徐隐欲言又止，面露迟疑，反复了几次，最终苦笑一声，"臣以为，这些很可能是上古文明的遗迹。"

"嘶……"朝堂上响起了一片倒抽冷气的声音。大家面面相觑，都不敢相信自己的耳朵。

"你是说这是以前存在过的文明？"

徐隐道："虽然暂时没有证据，但臣倾向于这个猜测。"

那翰林叹道："若果真如此，也太恐怖了！那些过往的文明，绝灭后竟无任何传承。"

"王上，"沉默了一段时间的张云突然接着说道，"徐兄的话让臣产生了一点想法。请王上给臣一个月时间，臣可能会给出一个推断。"

"好，寡人给你一个月时间！希望诸位齐心协力，找出此事背后的原因，于此天灾中拯救天下子民！"

朝会结束，当众人走出文华殿时，太和星已然落下。暗夜来临，珍珠一般的恒星瞬间布满整个天空，璀璨无比。万星争耀，各放光芒。

/ 三　祖星千载不平事，敢向苍天问有情 /

万星阁建在海拔数百米的山坡上，是张家的中枢所在。这里既是张家的观星楼和实验室，也承担着图书馆的功能，保存了有史以来各种天文典籍、张家多年的天文观测记录等。

万星阁的大殿贴着一副对联："尽遣有涯之生观星辰规矩，须纵无穷之思明宇宙真理。"这是张家第一代观天者所写，也是张家世代追求不息的理想。大殿两侧分别放置着两个巨大的模型。左侧是一个大展板，上面密密麻麻地粘着一些大小不同、颜色各异的小球。小球在展板上形成了一条自左上到右下的宽带。左上的小球略大，数量较少，以蓝色居多；右下的小球略小，数量较多，而以红色居多；中间则以绿黄橙几种颜色过渡。这便是三十年前由张家的张赫所建立的恒星演化序列。这天上的繁星亮度不同、颜色各异，却冥冥中如有指挥一般，恰好地排列在一张光度与颜色渐变的图上。人们也第一次发现太和星居然是一颗白矮星。右侧是祖星绕太和星的旋转示意模型。太和星的周围是一个巨大的圆盘，祖星位于盘外绕太和星做圆周运动。另一天文世家钱家的钱赋曾经推论，几亿年前，太和星的前身星经历了红巨星的阶段，所有的壳层物质被抛向远方，而它的直径瞬间暴涨了几百倍。围绕太和星旋转的近邻行星被无情吞没，由于我们的祖星距离太和星足够远，才从这场灾难中侥幸存活下来。随后的几亿年，变成白矮星的太和星慢慢冷却，而那些喷出去的物质也慢慢回落，形成了这个巨大的尘埃盘。这尘埃盘一直延伸到祖星附近，被前人称为"天上的岛屿"。

站在万星阁的大殿内，徐隐用衫袖擦了擦汗，指着几个箱子说："我可给你送来了！这是大理国古地石刻的所有拓印本。"

"多谢徐兄！"张云笑着答道，随后指向一位老者，说，"这是古语世家的仓老先生，这次请来是为我们解惑的。"

徐隐马上向老者见礼。老人家一袭青衫，仙风道骨，捻了捻几缕胡须，笑着点了点头，算是回礼。

三人不再多言，快步来到议事厅。徐隐小心翼翼地打开几个箱子，对二人说："我已经按照时间顺序对这些拓印本进行了整理。古地石刻的技艺相当不错，我猜测他们已经掌握了一定的金属冶炼手段。"

三人一幅幅石刻看过去，只见前半部分的石刻比例协调而写实，线条圆润而艺术；后面的石刻却力道不足，线条杂乱，可以看出雕刻得十分仓促。三人的心神逐渐浸入其中，那曾经消逝在历史长河中的古文明，随一幅幅画卷重现世间。

烈日当空，燃起熊熊烈火。一望无际的大地上，跪着密密麻麻的人。人群中央是一个巨大的圆形高台。只见六个人披头散发，穿着奇怪的服饰，在高台上围成一圈，跳着奇怪的舞蹈。高台中心跪着一名大巫，他紧闭双目，双手向天空高高举起，好像在低声吟唱。俄而他又高高跃起，双手各持一支火把，跳起同样奇怪的舞蹈。

上天似乎感受到了人们的祈求，命令雨神驾着乌云前来施雨。一会儿工夫，大雨倾盆而下，地面上的人们露出兴奋欢乐的神情，相拥而庆，又纷纷对高台上的大巫磕头不止。大巫看着高台下的人群，双手高举，大声狂笑。

然而，干旱并未因一场大雨而终止。大地龟裂，蜘蛛网一样的纹缝布满了所有角落。河流皆已干涸殆尽，田野的农作物渐渐绝迹。许多山井喷出浓烈的黑烟，遮天蔽日。

为了争夺生存资源，部落之间开始爆发战争。无论老人，还是孩子，无论男人，还是妇女，都被卷进了战火里。只见一个骁勇的战士骑着三只角的猛兽，举着火把向对方的营帐冲去；一排弓箭手挽起长弓，远远射向对面的人群；更多的人则是持着长矛短剑厮杀。每个人的表情都是那么狰狞，似乎要将对面的敌人吞之而后快。一个战士将长矛刺进敌人的胸膛，没来得及抽出武器，便被一把弯刀削下了头颅。鲜血喷向天空，宛如一朵盛开的红牡丹。熊熊烈火在大地上燃起，哪里有生命，哪里就有火光。没有人可以逃离。这里是人间，这里也是地狱。

大地上躺满了尸体，就连曾经万众伏拜的大巫，也被一根长矛钉在了枯树上。一个骨瘦嶙峋的老人，正在捧食地上的沙土；一群成人正高举一个皮包骨头的孩子，要把他丢到一个锅里；一个妇女正趴在地上号啕大哭；一个战士发指眦裂，手持一根长矛，对着众人怒斥，似乎要众人放下那个孩子……

"咕咕。"三人猛地一颤，心神被拉了回来。原来是几只孟鸟，正在窗边踱来踱去，好奇地看着三人。

"每次看这些石刻，我都不禁心惊胆战，无法自持。"徐隐叹道。

"饿殍遍野，易子而食，析骨而炊，"仓老先生擦了擦额头的汗，"没想到世间真有如此惨剧。"

张云狠狠地摇了摇头，长吁了几口气，说："我们要抓紧了，毕竟……这不是我们想要的结局。"

"最后一个石刻不是图画，而是某种文字，你们看。"徐隐打开拓印本，放在大家面前。

仓老先生凑了上来，仔细看了又看，点头道："不错，这应该是某种图形演变而成的文字。以万物为形创字，可谓文明之基。我曾经见过类似的文字，有些差别，但给我数日，大概能解得出来。"

一周后，仓老先生果然如约，命人把翻译的拓本送了过来，并托人带话："老朽年事已高，实不忍再看一遍如此惨况。"徐隐和张云默然，打开拓本，只见字字如血，不忍卒读。

"大云部落七十三年记。自五百年史载至今，有红日侵世。历代圣贤殚精竭虑，率民抗灾。四百年前，轩帝携百万民众北上千里，披荆斩棘，开辟新土；三百年前，禹帝率众移南山，通北河，植绿林，兴沃野；百年前，黎子依山辟洞，授穴居生活。然数年来，河川枯竭，鱼龙陈尸，山井喷流，昼夜火燃。上命各方求雨而不得，飞蝗蔽日，魑魅横行。部落野战，连年不息，瘟疫横行，万物不生。啃草嘬土，流民载道，饿殍盈野，死亡枕藉。长太息，掩涕兮，吾族何以不容于天地？吾辈才思不达，上困于天灾，下败于人祸，负众生之所托。若后来者得见我辈所留，当怀先贤济世之心，为八方生民立命；行先贤未竟之业，开万世春秋太平。临碑涕零，不知所言。"

/ 四 绝恐客星侵玉宇，恶闻星海是牢笼 /

一个月后。

清晨，当孟鸟的轻啼声唤醒大地，太和星冉冉升起。太和星巨大的尘埃盘会掩盖周围一圈恒星的光芒，宛然众星中的帝王，四方恒星拜服。

这次会议设置在张家的万星阁，因为王上说张云等人时间宝贵，不如亲自去拜访。此次参会的人不多，除了王上和谢谦，到场的就只有上次朝会中科学世家的人了。

张云一脸疲惫，满眼的血丝与蓬松的鸡窝发型让人几乎认不出他，很明显他已经多日没睡个好觉了。张云向王上行了一礼，说："恭迎王上来到万星阁。这几天我们日夜推算……"

王上摆摆手道："不急说，我们先到处看看。寡人年轻时曾在这万星阁向老家主请教宇宙之学，观星有数月之久，这里的一草一木一砖一瓦，寡人都甚是想念。"

穿过万星阁的大殿,后面是一个小园,迂回曲折的碎石小径穿园而过。园中摆放着从全国各地搜集而来的陨石,有些坑坑洼洼如蜂窝虫穴,有些闪耀着青铜色光滑如镜,有些则覆满墨绿色的纹状结构,奇形怪相,颜色不一,衬以各种花草,似是随意陈列,又暗合某种审美,令人赞叹不已。

小楼的二层是议事厅,推开窗向后山望去,青松、红枫、木禾、葡柏、枇杷……各种树木,满眼秀丽。张云介绍说,这些都是历代观星人亲手栽下的。许多大树状如十围之木,盘根错节、亭亭如盖,远远望去甚至有高耸入云者。

王上坐了下来,说:"寡人许久不来万星阁,没想到多走几步竟然如此之累,看来寡人也是老了啊。来来,你们也都坐下。"

众人见王上如此随意,便也不拘束了,纷纷坐下。

待众人坐好,几个侍女奉上点心和热茶。这不是普通的茶,而是张家独有的星辰茶。据说是某代家主赴西域的戈壁观星,晚上突然发现一处山谷星星点点,既像人家的灯烛,又如萤火之光。家主在得知那里并无住户后,按捺不住自己的好奇心,独自一人去了山谷。结果他发现了一种花,在满目繁星之夜能够发出七彩的光芒,而在阴天的晚上便如普通的花朵一样平淡无奇。家主带了几棵回万星阁,好生养着。那花谢后会结出一个小球,小球里面是很多圆圆的种子。把种子碾碎,会有一种奇特的香味飘散出来,用来泡茶,清香四溢,回味无穷。更为有趣的是,这花经历过的星辰之夜越多,结的种子越饱满,泡的茶也越香。因此张家给这茶起名为星辰茶。

众人一边喝茶,一边听着星辰茶的来历,不禁啧啧称奇。

喝过茶后,王上看了张云一眼,说:"开始吧。"

"诺,"张云说,"大家应该了解,祖星之所以绕着太和星做运动,是因为太和星对祖星有引力。这是二十年前由物理世家牛家牛敦儒提出的理论。事实上,任意两个物体之间都有引力,并且这个力的大小随着物体之间距离的变大而急剧减小。也就是说这天上的星海里,每一颗星都对祖星有引力,但因为距离祖星太过遥远,远远比不上太和星对祖星的引力。但是,如果有一颗星在向祖星靠近呢?"

"它对祖星的引力可能会跟太和星对祖星的引力相比拟?"一人接道。

"不错,经过祖苒兄和我这几天的计算,"张云盯着在座的众人,缓缓道,"有一颗天体正在向我们的祖星靠近,而它对祖星的引力影响了祖星绕太和星运行的轨道。如果没猜错,我们的祖星正在逐渐靠近太和星!"

"什么?"众人不自觉地喊出声来。

"祖星正在接近太和星的尘埃盘,而这个盘上有许多巨石颗粒。难道这些就是陨石的来源?"王上紧紧盯着张云。

"是这样。"

"那些消亡的文明也可以解释了吗?"徐隐突然问道。

"以大理国的古文明为例,同样出现了干旱、火山等现象,只不过要比我们目前的情况严重得多。同时石刻中还提到'红日侵世',说明有一颗红色的恒星持续向太和星靠近。因此我猜测,前几次文明的覆灭都是由于一个天体扰乱了祖星的轨道。"

"是同一个天体还是不同的天体造成的?"

"因为数据有限,我们还不能确定是哪种情况。但我倾向于是不同的天体造成了前几次文明的覆灭。"

"如果仅仅是炎热天气延长、陨石降落,会覆灭一个文明吗?"王上问。

张云道："王上不要小瞧了陨石。目前降落下来的陨石比较小，暂时没有造成大规模的伤亡。可如果是一颗直径十千米左右的陨石落下来，撞到我们的地面上，会掀起大量尘埃覆盖整个祖星数月，到时候植物会因无法接收太和星的光照而全部死亡；如果撞到海里，会引发大海啸，海水会淹没我们的绝大部分国土，同时水汽大量蒸发，造成气候剧烈变化。无论哪种情况，我们都几乎无法存活。"

"恐怕事情还要更严重，"徐隐缓缓道，"如果我们受到太和星的引力发生变化，首当其冲的便是海水受到的潮汐力发生变化。海水的运动可能会造成海底火山受到的压力变小，从而集体大爆发。"

"难道东海国的海底火山爆发便是如此？"

"很有可能，"徐隐道，"如果有大规模火山爆发，到时候喷出的大量灰尘也会覆盖祖星的表面，造成植物的死亡。要知道这些火山灰都是有剧毒的。"

"这么看来，文明的覆灭是完全有可能的。"王上喃喃道。

众人沉默了。这些论述听上去非常合理，而且与目前的情况非常吻合，但没有人愿意接受。难道这就是宿命？这颗星球上的文明要一直生生灭灭，反反复复？这是一个残酷的推论。冥冥中似乎有一只大手，在随意拨弄着命运的罗盘。而这颗星球上的人们就像一只只蚂蚁，生生死死尽在大手的掌握之中。

气氛压迫着每个人的神经。所有人都在沉默。

"你们的推论可信吗？"王上问。

"基本可信。"张云回答。

"能够找出是哪颗星在向我们靠近吗？"

"目前观测资料不足，还没能找出来。但我们认为应该不是毁灭大理国古文明的那颗红色恒星，而是个较暗的天体，要么质量很小，所以很暗，要么质量很大，已经变成了理论中很致密的中子星或黑洞，所以我们也很难观测到。"

"我们能挺过去吗？"

"这……很难说。"

参会之人无一不是才智超群，但听到这种回答，不免一阵颓然无力。人族历史不过两千余年，其间人族经历了无尽艰难，与天地斗，与猛兽斗，与瘟疫斗……但面对这些苦难时，至少还有希望，因为有无数的先贤带领人族披荆斩棘，有无数的战士站在人族前面毅然牺牲，有无数的百姓一代代不懈奋斗、前赴后继，所以人族历经千年而不倒，已然成为这片天地的主人。而那些覆灭的文明竟然一点抵抗之力都没有，如此无声无息地永远消逝，让人在不寒而栗之余万般无力。难道这天地，终究是不能战胜的？人族的文明，难道也会这般覆灭？

"不过，"张云说，"对比史料，如今太和星的温度比以前下降了许多，而且还在不断下降中。这是白矮星正常演化的结果。这一效应能在一定程度上抵消夏季变长的恶劣影响。"

"的确如此。虽然这几年的炎热时间在变长，但最高温度并没有升高，甚至记录显示还有隐隐变低的趋势。"黄安说道。

时间一分一秒过去。又是沉默。过了大约十分钟，王上终于开口道："既然如此，我们就开始计划吧。"

"王上？"众人疑问。

"虽然我们最终可能灭亡，但如果不试一下，又怎么甘心呢？"

众人精神一振，心道，王上果然为格局最大之人，这么快就从绝望中摆脱了出来。

"王上说得对,"一直没有说话的谢谦开口道,"相比于其他文明,至少我们已经知道了以后会发生什么,可以进行万全的准备。那么无论将来如何,兵来将挡,水来土掩便是。"

于是,在颓废却又有一丝希望的气氛中,众人从科学技术支持、政策制定、百姓安抚等方面进行了讨论,会议直到夜晚才结束。

王上临走前道:"今日之议不可外传。此事太过消极,只怕世人知道后会引发暴乱。待计划完成后,再与世人解释吧。"

"只怕王上会遭到世人的非议。"张云道。

王上一笑:"寡人遭到的非议还少吗?只要能够延续金陵朝、延续人族,名声于寡人不过瓦石耳。你们要继续验证你们的计算,排除其他的可能性因素。未来几个月我们还要继续讨论后面的计划。"

从张家出来,已是繁星如画。目送大多数人离开后,徐隐几人留了下来,稀奇的是,谢谦也留了下来。

半球形的天空中满满地镶嵌着恒星,如宝石般散发着各种炫目的光彩。几人在小园的亭子中坐下,煮上茶,一阵夜风吹来,茶香四溢,众人的眉头舒展了不少。

徐隐指着天空,说道:"你们看这满空的繁星,又是何人安置的呢?"

"这只怕是个哲学问题了。"张云道,"不过根据我们的动力学计算,这恒星位置应该是初始运动速度与所受外力综合作用的结果。经过了长久的演化,才到了现在这一状况。"

"那初始速度又是哪来的呢?"

张云面露难色:"这是困扰我们天文界很久的问题。我们对恒星的演化序列做了许多研究,也有很多理论解释。大家认为恒星最开始也并非如此,而是起源于一团混沌无序的物质,后来由于某种扰动使其运动、坍缩，最终变成了球体。但我们却从未观测到这样的现象。"

"果然是奇思妙想！"徐隐赞叹，"你们张家的恒星演化序列，所谓光度就是恒星真实的亮度，这个光度应该会受到距离的影响吧？"

"不错，我们计算了天空中绝大多数恒星的距离，然后得到了它们的光度。"

"那么最远的恒星是哪颗呢？"

"你们看，"张云站起身，指着南边，"就是朱雀星区与凤凰星区交界处那颗最暗的星，大约距离我们一万万亿千米。"

"这恒星的分布是均匀的吗？或者说东南西北各个方向的恒星到我们的距离的分布是一样的吗？"墨储问。

"我听说并非均匀。好像是一边恒星多，一边恒星少？"徐隐道。

"不错，我们统计过这些恒星的距离，发现夏季的恒星数量不仅多于冬季，而且夏季有更多距离远的恒星出现。冬季的恒星距离我们最远大概是一千五百万亿千米，而夏季的恒星，"张云指着刚才那颗星，"最远是一万万亿千米。"

"大约是七倍啊。"

"而且，你们看那个方向，"张云指着天空中西偏南方向，"那里的恒星更多，也更亮。"

"听上去怎么像我们在一个西瓜里呢？每粒西瓜籽都是一颗恒星，而我们的西瓜籽在西瓜的一侧。"徐隐笑道。

夜竟有些凉了。

墨储打了个哆嗦："你别说得这么吓人。"

张云脸色微凝，说："徐隐兄的比喻并非没有道理。数年前郭家的郭勃也曾如此说过，我们似乎是生活在一团恒星里面。而且他还问了一个问题——'一万万亿千米以外又是什么呢？'"

众人色变。一瞬间似乎千百斤的重量压在大家的身上，又像是一双看不见的手死死地掐住了大家的咽喉。

"啪"，谢谦将茶碗重重地放在石桌上。众人一惊，才发现自己的背上已经湿了。一股寒意瞬间渗入了骨髓。

"好茶。"谢谦缓缓道，"你们也不必慌张。天的尽头是什么暂时还影响不到我们。今日一议，我当真见识了诸位的才学。这科学之境，妙不可言。"谢谦起身说道："从今以后，内阁会全力支持诸位的科研工作。这天下百姓的生死存亡就交给你们了。"

"谢首辅言重了。"张云立刻起身道。

"我并不是顽固不化的老头子，"谢谦负手，望着那无穷星海，"我辈读圣贤书，为的便是这天下长治久安，百姓安居乐业。先前反对你们是为此，如今支持你们也是为此。只是如今这天地已变，相比于我们，你们所做的更能挽人族之困顿，扶大厦之将倾。你们有这个实力，也应有这个担当。"

众人都站起来回礼。

"好了，老夫年纪大了，经不起这长时间的折腾。回去睡觉了。"谢谦说完就头也不回地走了。

"谢首辅当真是心怀天下。"张云赞叹。

"是啊，上次他在朝堂上百般阻挠我们，我还觉得他太固执自私，如今看来，是我小人之心了。"墨储道。

"我们张家世世代代仰望星空，企图窥得一丝半缕的宇宙规则，然而对这世间百姓的生死存亡却难有作为。庙堂诸老鞠躬尽瘁，为民生的付出有目共睹。而农工家的诸位也都是这社会的脊梁，最终能够救百姓于水火的也必然是你们。"

"我们即刻准备吧。"徐隐说,"用这辈子拼上一次,即便不行,也能证明我们活过。"

张云点头道:"我们的努力必将不会白费。或许,基于我们的努力,我们的后辈有一天能够离开这里。不仅能离开祖星,或许还能飞向那一万万亿千米以外。"

"像鸟一样?"

"比鸟飞得更高、更远。"

"总有一天,他们能离开这个牢笼。"

"对,离开这个牢笼。"众人击掌。

/ 五　辟地开天何所惧,我负人间且行行 /

看着一身破旧的衣服,尤其是正中央那个硕大的"囚"字,徐隐皱了皱眉头。

"没想到会出现这种情况……别看天了,你倒是说句话啊。"

正值冬日,透过石屋的窗户,可以看到外面正飘着一些雪花。说是雪花,并不是说雪小,恰恰相反,雪下得很大。这石屋建在一个巨大的洞穴中,所以看到的只是一些调皮的偷偷潜进来的雪花。洞穴外,正是鹅毛狂舞。

张云端起一碗粗茶,咕咚咕咚喝了个底朝天,说:"能说啥?八成是京城那位听信了一些逸言吧。"

"那他们会把我们放出去吗?计划还会继续下去吗?"

张云沉默不语。

这里是漠山,祖星极北区域最长的山脉。漠山东西走向,绵延数千千米,山高数千米,山顶积雪经年不化,一直以来是人迹罕至之地。二十年前,它迎来了有史以来人数最多的一批观众。

金陵朝征调北方的冀州、幽州、并州百姓约六十万人前往漠山。北行的建议由张云、徐隐等人提出,经过数月的讨论与辩证后,由内阁和王上最终拍板确定。之所以前往漠山,一是因为陨石主要来自太和星的尘埃盘,那么越偏离祖星绕太和星运转的轨道平面,被陨石击中的概率越小。二是由于极北方气候寒冷,大气冷却下沉,有覆盖面最广的高压,经常形成超强的寒流,对阻挡陨石撞击的粉尘和海底火山爆发的火山灰有巨大作用;同时,未来必定会有无数的伤亡事件,而低温环境能够有效阻止瘟疫的发生。三是可以沿漠山挖掘大量的洞穴,即便以后祖星温度大幅降低,洞穴也能有一定的保温作用。

计划被命名为"薪火"。

金陵朝发文称,此次征调百姓是为了对付逐渐延长的炎热季节,王上决定在漠山建立新都。民间一时怨声四起,官员也纷纷上书反对,但都被内阁压了下来。民间传出言论:"有坠星下桂州,至地为石,上有字曰'金陵灭而地分'。"有流民暴起作乱,自号通天军。王上命镇南军全力镇压。不出一月,暴乱平息。随后,内阁颁布奖励机制,凡举家迁往漠山者,该家庭永久免除税赋。如此方慢慢平息了反对声。

漠山的工程由墨家、鲁家等工家人全权负责,计划沿漠山开辟一千个巨型洞穴。每个洞穴面积约两万平方米,高约五米,大约容纳一百户人家。而每个洞穴又采用蜂窝式设计,划分为九个"蜂房",充分保证支撑的强度。工程难度巨大,幸运的是人们在漠山发现了数十个天然形成的大型洞穴,极大程度地解决了前期的居住问题。在供给上，内阁采取了前所未有的措施，从各地强征大批粮食运往漠山。同时，农家人发明了一年多季的小麦种植方法，成功培育了一些适应低温的粮食品种，虽然未能完全满足百姓的食物需求，但也算基本填饱了百姓的肚子。

就这样，"薪火"计划在无数的困难中一步步向前推行。

第十五年时，京城发生了几件大事。最先发生的是谢谦的去世。在内阁召开例会时，谢谦突然一阵急咳，吐出大口鲜血，随即从椅子上跌落在地上，昏迷不醒。太医诊断为劳心劳体，气血亏虚，无可救治。数个时辰后，谢谦离世。谢谦旁边的几个奏折都沾上了鲜血，王上看到后，沉默许久，说天下再也没有全心全意为其挑担子的人了。

而仅仅三个月后，王上驾崩。王上是在城墙上去世的。当天夜里，王上心血来潮，要看一看自己从未去过的漠山，看一看那举全国之力兴建却从未去过的新都。在城墙上，王上先指着天破口大骂了一通，各种脏话从这位特立独行的帝王口中喷涌而出，周围负责警戒的侍卫的脸憋得发紫，宫女们也不禁红着脸，掩嘴而笑。骂完后王上长吁了一口气，似乎多年来郁积在心中的愤懑一扫而空。随后只见王上喃喃自语了许久，好像在为谁祈祷，不久后便陷入了沉默。御前总管上前奉茶时，发现王上已没了气息，嘴角却挂着一丝若有若无的微笑。王太子登基，继续进行之前的计划，年号"伏安"。

"说起来，已经有二十年了。真是时光荏苒啊。"徐隐叹道。

"当年咱们这些人一起来到这里，信誓旦旦地说要将这儿建成人族文明最后的堡垒。我们没有妄言。"

"我们也算对得起支持我们的人了……谢首辅、先王，我们无愧于他们。只可惜咱们这位新王，并不是坚信科学之人。"

张云道:"我倒没有特别埋怨那位,毕竟不是人人都能像先王一样笃信科学。这二十年来除了异象不断,并没有大灾难发生,也难怪人们会心生疑惑。那些大臣们说我们误国误民……似乎也在情理之中。"

"可不止如此,还罄竹难书呢!"

"哼……我唯一觉得对不起的,便是在这漠山牺牲的无数百姓。他们为了文明的延续在这漠山日夜劳作,用生命建成了这堪称人族最伟大奇迹的山中之国,留下的却只有累累白骨,在风沙的肆虐中变成了一捧黄土。"

"唉……还有农工家的各位。他们站在最前线,做着最高强度的工作,不少人年纪轻轻便染上一身恶疾。你说得没错,农工家之人是这天下的脊梁。"

"一派胡言!"一个突兀的声音在门外响了起来。

徐隐与张云回头,只见一个中年模样的人走了进来,三角眼、酒糟鼻,颔下是整整齐齐精心修剪过的胡须,显得极不搭配。来人正是此次负责传达王命的钦差魏裘。

"说什么天下脊梁!不过都是你们的同伙罢了!妖言惑众之徒!"

张云道:"敢问魏大人,在下何言曾妖?惑过何众?"

"你们发布祖星文明将绝的言论,不算妖言吗?你们煽动先王、内阁迁都漠山,不算惑众吗?"

"你可别乱说,"徐隐急道,"我们从没说过祖星文明将绝。正是担心这样的情况发生,我们才进行向漠山迁移的计划。"

魏裘冷笑道:"那好,二位都是科学家,自然知道凡是实验结果、观测结果都有个误差,或者说是可信度。敢问你们的结论是百分百可信吗?"

这位魏大人显然不是一个蠢人。

张云答道:"我们的理论百分百可信,但结论自然不是。"

"有什么区别吗?"

"天下各种异象的产生都是由于祖星偏离了绕太和星旋转的轨道,并且祖星一直在向太和星运动,这便是我们的推论。据统计,这几年落在祖星上的陨石数量明显增多,也证明了我们推论的正确。但最终是否会有巨陨石降落,陨石降落是否会导致毁灭性的后果,我们的文明是否会像古文明一样悲剧性地终结,这些都只是可能性的结论,我们无法百分百预言它们的发生。"

"既然只是存在可能性,那么你们开展这个庞大的计划是值得的吗?你们耗费了金陵朝无数的物资,牺牲了上万百姓,可以说,你们一手阻碍了金陵朝的兴盛发展。若不是周边国家都陷入了不同程度的动荡局势,只怕我金陵朝已经自身难保了!"

张云沉默许久,悠悠叹道:"你说的我们何曾没有想过。每当有百姓在我们的面前倒下,我们就会扪心自问,这样值不值得?最终会不会什么都没有发生?可是……"张云的声调突然高了起来,"我们不敢赌,你明白吗?我们不能拿整个人族去赌。我们要考虑的是最大的危险和所有可能性灾难发生的概率,宁可有所牺牲,也要去避免那个万劫不复的后果。"

"说得好听,既然可以有所牺牲,为何不牺牲你们自己?"

"我们每时每刻都在等待着牺牲。"徐隐道。

"哼!既然如此,我也就不浪费口舌了。如今京城已是民怨鼎沸,王上下命,将你等就地正法!'薪火'计划停止,漠山百姓一个月后迁回故土……"

"什么?"二人叫了起来。

张云急道:"绝对不行!虽然目前没有巨陨石坠落,但发生的概率还是很大的。除漠山外，没有一个地方是安全的！"

"哼！漠山是安全，但再这样下去，只怕所有人都要死在这里了。"

"不会的。如今漠山已有两千千米长的空穴，可以满足百姓居住的需求。食物方面也能基本满足。可以保证，未来漠山的百姓不会再出现较大规模的伤亡。"

"行了，大科学家。王命已经下达，你就不要再抱有幻想了。另外再告诉你们一个消息，不久后我金陵朝将对各科学世家进行封锁查抄，将你们的人统统逐出国策院，免得你们再祸国殃民！"

"完了……"张云一屁股坐了下来。

"居然最后的结局是这样。"徐隐双手捂脸。

沉默许久。几片雪花透过窗户飘了进来，无声无息地落到二人的衣服上，悄然融化。

"你后悔吗？"

"当然不。二十年前我就说过，用这辈子拼上一次，即便不行，也能证明我们活过。只是我不甘心，我们拼了一辈子，输给的不是上天，而是自己人。"

"当年做这个决定时，我们就曾料到会有非议，会有民怨。二十年前那场流民暴乱便是一次警示。不过那时候有先王，有谢首辅，有他们在前面抵抗着世人的非议，我们只需要在这里放开拳脚地做事情便可。但现在……唉，我想先王也没料到会如此吧。"

"事已至此，我们该怎么办呢？"

"我想，即便王上召回百姓，有些人生于斯长于斯，已经习惯了这里的环境，也必然会留下。如果灾难真的发生，也算给我们的文明留下了种子。如果最终灾难不会发生，那岂不是更好……就当用我们的命来祭奠那些牺牲的百姓吧。"

徐隐看着张云，使劲儿点了点头。

"话说回来，这些年我也没闲着，我发现咱们确实活在一团恒星里，我把它称为'星团'。祖星、太和星及这满天的繁星都位于一个星团中。这个星团大概是一个球形，半径约一万万亿千米。星团里恒星的密度非常高，所以恒星之间存在频繁的相互作用乃至碰撞。也正因为如此，祖星绕太和星的运行轨道经常受到干扰，以致多次文明覆灭。"

"果真奇妙。"徐隐赞道，"只是在目前这种环境下，没人再有余力关注科学了。"

"是啊，恐怕所有的科学发展都要停滞了。不知道这天下最终会变成什么样子。"

三天后，雪霁初晴。魏裘命人算了算，得知是吉日，便要当天行刑。

一行人被押了上来，包括张云、徐隐、黄安等人。墨储、贾和等工农家之人被赦免，王上命他们将功补罪，做点实用的工作利国利民。

大地银装素裹，一尘不染。衙役们在雪地上打了木桩，然后把张云等人一个个绑在上面。

"雪刑……"下面有人窃窃私语。雪刑，顾名思义就是将人绑在雪中，浇以冷水，令其在低温下活活冻死。

魏裘坐在椅子上，指着张云等人，对下面的百姓说："二十年前，这些人号称人族会毁灭，欺骗先王在漠山建都。现在呢？什么也没发生，我们都活得好好的。欺君罔上，误国劳民，罪不可赦！如今王上上应天意，下顺民心，下令曰诛。张云，你还有什么可说的？"

张云说："魏大人，我们是科学家，不是预言家。我们并没有试图告诉大家，未来一定会发生哪些事情。我们只是提出事情发生的可能性，然后采取措施，防止最坏的事情发生。未来有很多的方向，我们只是选择避免某个可能的未来。"

"然而现在的事实是，我们根本不会走向那个未来！不仅如此，你们的行为已经让我们几乎失去了未来！你们所做的不仅是没有价值的，而且是灾难性的。"

"究竟有没有用，只怕还未可知。魏大人，我等不过是科学家，只会从科学上寻求最好的解决问题的方法。这可能会在其他方面带来无法弥补的伤痛，但我们别无选择。"

"天下人的未来当由天下人决定，不需要你们这些人替我们选择。"

张云沉默许久，欲言又止，最终却洒然一笑，说："你说的也对……但求无愧于心罢了。"

"哼，还在嘴硬。"魏裘冷笑道，"不管有愧无愧，明日之后你们都是一具具尸体。在风沙肆虐中，腐烂在野地里，被猛兽吞食。这就是你们最终的结局。"

"历史会给我们一个公正的评价。"一人接口道。

"不要妄想了。数十年后人们便会忘记这里的一切，忘记你们的初衷，忘记你们的理论，只记得你们的行为给人族造成了多大的破坏。你们将永远都是我人族的罪人。"

"当年'薪火'计划开始时，先王便将名声抛在了身后。我等又在乎什么？流芳百世也好，遗臭万年也罢，我们从不在乎。我们拼尽这辈子，只为了后人能够选择自己想要的未来，只为了当灾难到来时，他们有与之抗争的筹码。希望有一天，他们能够飞出祖星，飞出这个牢笼般的星团。我相信，那里有一个新的世界。"张云的眼中泛出异样的神采。

"说得好！"被绑在木桩上的众人赞同地大笑。

"本官不与你们浪费口舌。"魏裘盯着张云,说,"你有什么遗言?本官可以帮你带回张家。"

张云看向天空,目之所及一片晴朗。漠山银装素裹,峰顶处闪闪发亮,摄人心魄。张云笑道:"这极北之地果然是观星佳处。空气干净,阴天又少,我看到了前所未见的星空,真是让人心旷神怡。你可知道,对一个天文学家来说,天天看星星真是最幸福的了。"

"冥顽不灵!"魏裘骂道,转过头,又问徐隐,"你有要说的吗?"

"张兄爱这星空,我独爱这大地。我徐家历代去过东海,下过南梁,也曾到过极西的荒漠,唯独没来过这极北的漠山。而我徐隐是来这儿的第一人。我们走过无数的山河秘境,最后死在自己欣喜的地方,还有什么可抱怨的呢?"

"哈哈!"众人再次大笑。

"能死在这前所未有的极端气候里,也是幸事啊。"

"朝闻道,夕死足矣。"

"各位,在下身子最弱,怕是要先行一步。我在奈何桥前等待诸君。"

"行刑!"魏裘怒道。

底下的百姓看着。他们也是现在才知道,这些人就是导致他们迁来漠山的"罪魁祸首"。他们有不少亲人朋友在这里生病、死亡,他们也曾浸在悲痛之中,说不恨他们也不可能。但大家并没有打骂。这么美的雪景,实在让人生不出打骂的念头。太和星一如往日般明亮,巨大的尘埃盘环绕在它的周围,像一只巨大的眼睛,俯瞰着人世间。

第二天,这些"罪犯们"果然都变成了冰雕,立在那里,颇有些意境,原先光秃秃的白雪突然显得不那么无聊了。

王命已经下达,百姓们开始收拾行李,准备离开漠山。一些人站在冰雕旁，看着这庞大的山中之国，露出伤感之色。

"那是什么！"有人惊呼起来。

一个巨大的火球从天而降，拉出一条横贯天际的尾巴。在场的人仿佛能听到空气爆破的"啪啪"声。火球越烧越烈，霎时间天空增亮了许多，人们不自觉地闭上眼睛，低下了头。天地间茫茫白雪，只有那一排冰雕，身躯直立，仰着头颅，看着那颗火球向遥远的南方坠落而去。

"轰隆隆"，漠山也震动了几下。漠山高处的积雪出现了一条裂缝，然后巨大的雪体开始滑动，向山下急速冲来。

"雪崩！"人们急喊，"赶紧躲到洞穴里去！"

如果这时候有人在祖星之外，会看到一颗巨大的陨石坠落在梁国。整个南方世界顿时尘烟翻滚，乌云密布。随后东海大量的海底火山爆发。南方的尘埃和东边的火山灰急速席卷整个大陆。

祖星的极北区域，那里有座很高很长的山。那座山叫漠山。那里是人族最后的长城。

作者简介
松　泉

银河搬运工，人性观察员。代表作《星变》《妈妈不怕》《穿云剑》。

星　潮

张　帆

/ 一 /

广场上汹涌的人群好像振荡不息的波浪。

发射倒计时在几千人的呐喊中一圈圈散开，余波撞击在几千米外飞船的坚壳上。

飞船里是听不见这些声音的。厚厚的合金外壳隔绝外界的喧闹，取而代之的是机器此起彼伏的提示音。

她把自己在座位上固定好，透过一侧的分屏看着这难得的热闹。基地上所有不当值的工作人员，大老远赶来的支持者，还有听闻消息聚集过来的岛民都在这个广场上，给他们这场有去无回的旅行送行。

或许他们根本就是来看烟花的吧，她暗地里想着。毕竟正是春节假期。

"三——二——一——发射！"

突然的加速将她死死地摁在座位里，巨大的轰鸣声填满整个世界。屏幕上的景色不断变换，晃动的画面让她愈发头晕目眩。她想闭

宇宙回响

上眼,却又有点舍不得。怎么说这也算是最后的告别。

于是她还是这么看着。广场与人群逐渐远去,街道楼群变成不规则的网格。海浪如一道道白线蜿蜒在蔚蓝色的水面,奔向裸露的礁石。

涨潮了。她突兀地意识到。

熟悉的认知调出久远的记忆,哪怕和眼下的现实并没有什么关系。

"潮水是从来不等人的。"记忆里那个声音对她说。

那时候她总是坐在礁石上,等着阿爷的船回来。

她挑的位置总是刚刚好。漫上来的潮水拍打着礁石逐渐没过双脚,阿爷的船也就该进港了。

"莫坐在那里,冻坏了脚。"阿爷每次都要教训她一番。她嘴上应着,下次却依然如故。阿爷拿她没办法,怕她着凉,回来得总是比其他的船更早一些。

这可怪不得她。在这座小小的岛上,阿爷是她唯一的亲人。他一出海,便只有她自己对着空荡荡的院子。

"阿爷,晚点再走嘛。"每次出海前,她总是缠着他不放。等到其他的船都陆续离开,她才磨磨蹭蹭送他到码头,迟迟不愿松手。

"再晚船可就出不去喽。"阿爷总是这样说,"潮水是从来不等人的。"

她当然明白。

退潮出海,涨潮归航,这是渔家千百年来遵循的节律。在只能依靠人力与自然的年代,潮汐可以给船只带来不容忽视的助力。再说,岛上所谓的港口,不过是几块大礁石围起来的一片水域,若是等到彻底落了潮,船都会搁浅在里面,根本就开不出去。

再舍不得,她也只能放手让阿爷离开。

这也是他们此刻坐在飞船里的理由。哪怕现在正是阖家团聚的时候，哪怕摆在他们眼前的是全然未知的旅途。

只是这一次，她成了离开的那个。

不知何时，恼人的轰鸣消失了。离开了大气层，天空只有无尽的寂静。仿佛忽然有人按下了消音键，耳边只剩仪器运行时发出的提示音。加速度开始变小，铺天盖地的压力稍稍减缓，她像是从极深的水中抬起头，慢慢加深呼吸。

地面越来越远，视野越来越开阔。然后，好像触动了某个开关，曾经坚实的大地变成一个悬浮在虚空中的蓝色圆盘。海洋、陆地、黄土、白云，几十亿人和他们的故事，一切都在黑暗中远去，变成模糊不清的线条，就像她无数次离开的那座小岛。

那时候她总是站在船尾，看着熟悉的轮廓一点一点消失在海平面的尽头。

"你老是坐在这里，小心变成石头啊。"记忆里阿爷经常这么调侃她。

"才不会呢，人怎么会变成石头？"

"不信？那阿爷给你讲个故事好不好？"

"好啊。"

她喜欢听阿爷讲故事。那些故事里有华丽的宫殿，有月亮上的嫦娥和玉兔，还有神秘的银河和牛郎织女。故事好像让她离开这岛上的小小一方天地，进入了一个宏大而全新的世界。

于是，她安静地坐下来。

"从前，有一个老爷爷，他和他的女儿在海边相依为命。他的女儿聪明又漂亮，帮着他操持家务，也帮着他打了很多很多的鱼。可是，有一天，女儿出海之后却一直没回家。原来，她被龙太子带到了龙宫。

龙宫里的东西五花八门，女儿逛着逛着就忘记了时间。老人等啊等啊，始终等不到女儿，最后就变成了一块石头，永远伫立在海边。"

她噘起嘴："这个故事不好。阿爷骗人。"

"才没骗你，你看看那边。"阿爷指指远处一块似是人形的大石头，"老人还一直在那儿等着呢。"

她一直都不喜欢这个故事。

比起来，还是另一个故事更让她神往。

在那个故事里，如果划着一艘小船一直走到海天的尽头，再掉转方向一路向上，就能到达银河。阿爷说很久很久以前有人那么干过，于是所有在地上的人都看到了一颗新的星星。

记忆里岛上的天空干净得透亮。她总会在没有月亮的夜晚抬头仰望银河，想象自己乘着星星做的小船，穿越那一片灿烂光芒。

只是她从未想到这个愿望竟会真的实现。

那时候还没有星潮。

二

第一次知道星潮时她刚上大学，带着从小岛来到大城市的无限憧憬。这个词的出现像是一把利刃，轻易割裂了她面前描绘好的未来。

星潮是星系潮汐的简称。就像月亮围绕地球旋转，引力的变化带来她熟悉的潮涨潮落。星系与星系之间也有着类似的作用，有着更大尺度上的"潮涨潮落"，便是人们所说的星潮。

曾经这不过是一个稍显冷僻的天文学名词，却在一夜之间成为每个人逃不掉的命运。

她琢磨着这个词里暗藏的辽阔与澎湃，想象星星如浪花般四散，划开一道道闪亮的波纹。而人们在这波纹里飘摇,就像风浪中四散的小船。

不过她知道,对于大多数人来说,星潮带来的绝不是什么浪漫的幻想。

人类其实从未真正弄明白过星潮。这并不奇怪。只要想一下科学家至今都搞不清楚宇宙中大量的暗物质和暗能量,这样的无力感就不难理解。

唯一可以肯定的是,它并不是什么单纯的引力作用。

迹象在很久以前就开始出现。一点一点上升的气温,一点一点上升的海平面,白化的珊瑚,饿死的北极熊,熊熊燃烧的大火,一个接一个消失的物种。只不过人们并不特别在意,或者说在意的方式并不相同。

每次新闻都会掀起一波讨论的热潮,然后在新的热点之下偃旗息鼓。相关的话题变成政客手中的工具,变成博取眼球的标题,也变成信息洪流中人们相互攻击的武器。没人说得清到底发生了什么,充斥耳畔的都是喧嚣的噪声。

真正重要的消息淹没在噪声中,比如天文学家发出的警告。

持续增强的高能粒子流,过度活跃的太阳,星星预测轨道与实际的微小差距。直觉告诉他们有什么事情正在发生,是远比人类日常的吵闹更加重要的事情。可惜他们只有假说,无法证明。

直到新星出现。

那是一颗不该存在的星。

它像是不请自来的访客,突兀地出现在奥尔特星云边缘的不远处。

关于它是如何避开了人类数十年的观测突然现身,学界有着层出不穷的假说。但是就如同星潮本身,没有哪个假说能真的解释清楚一切。

值得欣慰的是，自它被观测到之后，运行轨迹一直完美符合现有定律。

在末日降临般的恐慌中，天文学家们经过反复计算，最终坚定地宣布这颗星星最终会擦着奥尔特星云的边缘掠过太阳系，和人类来一场不远不近的偶遇。

对于太阳系来说，这实在算不上是什么大不了的事儿。隔上个几百几千万年，总有个把乱闯的恒星会跑来串个门儿，这次不过是比预期提前了一点儿而已。

当然，这样的碰面多少还是会有一点影响的。

受到扰动的太阳系可能会多出不少四处乱跑的彗星和小行星，在地球上落下几场不大不小的陨石雨。其中也许会有一颗，和当年灭绝了恐龙的那颗有着类似的威力。许多物种会消失，但新的物种会出现。经过短暂的沉寂，地球也许会比以往更加郁郁葱葱，生机盎然。

问题是，人类会如何？也许逃过一劫更加繁盛，也许躲在阴影里苟延残喘，也许彻底消失，留下的遗迹变成下一代文明百思不得其解的谜题。也许什么都不会发生，一切不过是杞人忧天而已。

想象中的大好未来突然变成模糊的概率。

/ 三 /

警报声将她从漫长的沉眠中唤醒。

她用了几分钟的时间慢慢找回自己。她还能记得他们离开地面的情形，还有之后和"新星号"的顺利对接。

印象中接下去的几个月异常忙碌。清点物资，调试设备，接着便是启程。先向着太阳，借助它巨大的引力加速，再沿着计算好的轨道头也不回地冲出太阳系，奔向新星。

她的任务大多安排在着陆后，因此出发不久就进入了休眠。如果没有意外，应该直到着陆前她才会被唤醒。

所以，是意外吗？

两长两短的循环警报声勾起训练时的记忆。有事，但不算太紧急。

"各位休眠人员请注意，我们已顺利到达新星领域。请大家尽快做好恢复与准备，五小时后召开全体会议。"

忽略心中隐约的不祥预感，她透过一侧小小的舷窗，看着外面迥然不同的星空。

已经，到新星了吗？

小岛，阿爷，阿爷的故事，还有无边无际的大海。曾经有一段时间，她以为那就是她的全部世界。

不过阿爷告诉她，外面的世界很大很大，大到她这辈子都走不完。他说那些地方的灯光就像落在地上的星星，而她总有一天会走在星河里。

"那才是你该去的地方。"阿爷总是这么说。

"一辈子都走不完的岛，那得多大啊？"彼时她并不相信，只是拽着阿爷的袖子，"比镇上那个岛还大吗？"

"比镇上可大得多了。"阿爷拍拍她的脑袋。

那肯定也没镇上热闹，她心想。她去过周围好几座岛了，哪个都没镇上热闹。

隔上几个星期，阿爷会带她到镇上去赶集。小船儿摇啊摇，一路摇到镇子所在的大岛。集市上总有数不清的好东西。漂亮的衣服，养在盆里的红色鲤鱼，叫不出名字的花，还有各式各样的好吃的。她最喜欢冰糖葫芦，大红的山楂在煮过的糖水里蘸上一圈，热热的，又脆又甜。阿爷耐不住她央求，每次都会给她买上一串。

要是能住在镇上就好了，她那时候常常想。这样就不用每次都坐好久的船了。

后来她真的住到了镇上，才知道这里的冰糖葫芦也不是每天都有的。

那时候她已经念了几年书，知道阿爷说的是真的。外面的世界真的很大很大。她心心念念的镇子不过一座大一点的岛，而她自小生活的小岛只是地图上一个看不清的点。

那里没有操场，没有高楼，没有校门口琳琅满目的小吃，也没有可以一起聊天的小伙伴。甚至小岛没法支撑起一座像样的小学。

每周一次，阿爷划着小船送她去学校。小船拨开海面跳动的碎金，像是驶进一个不会醒来的美梦里。

周末放学时，她开始磨磨蹭蹭地不想回去，几次差点误了潮汐。

她还记得最危险的那次。

他们回去的时候刚好赶上起风，小船在礁石围成的狭小港口内上下颠簸，差点就靠不了岸。她扶着船舷哆哆嗦嗦，知道自己大约是闯了祸。海上风浪渐起，出去等下一次涨潮是不可能了。而随着潮水落下，原先轻而易举爬上去的礁石现在看着却那么高不可攀。她鼓足了勇气，却依然迈不出步子。

一向好脾气的阿爷这时却分外严厉。"快跳！"他冲她吼，"别磨蹭！再晚可就上不来了。我接着你。"

她咬了咬牙，瞅准机会一跃而起，却在落地时脚下一滑。阿爷果然接住了她，没让她顺着石头滑落在船身和礁石的缝隙里。不过他的手臂却被锋利的礁石割了一道大口子，鲜血顺着小臂淅淅沥沥地流下来。

惊吓加上内疚让她的脸色变得煞白，哆嗦着不知道该干点什么好。

"丫头别紧张啊，阿爷给你讲个故事吧。"阿爷腾出一只手按住伤口，刚才的疾声厉色忽然不知所踪。

自从去镇上念书，她已经很久没听过阿爷的故事了。看了那么多书，她早就知道水下没有龙宫，天上的星星也变不成神仙。那些曾经五彩斑斓的故事，再也没有了从前的吸引力。可是不知怎的，她还是点了点头。

"从前，有一个老爷爷，他和他的女儿在海边相依为命。他的女儿聪明又漂亮，帮着他操持家务，也帮着他打了很多很多的鱼。可是，有一天，女儿出海之后却一直没回家。原来，她被人带去学校啦。学校里的东西五花八门，女儿逛着逛着就忘记了时间。老人等啊等啊，始终等不到女儿，一不小心就变成了一块石头，永远伫立在海边。"

她知道阿爷本想逗她开心的，可是眼泪却像是打开了闸口，再也控制不住。

"丫头别哭啊。"这下子阿爷倒是真的慌了，抬起受伤的那只手，拼命帮她擦眼泪。

那时候她还不明白，阿爷并不是在讲故事，而是在讲她的未来。

学校为她打开了另一个世界的大门，那个世界比阿爷故事中的更精彩。她沿着眼前的道路一直向前，从镇上到县城，再到大城市里的大学。

离家的距离越来越远，每次往返的路程也越来越曲折。她回家的频率逐渐减少，从一周一次，到一月一次，再到每年的寒暑假，一年一度的春节。

直到最后她来到了这里。

宇宙回响

/ 四 /

全体会议比预想中的还要短。会议内容很简单,证实了她之前不好的预感。

他们确实顺利来到了新星附近。但是,由于之前错误地估计了星潮力的影响,导致飞船速度过快,现有燃料不足以支持他们减到安全着陆的速度。简单说就是,如果依然执行传统的着陆方案,他们要么掠过目标星球迷失在茫茫宇宙,要么一头撞上它船毁人亡。

"因此,经过执飞组一致决定,即将执行011号方案。请大家尽快做好相关准备,尽可能减少损失。"

011号方案?她迅速回忆了一下方案内容。

弃船……吗?

还真是"新星计划"的风格。

在地球上提起"新星计划",大概只能得到两种截然不同的反应。支持者认为这是人类历史上最伟大、最勇敢的疯狂冒险,反对者则觉得这不过就是一帮急着送死的疯子的胡言乱语。性子急躁的人可能会立刻和对方争个难解难分。不过有一点倒是双方难得的共识,那就是这事左右逃不过一个"疯"字。

一群集合了人类最顶尖智慧、最理性的人,作出的最疯狂的决定。

如果那些人知道这个计划最初居然源于一个异想天开的故事,不知道又会作何感想。

那时候她到南海基地的时间还不长,深深着迷于这里的高效与开放。实验室亮着昼夜不息的灯光,走廊上总能遇到匆匆赶路的工作人员。资料室永远敞开，关于星潮和新星的信息被一条一条地添进去，在一侧的大屏幕上形成实时动态。

每每有重要一些的发现时，会议室总是很快就被赶来的人塞满，言简意赅地讨论后再匆匆散去。

世界在短暂的喧嚣后重归平静，这里却像燃起的核反应堆永不停歇。如果人类的存亡是个概率，她坚信这些人正试着让这数字改变。她庆幸自己能成为这里的一员，也遗憾自己一直以来的无能为力。

有时候，她会在夜深人静时独自待在资料室。屏幕上的新星在幽暗的夜空穿行，沿着计算出的轨道靠近再离开。不知为何，这让她想起小时候的海边，想起阿爷的小船。

她用手指描过椭圆形的轨道，却意外发现这颗闪亮的恒星旁边多出一个不起眼的小点。原来这个横冲直撞的家伙还带着一颗行星。

最新的数据分析显示这颗行星的物质组成和地球差别不大，温度带也算合适，也许可以建立简易的生态圈。可惜这恒星系太过动荡，并不适合人类长住。

刚刚燃起的兴奋瞬间被熄灭，她顺着那轨迹继续向前滑，手指掠过另一个熟悉的星系。那里有一颗经过确认的宜居行星，但是距离太远，飞行时间超过了人类能在飞船上生存的极限。

下意识地，她的手指在屏幕上来回画着弧线。

潮起潮落。

小船进港，小船出港。

退潮出海，涨潮归航。

银河。星潮。

星星做的船。

星潮给人类送来了一艘摆渡船。

得到这个结论时,她差点为自己天马行空的想象笑出声来。原来这么多年过去了,她还是活在阿爷的故事里。

不过她还是随手编辑了一条信息上传到庞大的信息库。为了鼓励大家发散思路,信息库里多得是不着边际的假设,不多她一个。比起认真的建议,她觉得自己更像是写下了一个承载着童年梦想的故事而已。

第二天,她继续忙着自己的生态圈实验,转头就把这事忘了个干净。

不久之后,"新星计划"正式启动。

她还记得自己在"计划建议者"一栏看到自己的名字时感受到的不只是骄傲与兴奋,更多的是说不出的惶恐。就像回到小时候,站在风浪之中的小船上,面对对面的礁石哆哆嗦嗦地不敢迈步。

说起来,其实后期的理论论证与计划推进和她都没有太大的关系。只是有一次,计划的真正负责人发私信问她,愿不愿意加入生物组,参与新星球上生态圈的建立。

就像梦想成真一般。她并没有犹豫太久,只回复了一个"好"字。

她知道这个计划从来就不完善。他们要面临的挑战实在太多,十几年的航行只是微不足道的第一步而已。在这场史无前例的漫漫旅途中,他们有无数种可能的死法,无数个无法到达目的地的可能性。他们的眼前是从未踏足的浩瀚星空,背后却没有一条回家的路。

他们或许会成为人类撒向星空的第一粒种子,但也可能变成人类唯一的备份,或是凄凉的墓碑。

当然,为此他们也准备了很多很多的方案。

/ 五 /

所谓的 011 号方案,全称叫作"分解式降落策略",特别适用于飞船高速状态下的紧急着陆。说得简单点，就是给飞船上的载重划分等级。人员和必需品按照重要程度进入不同的隔离舱。舍弃对飞船主体的控制，通过弹射尽量保证隔离舱安全落地。就像大船将倾时放下的救生艇。

这绝对是生物组最讨厌的情形之一。

物资匮乏的生态圈简直就是一场噩梦。要详细规定每个人的能量摄取，甚至不得不牺牲一些人才能度过最初的困难期。

但是总好过全员在飞船里等死。

好在大家的想法都差不多，没什么人质疑这个决定。也是，既然疯到选择登上"新星号"，就不怕迎接最坏的结局。

会议一结束，大搬家立刻开始。久违的忙乱让她忽然回想起星潮刚被证实的时候，只不过那时和现在，算得上是天差地别。

她都快记不清那时候究竟遭到多少信息轰炸了。政府，媒体，层出不穷的组织，每天都在翻新的科学分析，还有数不清的民间团体。一时之间，似乎所有的群体都在发声，所有人都被卷入这场信息的洪流。有人在其中迷失，有人选择紧紧抱住身边不知真假的浮木。

她见过有人在午夜的大街上狂欢，仿佛不用考虑第二天的日出是否来临。她也见过表情严肃的信徒给她派发传单，好像她不相信的话下一秒就会面临毁灭。不过更多的还是新闻中一遍遍循环的消息。天文学家试图用概率安抚人心，各国政府则纷纷表示将考虑建立大型避难基地。

新星更是理所当然地成了某种末日代言，承载着人们的敬畏与恐惧。

她经常被这些乱七八糟的消息搞到头大。好在学校里的生活倒是一切如常，连食堂的菜都没变过。讲台上教授的表情无比淡定，她怀疑哪怕下一秒有一颗小行星砸在教室中央，他也会选择先讲完眼前这道题。在这个几近疯狂的世界上，这多少让人有些安心。

不过有一点变化倒是颇为有趣。新学期伊始，她心血来潮地辅修了这个学校曾经最出名也最曲高和寡的天文系。本以为人丁稀少的专业，却在她第一次去上课时被搞了个措手不及。原本选定的角落里的小教室调成了开会时才用的阶梯教室，就这样一眼望过去也是座无虚席。她在门口愣了好一会儿，才好不容易在角落里找到一个空位。

同样一切如常的还有小岛和阿爷。

其实这么说也不全对。岛上的人早就越来越少了。渔家生活原本就不易，加上气候变化，收获更是一年不如一年。有点冲劲儿的年轻人纷纷出门谋生，等站稳了脚跟回来把家人一并接走。岛上只剩下不多的老人家，每次回来都显得愈发冷清。只是比起外面世界的瞬息万变，这里总是显得缓慢又平静。

她劝过阿爷几次，让他跟着自己到大城市里，但是阿爷只是摆摆手，并不言语。几次之后她也不再坚持。

后来，岛上不知怎的多了一座刷了新漆的灯塔，而阿爷则变成了唯一留守的守塔人，依旧在岛上过着几十年不变的日子。

大学毕业之后，她离开之前心心念念的那座城市一路到了南海基地，每次回来却依旧能喝到阿爷煮的鱼汤。汤色奶白，鱼肉鲜嫩，和她小时候的别无二致，恍惚间让她觉得岛上的时光似乎从未流逝。

/ 六 /

等待隔离舱弹出的时间很漫长。

为了节能，大部分非必需光源已经被关闭。指示灯的三色光芒不时扫过每个人的脸上，看不清大家的表情。

她觉得自己在执飞组的几个人眼中看到了水光。他们不像她一样一路沉睡，和飞船朝夕相处十几年，要毁掉它，伤感在所难免。但也可能只是她的错觉。

她的心脏狂跳，脑海中却意外地一片安宁。弹出提示音由缓和变得尖锐。她绷紧身体，准备迎接瞬间加速的巨大冲力。

飞船向着行星坠落。

不同于地球上的火光与轰鸣，这里的坠落寂静无声，远远望去就像是慢放的默剧。原本庞大的船身在灰蓝相间的行星映衬下，如同孩童手中的玩具模型。

飞船中的世界忽然开始倾覆，重力逆转，大地跌落头顶。她像是溺在水中，胸膛被压紧，辨不清周围的世界。

天旋地转之间，隔离舱一个接一个地向斜上方弹出，猛烈的下落速度瞬时减缓，仿佛熟透的豆荚在落地前瞬间爆裂。

反复的冲击让她的意识开始模糊，恍惚之间仿佛又回到岛上。

那是她最后一次回去。

熟悉的老屋里，昏黄的灯光在她和阿爷脸上投下边缘模糊的暗影。她小心翼翼地掏出已经被攥得皱巴巴的"家属知情同意书"，等着阿爷签名。

"新星计划"有去无回，这份同意书对每个参与者来说必不可少。她拖拖拉拉直到最后一刻，好像这样就能拖延即将到来的告别。

可是阿爷的态度却完全在她计划之外。

"不签。不行。不许去。"

说完这几句，他就把脸背到一边，像是宣告对话到此结束。

她维持举着同意书的姿势僵在那儿，因为太过出乎意料，忽然不知该如何反应。

她知道阿爷的脾气很倔。他认定的事情向来不易改变。只是从小到大，这份倔从没针对过她。

他总是顺着她的。从学校的选择到之后南海基地的工作，她做决定，他默默支持，向来如此。就像她小时候看着阿爷出海，阿爷也看着长大的她远去。

这成了他们之间的一种默契。

就像许许多多的家庭一样，家庭成员们会把很多事默默放在各自心里，从不言明。比如彼此的关心与分歧，比如思念与告别的话语。

比如她的身世。

她知道自己并不是阿爷真正的女儿。他们的年龄差太奇怪，说父女相差太远，说爷孙又有点太近。而且，在她的印象里，阿爷从未提到过自己的母亲。

小时候，岛上的顽劣小子会远远地嘘她，带着孩子独有的天真与残忍喊她"野孩子"。她每每被气得大哭。阿爷会把他们赶走，会好言好语地安慰她，可是却从不会正面否定他们的话。

再大一点的时候，她去了镇上，听到各式各样惊悚的故事，讲述大城市里的孩子是怎样被拐卖到遥远的乡下。她常常为此不寒而栗，甚至有一段时间想到回家都紧张得要命。可是，阿爷太好了，怎么看也不像故事里凶恶的人贩子或者无情的买家。慢慢地，那些胡思乱想也就不了了之。

后来，她到了大城市，学了生物课，知道原来凭借一口唾液、几根头发就可以判断两个人的血缘关系。于是，趁着假期回家的时候，她偷偷收集阿爷的头发，跑去了鉴定中心。

鉴定结果甚至没让她感到意外，反而像是心里的大石头落了地。

她甚至懒得去想自己到底是从哪儿来的，亲生父母又是谁。她已经足够大了，知道在一个不算发达的地方，一个女孩可能会以几百种理由被人抛弃。

好在她遇到了阿爷。

她不知道阿爷当初究竟是以怎样的目的把她抱回了家。可是在漫长的岁月里，他给了她近乎无限的爱与自由，足以打破一切怀疑。

最终她撕了那份鉴定报告，和阿爷一样选择把这件事埋在心底。他是她的阿爷，她是他的丫头。这件事不会因为没有血缘关系而改变。

只是，她总以为岛上日月悠长，她还有很多很多的时间。她以为自己可以像个真正的女儿那样陪他老去。

直到"新星计划"启动。

大约看她太久没说话，阿爷微微往回侧了下身。灯光在墙上勾勒出他的轮廓，像极了故事里等待女儿回家的老人。

再开口时，他的声音已不似刚才那般坚定。

"你要是能保证不死在路上，我就签。"

那是她第一次看到阿爷露出接近脆弱的表情，第一次意识到他已经不是那个无所不能的阿爷，而是一个担心着她却无能为力的老人家。他只是在害怕她死去。

她想点头，想说出确定的答案。可惜她知道，"新星计划"本就是一场冒险，没人能做出这样的保证。

她是不善言辞的人，这下更不知该如何开口。在几近凝固的沉默中，她想起自己几年前的那次发言。

那是"新星计划"启动不久后的一次半公开大会。她自己都搞不清怎么就变成了发言代表之一。改了又改的发言稿在面对上千双眼睛时突然就变成了废纸，不知道哪根弦搭错，她在众目睽睽下开始胡言乱语。

她讲她和阿爷在小岛的生活，那些遵循潮水节律的渔家传统；讲阿爷给她讲过的故事，那个划着小船一直到银河的旅者。

她讲曾经太平洋上的原住民是如何靠最简单的独木舟与帆船航行，在每座岛上留下自己的足迹。

她讲大航海时代未知的环境与疾病曾夺去多少人的性命。

她说，人类其实从来都没准备好过，可潮水是不会等人的。

讲完这句她恍恍惚惚地往台下走，没看清台阶，眼前只有阿爷驾船离岸的背影。

说起来，她已经不太记得在那之后又发生了些什么。后来听说发言很成功，反应很热烈，负责人很满意。反正她自己一直没勇气看那天的视频。

她其实也忘了自己最后是怎么说服阿爷的。只记得那天给他带去了一部最新款的智能手机，一直教他用教到很晚，然后就迷迷糊糊地睡过去。

第二天早上，桌上放着签好字的同意书。字迹工工整整，像是初学写字的孩童。

/ 七 /

不知过了多久，她在嘈杂的声音中醒来。同舱的人正手忙脚乱地把她弄出固定的安全座椅，她这才意识到自己之前是被卡住了。

试着活动一下手脚，再深吸几口气。疼，但应该没有大碍，骨头没断，意识清醒。同舱的其他人看着比她要稍好一些，已经有人穿好了外出的防护服。

她挣扎着爬起来，在同伴的帮助下做好准备。

打开舱门的程序并不算特别复杂，却似乎用了无尽的时间。狭小的缓冲间里，她听到面罩下大家急促的呼吸。

那一瞬间她突然想起了阿爷的故事，她最不喜欢的那个。那时候她怎么会知道，到最后龙宫居然不在海底，而在遥远的天上。

在飞船里第一次醒来时，她就收到了阿爷迟来的邮件。总共十四封，正好和她睡过去的年数相当。

十四张照片，一段语音。

照片应该是找人帮忙拍的。阿爷每次都站在同一个位置，像送她离岛的时候一样，旁边是一直陪着他的那座灯塔。灯塔逐渐斑驳，阿爷年年老去。连在一起的照片就像是某种古怪的延时摄影，瞬间穿越了十四年的光阴。

语音也是阿爷发来的，看来他终于学会了怎么摆弄这些不属于自己时代的东西。

她打开文件，里面传来海浪声，还有阿爷那熟悉的声音。

"丫头，还好吗？阿爷给你讲个故事吧。

"从前，有一个老爷爷。不，那时候他还不是老爷爷，是个年轻的渔夫。他和他的妻子在海边相依为命。他的妻子聪明又漂亮，帮着他操持家务，也帮着他打了很多很多的鱼。后来，他的妻子怀了一个女儿，他们都高兴得不得了。可是好景不长，妻子在生孩子时难产，又刚好赶上落潮，船开不出去，耽误了时机，大人和孩子的命都没能保住。

"年轻人从幸福的顶端一下跌落到不幸的谷底。他每天不再打渔,只是愣愣地站在海边,咒骂大海和潮水。后来,他骂得累了,想着自己干脆到海底和她们做伴。

"他离开岸边,向着大海深处走啊走。就在海水快要没过他的时候,他隐约听到了孩子的哭声。他以为是女儿在呼唤他,于是走得更快了。可是哭声总也不停。他抬头张望,发现水上漂来一艘奇怪的小船,船里有一个哇哇大哭的孩子。他抱起那个孩子,孩子就不再哭了,而是冲着他露出一个笑脸。

"他抱着那个孩子站了很久很久。他不明白,为何潮水夺走他的一切,却又给他送来一个奇迹。

"后来,他抱着她回到岸上,忘了自己寻死的决心。

"从那一天起,他发誓要把这个女儿好好养大成人。他要送她去最好的学校,让她行走在城市灿烂的星河里。他会给她讲大海的故事,教她听潮水的声音。

"她是潮水带来的孩子,也将随潮水离去。"

舱门外,一个崭新的世界正一点一点展开。

她走出去,迎接另一个太阳的光芒。

作者简介
张 帆

生态学硕士,科幻作者,从事过科研、环保、新媒体等行业。借文字的力量理解世界,努力记录自己的所见。代表作《星潮》《一骑绝尘》等发表于不存在科幻公众号。

你寄江水生

陈垚岚 /

/ 一　怪客 /

　　老板把两碗杂酱面扔在桌上。面条如中年男人的肚腩,在红色的汤里瘫成肥软的一团,葱花撒得同肉酱不分伯仲的吝啬,几点零星的绿落在面的最顶端。袁圆圆掰开筷子,伸进坨掉的面里去,用力地搅拌起来。坐在她对面的男人则好奇地东张西望,用目光将小店洗刷了一番。

　　天蒙蒙亮,卷起灰色的边,他们二人是面馆今天的第一批客人。即便是在拥有各式千奇百怪自建房的棚户区,这间面馆也能说得上是尤为扎眼的违章建筑了——它从江边的山崖上支棱出去,稳稳地吊在半空中。

　　地板上扔着装大份合成食品的袋子,袋子上印着花枝招展的女明星。老板煮面的大锅架在店门口,客人用餐的位置则悬在江边,脚下就是涌动的江水,头顶是空中都市的阴影。这座城市夏季多雨,水位线噌噌地涨,股股水流交织在江中,江面已许久不曾碧绿过,暗沉沉的，其下仿佛有巨蟒在游动。

这家店开的时间不短了，地板上腻着层拖不干净的油污，走上去难免脚底打滑，第一次来面馆的人多半两股战战，从扒拉桌椅坐下开始到吃完面都缩头缩脑。袁圆圆挑起一筷子面打量着对面的人，他倒没有害怕的样子，嘴巴里塞得鼓鼓囊囊，脑袋还不忘转来转去地看，活似正参观动物园。

他一连吃了两碗面。两碗杂酱面！袁圆圆刷点数给老板时心痛得一抽一抽的，要不是这货拍胸脯保证会给袁圆圆丰厚的报酬，她是绝不会请这顿面的。

事情得从昨晚说起。

C区是在战后崛起的——主要原因是首都及沿海城市在战争中元气大伤，政府及大批人口迁往内陆腹地——这事发生在袁圆圆出生前好多年，所以她对此的概念只限于听说过。同C区的绝大多数居民一样，她对自家住的那条街道以外的事毫不关心。

不巧的是，男人被暴雨冲到了她住的街道上，准确一点来说，是她家门口。

昨儿淋了一天的暴雨，袁圆圆住的废品回收站被淹了一小半。她忙进忙出地把贵重物品给收好，把没来得及处理的货物堆在柜子上，再和老袁一起用盆把屋里的水舀出去。老袁话痨，一边往屋外泼水一边跟她唠嗑，叨叨说："哎呀呀，二十年前我捡到你那天也是这么大的雨，街上冲过来一个小婴儿，就放在一塑料盆里，叫得跟猫似的。从街这头叫到那头。我心一软，就给捡回来了。"

这个叫得跟猫似的婴儿就是袁圆圆了。这故事她从小听到大，早已练就左耳进右耳出的本事，她便嗯嗯啊啊地敷衍老袁，实则计算着这次大雨给废品回收站造成的损失。

  两人忙活了一天，到了晚上才能歇口气儿。老袁接了个电话，上门回收废品去了，袁圆圆就出门买晚饭。她拎着两人份的炒饭往回走，在回收站门口踩到好大一块路障，差点儿没连人带饭一起摔积水里去。

  袁圆圆弯下腰，去看那糊着一身泥的路障，这是个身材高大的男子。她住的地方治安不好，尸体不是什么稀罕物，尤其是这个年纪的。她心里嘀咕了一句晦气，抬脚跨过尸体往回收站走，准备等老袁回来了再和她商量商量怎么处理。

  也就是这时，尸体哼哼唧唧了几声，叫得跟猫似的。

  "好吧。"袁圆圆心想，"暂时还不是尸体。"

  她这时才隐约明白一点儿二十年前老袁的心理。她在家门口跨进跨出了好几个来回，半个小时后，洗干净脸的男人坐在桌边，大嚼袁圆圆的那一份炒饭。

  "吃完了就还钱，然后出去。"袁圆圆坐他对面，在终端上敲出来一个数字，投在桌上给对方看，"炒饭钱加救命钱，你得掏我这个数。"

  袁圆圆只接受过最基础的教育，之后就是跟着老袁管理回收站。男人的衣服在水里泡过又在泥里滚过，看不出什么，她便根据他的外貌和年龄推算了一下，给了一个稍微让人肉疼但也勉强能负担的数字。

  老袁敲骨吸髓是一把好手，能从石头里榨出油来。袁圆圆暂且还没学到这番本事，不过小小地敲一笔也是好的。炒饭钱以外，能赚一点儿是一点儿。

  "没问题！"男人答应得很爽快。这让袁圆圆稍感意外，心说没看出来这么有钱啊，早知道就狮子大开口了。晚饭落空的郁闷一扫而空，她趴在桌上托着腮，耐心地看着男人呼噜呼噜地把饭扒完，心里

宇宙回响

已经盘算起了该用这笔钱买点什么。比如把回收站的墙面翻新一下？

男人一放下碗，袁圆圆就立刻说："这是我的账号，你——"

"不，不，小朋友，别着急。"男人冲她摆摆手，"我的账户暂时被冻结了，没法转钱给你。"

袁圆圆一愣，心头火唰地就蹿了起来。她一拍桌子站起来，准备立刻把这个浪费了自己一番好心的大型路障扫地出门——赶在她放话的前一秒，男人在湿答答的外套里掏出一个什么玩意儿，手握成拳，缓缓地放在桌面上。

"出于某些原因，我的账户暂时被冻结了。我想要找人帮我解冻。我不会亏待你的，解冻后我能给你很大一笔钱。"男人用一种怎么听怎么像诈骗的口吻说。迎着袁圆圆露骨的怀疑的目光，他缓缓地放开了手，把掌心攥着的东西推到袁圆圆面前："给你这个，抵这顿饭绰绰有余了。"

躺在桌上的是一小块暗黄色的金属。袁圆圆把它捏起来，眯眼去看。"这是什么？"她问。

男人瞪大了眼。"你不认识？"他极为夸张地感叹道，"你家是开废品回收站的！"

"所以我见过太多随便拿个破烂就冒充传家宝管我要高价的人。"袁圆圆把那东西丢回桌上，抱着手臂对他说，"你要是付不起就直说，别扯谎来糊弄我。"

"这是黄金。"男人叹口气说，"纯度也还不错。这个大小的现在至少能买下你这屋里所有的东西。"

袁圆圆当然知道黄金——一种金黄色的贵金属，据说好看又值钱，深受有钱人喜爱，是内区的硬通货。用"据说"这个词的原因在于，她从未见过黄金。

战争中避往C区的名流上层多如牛毛，内区范围扩张过几轮，直接导致外区空间进一步被挤压。实体货币的价格波动能让人心肌梗死厥过去又醒过来，唯一不变的就是以物易物的交易方式及政府发行的虚拟货币（通常他们叫它点数）。如果这真是块黄金，那她毫无疑问是赚翻了——可一个躺在她家门口活似泥猴的外区人怎么能随手掏出这种东西？

屋里一时静了下来，好半天后，袁圆圆开口了："我没见过黄金。我怎么知道你这是不是真的？"

"你上网搜一下嘛。"男人指点她，"或者找个在线鉴定，用扫描功能扫一下发上去，几秒就能出结果。"

袁圆圆把那"黄金"给他推了回去。"我没钱付搜索功能，更不要说鉴定了。这里是第23区域，我们基本上只买包年的聊天功能。"她说，"你不是我们这边的人。你走吧，这顿就当我请了。"

"小朋友，你就收下吧，我连今晚的住宿费一起付了。让我在那边窝一晚就行！"男人双手合十，朝回收站堆满淤泥和货物的院子努努嘴，"我确实是被迫逃到这边来的，现在我的账号不能用，但我有办法解冻！我得找个人帮我，如果你愿意的话，成功后我一定付你一大笔酬劳，我发誓！"

袁圆圆刚想刺他一句这套话术搁二十年前可能还有些用时，门口代表有来客的铃铛就响了起来。男人将那块金属拍在她的手里，立时就往后院窜去，腰一猫往一堆破烂的代步车后一缩，乍一看还真看不出来。她还没来得及说什么，老袁已经推门而入，直奔桌上的炒饭而来。

"饿死了饿死了！"老袁边扒饭边叽里咕噜地抱怨，"听说丢了个人，每条道上都在设卡抓呢，我回来的时候被查了半天……"

袁圆圆的视线控制不住地往院里飘移了一下。

宇宙回响

　　老袁嚷嚷着让她打开新闻看看到底怎么回事，她便打开终端的新闻频道投影在墙壁上。漫长的十分钟广告后总算进入了正题，新闻下滚动着字幕，原来是说对岸的某内区入口降落了一架未登记飞行器，已查明有不法分子搭乘改装飞行器逃离，有极大可能已逃窜进外区中，现向广大市民征集线索。

　　金属在袁圆圆的掌心发烫，她犹豫片刻，把它拿出来给老袁看。

　　"你走之后我在淤泥里清理出来的，我认不出这是什么，能卖钱吗？"她随口编了个谎言，留心着老袁的神色。

　　令人失望的是，老袁也没认出那是个什么。她把它放进了包里，说明天清理货物的时候顺便找人问问。这一天就这么过去了。临睡前，袁圆圆站在院门口看了会儿，院子里静悄悄的，没有半分人的气息，只有水和泥土的腥味。远方的天幕中炸开零星的烟火，大概是内区又有什么庆典吧。她放了一碗水在门口，转身睡觉去了。

　　第二天早上起床后，袁圆圆发现老袁早已走了——想必是卖货去了。今天是个艳阳天，如若不是院子里还未清理干净的淤泥，任谁也不会相信昨天下了大雨。

　　好似雨水和那个奇怪的男人都如同梦境一般，在太阳底下吱啦啦地蒸发了。

　　正当袁圆圆这么想的时候，男人从后院里冒了出来。他谢过了昨晚袁圆圆的收留之恩，接着得寸进尺地要求她再请一顿早饭。

　　袁圆圆，十六岁的小姑娘，正是活泼好动天不怕地不怕的年纪，同大多数同龄人一样，热衷于未知和一切不在生活正轨上的奇闻轶事。于是十分钟后，袁圆圆和他面对面坐在了江边的小面馆里。男人吃了一碗杂酱面，接着是第二碗。

"你的意思是,你是那个'不法分子'?"袁圆圆肉疼得龇牙咧嘴,低头查看终端里新添加的名片,"可是名……"

"谁是不法分子了!"男人说,"我是从内区逃出来的研究员。这是我在外区的假身份。现在我叫梅普。喏,看看余额,点数够多吧?这才哪跟哪呢,等我顺利把冻结账号里的点数拿出来,我能分你千百倍这个数。"

的确够没谱的。袁圆圆在心里嘀咕。

公民的身份账号理论上是一人一号,终身使用,不存在造假的可能。然而外区一直流传着不少关于造假身份的流言,她也就姑且相信了。

至少"梅普"这个账号是真实的。他给袁圆圆展示的余额也不少,这使她勉强信了他的话。

袁圆圆管老板要了碗面汤,一边吸溜,一边懒洋洋地听着男人——现在该管他叫梅普了——讲他的事。雾气升上来,轻飘飘地涌进面馆里,江上密集的桥面和脚底的江水都模糊在灰色的雾里,他们如置身云端。老板胖乎乎的身影也淹没在雾里了,梅普往他那边看了看,把椅子拖近一些,压低声音给袁圆圆讲述起来。

"梅普"这个身份是他早已在C区为自己安排好的退路,暂且就这么叫他吧。他是内区某一科研部门的负责人,不幸卷入了一场党派斗争。而倒霉的梅普,据他自己说,只是不小心站错了队伍。

他逃过了第一轮清洗,逃往了外区。外区的人员构成比内区复杂很多,每座城市都是如此,人们称呼一座城市或一个地区时总是默认指的是内区的居民,庞大的外区人口是提供劳动力的齿轮和消化垃圾的工具,只存在于统计数字中。

这就是梅普得以在此苟活的原因:要在干净整洁的桌面上找出一张纸很容易,但想要在庞大的垃圾场里翻出一团废纸来,难于上青天。

他的逃亡计划很完美,唯一的一点瑕疵就是没考虑过生活成本的问题。据梅普自己说,现在"梅普"这个账号里的钱只是他当时随手填进去的数字,早知有今日,当初就多填几个零了。

内区养尊处优多年的研究员认真地算了算生活成本,悲哀地发现这点钱不够他塞牙缝。所以他决定冒险回到内区,拿回自己的财产——为此他需要一个外区人的帮助。

袁圆圆眨巴眨巴眼,感觉自己好似刚听完一幕现代神话故事。"如果我是你。"她说,"这些钱足够我用了,我不会回去的。你想进内区?天,你知道自己在说什么吗!"

梅普耸耸肩:"你们进不去的主要原因是没有合法的身份,在门禁那一关就被卡死了。我在内区还有个身份,有法子能越过门禁,但我不能在外区被抓住。帮不帮给个准话吧,我能分你那个号上十分之一的钱。"

"你能分我那个号上十分之一的钱,却穷到连吃面都要我请客。"袁圆圆揶揄道,"我要早看到你'梅普'这个号上的钱,我说什么也不会请你的。"

她跟老袁的人生目标是把废品回收站翻新一通,再去拿个合格证,好能多扩大业务,省得两人现在整天都得偷偷摸摸的。为此她们过得极为节俭,袁圆圆甚至不舍得购买终端的影视娱乐功能,即使她周围的几乎所有同龄人都离不开这个。

若是有了这么一笔钱,建十个新回收站绰绰有余,她俩下半辈子也能舒舒服服的。

高风险和诱人的利润同时摆在了台面上,袁圆圆犹豫不决。她最终跟梅普说:"我要回去跟老袁商量一下。如果能行,我俩一起帮你。如果她不同意,我们也不会把这事说出去。"

但梅普拒绝了这个提议。他表示知道的人越多风险越大,让袁圆圆知道已是为了报昨夜捞人管饭之恩，他不能允许再有计划外的情况出现。两人争执不下，最终袁圆圆忍痛放弃了这个邀请。她把拒绝一词从舌尖吐出来时五官扭曲，好像刚被人从身上生剜了一块肉去。

一顿早饭吃得一拍两散，袁圆圆走出面馆，她人生中的第一次奇遇眼看就要结束了。在她目前为止短暂的人生中从未有过任何出格的行为，遇见梅普的这一天，就好似她往赛道外伸出脚尖比画了那么两下，最后还是把脚收了回来，选择了重回正轨——

最先刺穿耳膜的是沉闷的轰鸣，十几秒后，人群的叫嚷和哀号紧跟着追了上来，声浪几乎能掀开雾气。清晨江边的寂静霎时被打破，桥面上的汽车狂按喇叭，街道上的人潮也变得混乱，像老巢被浇了开水的蚁群。

与此同时，交通管制机关冲入了人群，闸门落下，道路封停，袁圆圆抬头看去，她的四周铺满了紧急展开的红色投影，提示说外区第23区域发生紧急事件，请市民们不要惊慌，依照指示进行撤离。袁圆圆打开自己的终端，生平第一次刷点数跳过了开机广告。广告过后是一片血红的界面，同样跳动着"请市民依照指示进行撤离"的字样，还依据当前位置给她规划了撤离路线图。

第23区域就是废品回收站所在的区域。袁圆圆的心脏如同被人攥住一般缩紧了。她颤抖着手给老袁打电话，再来是给她的每一个社交账号都发送了消息。

老袁始终没有回复。

/ 二　黄金年代 /

傍晚的时候，火扑灭了。第23区域解除了封锁，袁圆圆回到了废品回收站——或者说曾经是废品回收站的那个地方。她居住了十六年的房屋被烧成了一片废墟，终端里一股脑涌进来政府的消息，提示她如何帮老袁办理死亡证明，以及该去何处领取赔偿款。

在她收到死亡通知后不久，账户里就叮叮当当地落进来一大笔点数，那是老袁生前的存款。作为死者唯一的继承人，袁圆圆继承了她的全部遗产。

但袁圆圆已无家可归了。她沿着街道漫无目的地走了许久，最后在临近江面的一处观景台坐了下来，打开终端收看新闻。十分钟广告后，今日C区的头条便是第23区域发生的不明原因爆炸。死亡人数压成薄薄的数字从主持人口中弹出，老袁也是这其中的一个。天色暗了下来，袁圆圆把脚伸出护栏晃荡，盯着脚下漆黑的江水发呆。

远处传来模糊的警笛声，等新闻播放完她才关掉终端，俯下身号啕大哭。她哭得过于凄厉了，以至于观景台旁不少人对她侧目。

观景台是旧时代的产物，年久失修，破烂不堪，但依托着这一片高于江面的平地，许多人在这里住了下来。他们建造居所的材料是十几年前兴盛起来的，轻薄，方便搭建和搬运，需要时可以拆下压缩，同行李般打包带走，成为棚户区搭建住房的不二之选。

居住在这里的居民对于苦难或者痛苦等词是麻木的，所以他们大多只是飞快地瞥了袁圆圆一眼，就移开了视线。该工作的去工作，不工作的也抓紧时间睡觉。世间的悲苦如此之多，一个在江边大哭的女孩没什么可稀奇的——若她的哭声再大一些，保不准还有人要斥责她鬼哭狼嚎打扰自己睡觉。

十分钟后袁圆圆的哭声小了下来。眼泪和鼻涕糊了她一脸，脑袋哭得发晕，喉咙也因嘶吼感到疼痛。她从护栏边站起来，晃了一晃，被身边的人扶住了。

"我很抱歉。"梅普低声说,"……我想是因为我。那块黄金。"

袁圆圆猛地抬起头,眼神钉子般地扎在他身上。

"你们这里不常见黄金,是不是?"梅普弯下腰,小心地觑着她的神色,"她要是贸然拿出去询问,可能会被人察觉。我昨天没想到这一层,我很抱歉……"

照袁圆圆的脾气,她理应立刻跳起来连扇他二十个巴掌,再用自己能想到的最恶毒的词汇咒骂眼前的人。但她现下连发脾气的力气也没有,只能紧紧地握住观景台生锈的栏杆,以防自己滚落下去。

"我没见过。我们这里不是不常见,是根本就没有。"她哑着声音说,"我只在课本和小说里听过这个词,'黄金年代'……"

黄金年代是C区诞生了观景台的年代,是普通人也能把黄金作为饰品佩戴的年代。在袁圆圆的记忆里,她在小学时观看过关于黄金年代的纪录片——那同样是在她出生前很多年的事了。

那时没有内外区之分,江面上船只往来穿梭,比船只更高一些的是桥面上来往的车辆和行人。公路盘旋于半空,交叉纵横沟通整座城市,地下、地面与空中同时奔跑着公共交通工具,运载着这座城市来往的人群。

那时的C区也有富人和穷人,更多的是普通人,即便是他们中最普通的那些,也比现在外区绝大多数人过得要好。但那时没人能猜到这个。金钱的狂潮在全世界涌流,科技打通了距离与语言的壁垒,沟通了地球,人类文明整个被捆在一辆油门踩死的汽车上向前飞驰,不止一人曾担心这过于疯狂的加速会带来毁灭。

在车祸到来之前,侵略者先到来了。

它们来得迅速而安静,骗过了人类引以为豪的卫星或是其他所有的侦察技术。直到一个岛屿国家彻底地被侵略者吞没,人类才发现了

宇宙回响

这天外来客：它——它们，没有研究能断定它们是一个整体还是分散的个体——是沉默的食客，还是彬彬有礼的怪物。

就外形上来说，侵略者长得像一团石油。它悄无声息地随着河流进入城市，又随着被钓上来的鱼沾染上第一个不幸者的手指。这个不幸者在数秒内便被同化为了与它一样黏稠的液体。壮大了的它们又涌向下一个人……这幅凄惨的景象同时发生在了岛屿国家的各处。在几天的时间内，所有来不及逃走的国民都消失殆尽。无人机的航拍显示，黑色液体在无人的街道上起伏翻涌，它们涌进港口，乘着海浪驶向下一处目的地。

侵略者吞噬了黄金，以及黄金年代。好在在它漫延到全世界之前，人们找到了它的一处弱点：易燃且惧明火。漫长混乱的战争过去，人类总算把它限制在了某一范围内，以牺牲地球上大部分的陆地为代价。全球人口锐减，贫富分化严重，到了袁圆圆这一代，黄金和黄金年代都已成了神话：现代背景里的神话故事。人们谈及那时的往事，口气同谈及伊甸园里有俩赤裸的男女吃了苹果时没什么区别。

"我见过。"梅普说，"那玩意儿很流行，我是说，在内区的时候。我在出来前参加过一次聚会，重头戏是用融化的黄金来做喷泉。我们一边围着它跳舞，一边摘下身上的饰品扔进去。那玩意儿真烫，我不敢靠它太近，害怕被身边哪个喝醉了的酒鬼挤进去。黄金是最基础的硬通货，身份的象征。你要是拿不出一两块来，会被……这我还真不知道，至少在那个派对上，我没见过拿不出的人。所以我以为在你们这儿，它只是少见了一些。我……我没有推脱责任的意思，但我真不知道这会带来这么多麻烦。早知道的话我不会把它拿出来。"

他递给袁圆圆一块手帕。袁圆圆接过来，避开了他最后那句话，只对前半部分的天方夜谭发表评论："你们还有能喝醉的酒。"

"你们没有吗?"梅普露出一个极夸张的吃惊的表情,"可是这里有粮食。我昨晚吃了饭,今早吃了面。粮食能酿酒,不是吗?"

"外区没有能养得活这么多人口的农田。"袁圆圆把擦过鼻涕的手帕叠起来放进口袋里,凝视着身前的江水。江面如同有生命般随着呼吸的节奏起伏,波纹在水面散开。住在江边的外区住户少有能负担得起夜间电费的,因此棚户区一片漆黑。江水也是黑色的,一点碎的月光缀在翻滚的浪花上,像巨蟒的鳞片在丛林深处反射出的光芒。"炒饭和面都不是粮食,是合成食物。你没注意到老板煮面的时候,直接把合成面食的袋子剪开就把东西挤进去吗?你一个内区人,没抱怨说东西难吃,我还挺意外的。"

梅普挠了挠自己的后脑勺。"我以为外区的东西都这么难吃。"他说。

这段由黄金开始的没头没脑的对话也就此打住。袁圆圆打开终端,艳光四射的女明星在屏幕上翩翩起舞,宣传着最新款的合成食品,宣称它美容养颜,吃了它你就可以和她一样美丽,交上好运。这位女明星的故事也时常为外区人津津乐道:她原本出身外区,后被偶然看见她的内区明星经纪人相中,就此一步登天。

屏幕上的她有蓬松柔软的金发和糖果色的指甲,面颊粉嫩柔软,嘴唇饱满鲜红。她奔跑在鲜花绽放的花园中,与同她一样美丽的友人共享一份合成食品。

她的世界不属于袁圆圆,也不属于外区。唯有寒酸地铺在白碟子里的合成食品是两人间唯一的共同点。袁圆圆的目光长久地停留在这个广告上,她想到内区、老袁和她自己,想到梅普口中那个酒鬼们绕着黄金喷泉跳舞的聚会。

袁圆圆,自然,从未参加过任何一场聚会。梅普的描述也说不上生动形象。但隔着几个简单的词句,她仿佛触摸到了那个派对的一角。她的目光越过江面，越过远处群山连绵的山脊，再越过划分内外区的高耸的城墙，往上攀爬进内区里——许多年前内区还只是一座建造于地面上的城市，之后它一再扩张，现在已经发展成了覆盖小半个天空的移动都市，空中之城。

那座云端的天国中有如茵的绿草，花园中百花盛开。身着华服的人们翩翩起舞，每个人都佩戴着黄金制成的首饰。她没参加过类似的聚会，因此她想象的画面中只有黄金的喷泉和跳舞的人群。人们摘下首饰投掷进喷泉中，暗金色的喷泉像火力全开的机械，汩汩地喷涌而出。隔着天上天下遥不可攀的距离，她感到巨大的光和热燎起了她的头发。

"我跟你去做。"袁圆圆转头对梅普说，"我想办法帮你回到内区。我不要你的钱，我要留在那里。"

"你没有身份，很快就会被查出来。你会死在那里的。"梅普提醒她。

"在死前我要进去看看那里。"她平静地回答，"你们因为一小块黄金炸平了一条街道。那就至少让我见见能容纳黄金喷泉流淌的街道。"

两人商议了一晚，偷渡计划立即成形：梅普担保只要能不被发现地顺利到达内区，他就有办法搞定门禁，因此袁圆圆只需要辅助他躲过前往内区搜捕的人员就好。老袁的黄金暴露了他们的位置，现下两人才同时反应过来，第一目标应该从老袁转移到了袁圆圆身上。

终端记录了每个居民的位置和一切动态，这么说来警笛声似乎是逐渐往这边来的。梅普跳起来抓过袁圆圆的手，从口袋里掏出细小的工具掀开了她终端的屏幕，小小的火花迸发在袁圆圆的眼前，屏幕亮光瞬间消失了。

"紧急屏蔽了你的信号，这样他们就找不到你了。"梅普长长地舒一口气，"得嘞，咱赶紧走，找个地方睡一晚……你怎么了？"

袁圆圆蹲坐在地上，捂着眼睛。她的喉咙里逼出几声细长的尖叫，冷汗瞬间铺满额头。梅普不知发生了什么，只好小心翼翼地戳戳她。这时棚户区里传来骚动，梅普的终端也发出嘀嘀嘀的警示音，他打开来看，这一次没有广告，醒目的红色字体标注出通缉犯袁圆圆的姓名和最后出现地点，警方现向广大市民征求线索，赏金是一个高得令人咋舌的数字。

陆续有屋子里亮起了灯，脚步声朝这边而来。梅普一把扯过袁圆圆，带着她翻过观景台的栏杆，二人双双坠入江中。

万幸，这一段水流平缓，他们被往下冲了老长一段，才从江边爬了起来。袁圆圆跪在铺满垃圾的碎石滩上咳嗽，她说："水里有东西，从我脚边滑过去了。好大一个，像蛇一样……不对，触感又更滑……"

这话说得莫名其妙。大概袁圆圆自己也觉得有几分可笑吧，她没再继续下去。他们好运地摸到了几间搬空的房子，应该是之前防止洪水灾害撤走的居民留下的，于是他们便在此凑合着窝了一晚。

/ 三　机械菩萨 /

第二天一早，他们踏上了前往内区的道路。从市区走太显眼，袁圆圆带梅普走的是小路。C区多山，黄金年代时科技还远没有今天发达，是以保留了许多供人行走的步道。这些步道依山盘旋而上，弯弯绕绕，因为不常走人，许多台阶上长满了青苔。袁圆圆说她以前收违禁物品时常走一条小路，攀着全城最高的山往上，这条路没设监控，既能避开搜查，也能直达内区的底层入口。

他们在半山腰上歇息。这一片看样子是天然的石洞，旁边已经模糊的石碑显示黄金年代曾将此地开发作为景区，现在也荒废了。梅普往洞中看去，发现洞中竟有一尊观音像。观音像面庞圆润，神色慈悲，脚踏于波浪之上，背后生出许多只手。

最令人称奇的是，在这几近荒废的年代久远的石洞中，这尊像竟是崭新的，通体亮着彩色的光——细看之下，他才看出这观音的造型与常见的不同，肢体关节处有显眼的机械球形关节痕迹，额角雕刻出钉子的造型，慈悲的面庞便仿佛是被刻意地钉在脸上的。他转头向袁圆圆询问，袁圆圆盯着那处角落看了会儿，道："我看不见。我眼里这儿什么都没有。"

"不过我猜得出你说的是什么，机械观音。现在不多见了，没想到这里还有。"袁圆圆赶在梅普开口前解释道。

机械观音是黄金年代末期、对外星入侵者的战争刚爆发时流行起来的。据说原作者是一名战地记者，后又有热心网友制作了全息机械观音像上传至公共网络，用终端扫码复制再粘贴，就可以投影在任何场所。

那时刚好赶上全球推广个人终端的浪潮，这玩意儿又迎合了一代人的审美和战时病急乱投医、拜拜求安宁的需要，很快就在全球流行了起来。袁圆圆在石洞周围转了一圈，指着洞口石碑上一个贴在角落里的码说："喏，你看，码在这儿。我们这一代的个人终端链接了视神经，你视线扫到这里的时候它就帮你自动扫码了。我的终端被你屏蔽了信号。所以你能看见，我看不见。"

梅普一愣。"我很抱歉……"他讷讷道，"我当时只想着要赶快让终端停机，否则立刻就会被追踪到……视神经，我没想到这一层。"

袁圆圆耸耸肩："是我自己做的决定，我做好准备了。"她的目光投向山下，看向大半已在他们脚下的城市，轻声说，"从我记事起我就戴着终端了,从没想过取下它之后会是这样。"

为了使每一位居民都能以最佳角度、最优效率接收来自外界的信息,自个人终端完全普及开始,不论是提示居民避难的紧急通知,还是商家投放的广告,都是采用直接投放至居民终端上的方式——终端链接视神经,这些信息就直接显示在居民眼前。

譬如在昨日的爆炸事件发生后,从袁圆圆的视角来看,满城都是紧急避难通知。除了规划给她的避难路线,每条道路上方都跳动着大大的红叉,提示此路不通;而在平日里,道路两边的大楼上则投满了广告。女明星巨大的身体起伏在城市之中,手掌上托着同比例放大的各式商品,广告商的霓虹灯彻夜不灭,把外区装点成廉价的糖果盒。

这还是她第一次看见终端投影之下的外区。脚下的城市原来是连绵的灰扑扑的一片,中心区立着几栋剥落了外墙的高楼,像上了年纪的老人嘴里残存的牙齿。没有政府彬彬有礼的各式通知,没有二十四小时不停播放的广告,装饰性的灯光也不复存在。外区既老且旧,她再仰头看着悬停于外区之上的空中都市,隔得那么远也能看见内区精美高大的建筑,飞行器起起落落。云泥之别。

休息完毕后他们再度启程,终于在天黑前爬上了山顶,再走林中小路翻到另一座山,就到了通往内区的入口之一。

这里有严格的身份辨识系统,梅普用力咳嗽几声,整整衣服,走向了警备森严的入口处。走着走着他把什么东西塞给了袁圆圆,袁圆圆悄悄去看,那竟是"梅普"的终端。

他们比想象中更顺利地通过了身份检验,梅普在内区的假身份是一个小研究员,袁圆圆被登记为他在外区招募的实验志愿者"梅普"。几分钟后飞行器降落在了内区的机场中,隔着透明的窗户,袁圆圆看见绿草如绒毯铺向远方。只在广告和梦境里出现过的绿草如茵,原来真是内区里再普通不过的风景之一。

她艰难地把自己的视线拔了出来，跟着梅普下了飞行器。梅普观察着周围的地形，紧张得额头都出了汗。他小声同袁圆圆说："很顺利，看来没人注意到我。接下来我们去银行，我会把账户里的钱转一半给'梅普'。接下来咱们分道扬镳，你能在这里过多久，就看你的本事了。如果你后悔了，取完钱之后跟我走，我要回外区躲着。"

袁圆圆摇头。

在机场时还零星地见到了几个人，进到银行时周围就只有他们两人了，所有的服务都由搭载了人工智能的机器人完成。梅普在机器前操作，袁圆圆转过身打量银行大厅。从外观上看，银行设计成了椭球形，灿烂的阳光穿过玻璃幕墙铺在她的脚下。大厅里的一切都一尘不染。她从机器人手里取过一杯饮料，站在梅普背后开口道："都到这一步了，可以讲讲你到底是谁了吧？"

"你傻了？我不都跟你说过了吗？"梅普嗒嗒嗒嗒地敲击屏幕。

袁圆圆把饮料含在嘴里。温度和甜度都刚刚好，没有呛鼻的香精味，像啜饮一只新鲜水果的汁水。"你不是内区的人。"她说，"你是个外区人，但你的身份又确实通过了验证。我猜你通过某种方式获得了内区的身份……可能这与你那个正取钱的账户有关。"

梅普没有回答，她仰头一气喝下饮料，自顾自地说了下去："从登上飞行器开始你就很紧张，一直在出汗。下来之后我俩在机场站了好久你才开始带路，进银行时你也愣了一阵才行动。这期间你的眼珠一直在往某个方向看。我想那是内区身份在你视网膜上进行的投影，你通过投影得到的信息行动。比如在机场时，你很有可能是在临时查看地图。"

在她话音落下的同时，手中攥着的梅普的终端发出提示音，一笔极高的金额入账了。梅普转过身来,那张时常带着笑容的脸此刻面无表情。袁圆圆把杯子一扔,机器人殷勤地走过去将之收入体内。

她迎着他的目光道:"当然,最重要的原因是,我见过内区人。我知道他们在外区什么表现。你第一天就露馅儿了。"

"袁圆圆"是老袁给自己的女儿起的名字,但袁圆圆并不是这个名字的第一任主人。

老袁是个普通的收废品的中年女人,与她早逝的丈夫一样普通,鸡窝里飞出金凤凰,他们的女儿生得极美。女儿从小就是附近街坊人尽皆知的美人,在她十六岁那年,内区某巨头食品公司在外区选拔广告代言人,顺便推广新推出的系列合成食品,报酬是一个内区公民的身份。

丰厚的报酬吸引了大量参赛者,企划空前火爆,(该系列合成食品也顺利打入市场。)第一个袁圆圆一路披荆斩棘,拿下了代言人的桂冠。她含泪挥别了母亲,与内区的经纪人一起踏上了开往内区的飞行器。

那晚,老袁在家门口枯坐了一夜。半夜下了暴雨,街道上大水载着一个塑料盆滚滚而来。塑料盆里躺着个瘦弱的婴孩,哭声跟猫叫似的,从街这头细细地牵扯到那头。老袁挽起裤腿走过去,捞起了她的第二个袁圆圆。

这些事是袁圆圆从邻居口中打听到的——后来女明星也给家里寄过几封信,附上钱和物品,这些钱被老袁拿来治好了她捡来的女婴的先天性疾病。袁圆圆背着老袁翻看过那些信件,第一封写得满满当当,落款是"袁圆圆"。再来是第二封,第三封。后面的信改变了落款,应当是女明星在内区的新名字。她的新名字由复杂的字母与陌生的符号构成,这些符号甚至还勾连出简单的码。袁圆圆的视线落上去时，终端自动扫码，女明星的虚拟形象浮现出来，她光彩照人。

内区发展出了与外区截然不同的文化，乃至影响到了文字与交流方式。两区的网络也并不互通，曾经内区主体还在地面上时，两边还偶有不可避免的交流，自从空中都市建立后，这一丁点儿的交流也都消失了。

据说全世界绝大部分地区都是如此，飘浮在空中的城市群有自己的交通网络，与地下隔绝。发展到今日，他们与外区人的差别，或许比他们与自己养的宠物狗之间的区别还要大。

女明星在成名后回过一次外区看望自己的母亲，她们不欢而散，此后女明星就再也没回来过，信件也中断了。那年袁圆圆还小，不过她依然清晰地记得女明星对外区的嫌弃：她带着前呼后拥的助理，进入餐馆前助理们对餐馆进行了彻底的消杀，为她换上自带的桌布和餐具。尽管如此，女明星还是喋喋不休地抱怨污浊的空气和油腻的地板。

回家时她倒没带助理，但从走进家门的那一刻起，全身上下都写满了肉眼可见的不自在。她小心翼翼地在凳子上落下一小半屁股，以尽量不让皮肤接触到桌子的方式吃了一顿晚饭，姿势僵硬到会让人误以为她在内区刻苦学习机器人舞。之后女明星象征性地跟袁圆圆说了几句套话（"你要好好努力以后会有出息的"），就把老袁拉入了一个小房间里，两人讲了一个通宵的话。

第二天她就离开了。送走她后老袁有老长一段时间的精神状态不对劲儿，袁圆圆撞见过她几次在无人的角落里自言自语，神色诡异。一两个月后老袁恢复了正常，此后她们便同外区任何一对母女一样普通地生活了下去，生活中再也没有女明星和内区的存在。

所以袁圆圆在听到梅普自称内区人的第一句话时就确定，他一定不是出身内区。

女明星的几个助理同她一样,尽管试图掩饰,但从态度到动作无不体现着对外区环境的警惕,好似他们面对的是什么疾病的传染源——而梅普,不论是他刻意表现出的好奇也好,还是假装不知道合成食品的无知也罢,都针对的是显而易见的事物:临江的面馆,碗中的食物,而对于使用痕迹明显的餐具和老旧的环境都没表现出丝毫不适。

梅普已经出了银行,在背街的街道里疾走。这条背街的小巷比外区中心区任何一条大道都要干净整洁。道路两旁是一栋栋住房,都是好几层的小楼,修建得各有风格且美丽异常,每一户都带有宽大的庭院。梅普不再在袁圆圆面前掩饰,他直接调出了地图,预定开往外区的飞行器。

"你不要再跟着我了,我们说好的。"他对袁圆圆连珠炮般发射出的话语毫无兴趣的样子,态度明显变得急躁,额角的汗珠不停地滚落,"大路朝天各走半边,我们说好的。"

"我会离开的,只要你告诉我这一切到底是怎么回事。"袁圆圆不依不饶,"我跟你上来就是为了这个!我做错了什么?——我做好事救了你的命,你的回报是害死了我妈又害我成为通缉犯,那至少你得……"

梅普猛地停下了脚步。他转过身来冲着袁圆圆低吼道:"听着,我不会再重复了!你拿到了钱,到了这里,你要知足了!拿、上、你、的、钱、滚、蛋,否则你会后悔的!我好不容易才——"

话语戛然而止。他没能说完这句话。

血液最先从他的双目中飞溅而出,再来是脖颈处,浇了袁圆圆一脸。四肢和胸腹部也不例外。他整个人如同恐怖电影里第一个触发机关的倒霉蛋一般,四肢扭曲,碎肉横飞,这画面如果直接搬到外区网络的影视分区去,那得糊上十层马赛克。与此同时,握在袁圆圆手里的、梅普在外区的终端发出了尖锐的闹铃音。

他们已经走在了通往提取预约飞行器的半道上，不同于安静的居住区，这里有稀稀拉拉的行人。尖叫声连片响起，袁圆圆闭着眼摁掉了终端上的闹钟，胡乱地抹抹脸，转头往反方向跑去。

袁圆圆在机场附近的卫生间里洗干净了脸和头发，问清洁机器人要了一身新衣服。想必内区有那么段时间没发生过这种恶性事件了，随之而来的调查和搜查力度比她想象中的小。她在卫生间里吹干了头发，蹲在马桶上咬着手指思考自己接下来要干什么。

她隐约意识到自己一脚踏进了极深的污泥之中，举目望去皆是迷雾和深潭，而自己对这里发生了什么一无所知。袁圆圆抓抓头发，打开梅普的终端，无意识地敲敲打打，思考自己接下来的行动。

她决心到内区来的原因，一是出于所有外区人都有的，对内区渴望崇拜交织厌恶嫉妒的复杂心情；二是老袁之死。她想要知道到底是什么，让内区这些高高在上的人可以随意杀死一整条街道上无辜的民众，她的亲人和邻居。

然而行至此处，梅普在还未吐露出任何情报前就诡异地惨死，一切线索就此断裂，她接下来要怎么办呢？

哦对了，她还有一大笔钱。梅普在死前预约了一个飞行器，她可以回外区去。

袁圆圆摸回了机场。"梅普"这个身份在进入内区时被登记为了内区某研究员的实验志愿者，她抱着试试看的心态在预约页面刷了终端，没想到居然真的可以让她提取出来。线条优美喷绘着可爱图案的飞行器无声地自停机位中滑出，停在她面前。袁圆圆爬了上去，再刷一次终端，支付了剩下的金额。舱室内跳出小巧的屏幕，提示她等待调度中，本次飞行将在大约三分钟后启程，请乘客系好安全带。

完成支付后，梅普的终端竟烫了起来。屏幕上滚过令人眼花缭乱的乱码，支付页面强制关闭，所有功能都不可用，连重启也做不到了。

终端作为每个具备合法身份的公民从生到死都必需的设备，甚至说是一个人的体外器官也不为过。它很可能是外区人一生中所用过的质量最好的东西了。袁圆圆走街串巷收废品那么多年，听过从机械菩萨的起源到一飞冲天的女明星等各种亦真亦假的八卦，唯独没听过终端会坏掉这种事。

她小心翼翼地敲了敲它，屏幕唰地亮起来，浮现出"已检测到最近的终端视神经链接装置，开始建立链接"的字样。她还没来得及作出任何反应，链接便已建立完毕。

下一秒，铺天盖地的信息和画面出现在她的视网膜上。浓稠的黑暗包裹着这颗小小的飞行器，天穹铺开透彻的深蓝色，繁星闪烁。在静谧的夜色里，袁圆圆缓缓地弯下腰，蜷缩在了座位上。

良好的隔音设施阻断了她的尖叫。

/四　寄生/

梅普生于外区。他原本是外区无数平凡的居民中的一员，直到他在某一次内区招募实验志愿者的选拔中脱颖而出，成为一名测试新药的志愿者。

名义上说是志愿者，不过给的报酬足够丰厚，加之参加实验可以进入内区，每次报名参加的人数都很多。梅普，极幸运地，以极低的概率被选中了。实验室的研究员带他通过了内区严格的门禁，将他登记为实验志愿者。小巧的飞行器呼啸着划过天际，梅普一边感受着幸福的失重感，一边盘算着该如何花这一大笔钱。

实验内容比他想象中的还无趣。外区来的志愿者被分配到单独的小房间里居住，每日除了研究员见不到别的人。除了配合实验，他们也不能离开这个房间。外区居民的终端无法连接内区的网络，房间里也不提供娱乐设施，除了三餐时间还有点盼头，这日子跟坐牢没有区别！

梅普度日如年地熬了三个月，觉得自己再熬下去会因无聊死在这里，于是终于在某一日结束试药之后，鼓起勇气询问那个已经混得面熟的研究员，能不能让他连接一下外区的网络，或者随便给点什么打发时间也好。

出乎他意料的是，研究员竟然问他愿不愿意跟着自己学些东西。据他说内区愿意投身科研的人不多，他一直很缺助理。

梅普就这样成了他的小助理，说是助理，也只不过是干些清洗器具、整理资料的活。时间久了，研究员也给他开放了些权限，让他可以连接内区的网络。

也许是因为梅普的权限实在有限，内区的网络于他而言甚是无趣。影视板块空荡荡一片，播放量最多的是支MV：人们身着古典的华服，围绕着黄金的喷泉跳舞。他们摘下自己的首饰投入喷泉之中，齐声合唱。面向内区所有公民开放的论坛也没几个帖子，用的还尽是梅普看不懂的文字。不过这也只是小事，总的来说，他的助理当得不错：吃得好，学到了些东西（足够让他吹一辈子牛），还拿到了钱。

直到实验结束、即将离开内区的那一晚之前，梅普都以为这是自己一生中最好的日子。

想到第二天就可以拿上大笔报酬回家，梅普美滋滋地睡了一觉。凌晨时分他被火灾警报惊醒，赶紧跟着浮现在空中的逃生路线往外走。没走出几步，警报和指引的灯光一同熄灭，实验室笼罩在了寂静与黑暗之中。

正当梅普惶恐不安地摸索着出口之时,一个奇怪的声音往这边而来,离得近了,梅普才看清那是平日里一直待他不错的研究员。他正高兴这下有人能带他出去了,研究员却猛地扑过来,握住了他的肩膀。"没有时间了,我只能屏蔽它五分钟。"黑暗中只能听见他嘶哑的声音,"没有时间了,把这个传出去。传出去。我预定了飞行器,你快走,求你了,只有你……"

这番话说得莫名其妙,梅普完全不知道他在说些什么。研究员的手滑过他的胸口,将一个小东西塞进了他胸前的口袋里。

做完这一切后他的声音低了下去,整个人滑倒在了地上。梅普下意识地伸手去捞他,惊讶地发现他轻得不像话。这时灯光大亮,本该提示逃生路线的字幕扭曲成乱码,无规律地闪动着。梅普大叫一声,丢掉了手中研究员的身体。

——只剩一半的身体。研究员如同被巨斧腰斩一般,只剩下半边身子,看起来甚至有几分滑稽。内脏从身体的缺口处流出来,他死死地盯着梅普,僵硬的手臂还维持着把住他肩膀的姿势。发生什么事了?梅普的大脑一片空白。

他连滚带爬地往那具尸体所在地的反方向跑去,跟着已经恢复了的逃生指示离开了研究所。研究所坐落在郊区,夜色温和。梅普依靠之前帮研究员清点货物的经验跳上了区间巴士,等到了机场,他才想起自己这个身份虽然能乘坐已经预定好的飞行器,但无法在非营业时间进入机场。

梅普还穿着志愿者的浅蓝色长衫,光着脚,站在机场大厅紧闭的大门前。他发了好一会儿呆,才感觉到胸口有什么东西硌着自己。他伸手进口袋里,掏出了一个终端——终端的屏幕还亮在个人信息那一栏,这人是个研究员,但不是刚刚半边身子的那个。梅普咬咬牙,把这个终端在门口一刷。嘀，大厅的灯一盏盏亮起来，紧闭的大门缓缓打开。

梅普把飞行器的速度设定到了最大，风驰电掣地回到了外区。这里空气污浊、环境肮脏，夜里看不见星星，还吵吵闹闹的。然而当梅普哆哆嗦嗦地环视周围重叠的广告时，他才长长地吐出了一口气。

研究员塞给他的终端上镶嵌了不少宝石和黄金，（内区人都爱这么干。）梅普把它们抠了下来，琢磨着等风头过去了可以拿这玩意儿卖钱。他尝试着捣鼓那个终端，发现它原主人的账号余额高得足以让任何一个外区人心动。梅普为这笔钱辗转反侧了一晚上，决定冒险偷渡回内区，借用这个研究员的身份把钱取出来。

第二天，那个来自内区的终端便接收到了一条"参与实验志愿者数据丢失"的消息。当夜，梅普乘坐飞行器降落的那个入口便临时关闭，居住在附近的居民都收到了来自政府的通知，调查自那架飞行器里下来的人是谁。

至于梅普冒着暴雨爬山跑过大半个C区，最后因体温流失和体力不支昏迷，被雨水冲到第23区域的事，就是后话了。

如果让落下的繁星重新升回高空，让磅礴的大雨倒流回天际，时光倒流回梅普自研究所里跑出的那个时刻：如果他在那时回头，就会发现研究员那半具尸体渐渐地融化成了黏稠的黑色液体。这些液体如同虫豸般蠕动着汇聚到一起，顺着地板连接的缝隙缓慢地渗了下去。

袁圆圆把梅普的终端举在眼前，终端上跳动着鲜红的倒计时。一条跟随着支付成功的通知一同进入的语音在她的耳边回荡。

"收到这条消息的人，你好。我是□□□□□□，C区内区□□□□研究所的研究员。"语音内夹有杂音，仍旧可以听出说话人因过度紧张而嘶哑的嗓音，"不管你是谁，从收到这条消息开始，你的终端内就已经被植入了致命的病毒。在倒计时结束后，被感染的终端将夺去你的性命。除非你将这条消息转发给两个及以上外区终端，倒计时才会解除。不管我接下来要说的事多么荒谬，请你一定要相信……"

袁圆圆略一思索，立刻反应了过来，这条语音和所谓的病毒是跟着那笔转进她账户里的研究员的大笔存款而来的。当她使用了这笔钱时，语音消息也会自动播放。这么说梅普死前应该也收到了这条消息，所以才那么惊慌——他那时身在内区，即使有心，最多也只能转发给一个外区终端，也就是自己手上这个。

怪不得他看起来那么急，合着是想早点开飞行器走掉，下去链接外区的网络，好转发消息。

袁圆圆扯扯嘴角："这开头也够古典了。也是，不狠一点估计没多少人有兴趣听完。梅普是怎么染上这个病毒的？内区的那个终端？是只要钱被使用就会启动的设定吗？"

"这是一个简单的病毒。"回答她的却不是那条已经播放完毕的语音。

飞行器静静地悬停在了空中。在袁圆圆的面前，飞行器的控制面板上不见了所有的操纵设定，取而代之的是一行行小字："只要你现在返回内区。我们会为你治好它。"

袁圆圆扯起嘴角笑了："知道了这种事，我会死的吧？不过是早死晚死的区别。"她伸了一个懒腰，向后仰躺在飞行器的座椅靠背上，于是屏幕也飘过来，贴心地停留在她的视线正上方，让她可以看清那句话："你会成为我们。"

事实上，研究员的消息从终端扫描到她的视神经链接开始就发送了。不只是语音消息，同时被迫承受了大量信息的还有她的视神经。她唯一能做的就是睁大眼睛，去凝视那一层血淋淋的真相。

侵略者，它，它们，他们。有限的研究成果只能知道他们来自外星，是一种寄生生物。所有被寄生的生命都会保留一部分的自我意识，但它们所有的意识与知识都服务于生物最基本的本能——繁衍。

寄生使得它们能同化宿主，但必要的时候，它们能够拟态还原出宿主的模样，这时，在人类同胞的眼中，它们便成了"他们"。最初在战争中，这使得不少没有应对经验的军队吃尽了苦头。

机械菩萨就是一位当时的战地记者设计的：脚踏的波浪是侵略者最初入侵的路径，背后许多手脚寓意它们变化的姿态——乍看上去它与平常保佑世人的神佛没有区别，唯有被钉子钉在脸部的慈悲神情，表明了这尊菩萨的佛口蛇心：它并非看上去那般面善，而是一只披上人皮隐藏在人类社会中的异类。

在被人类围困堵截之后，入侵者长久地蛰伏着，终于越过了封锁线：一位病重垂危的总统需要治疗，推他上位的财阀在他身上使用了具有"能极快修复人体损伤"的寄生生物。总统破烂的内脏恢复如初，接下来他寄生了总统府所有的工作人员。

寄生者只能在宿主身上存活，因此他们汲取了前次战争中失败的教训，每完成一次寄生，就极快地将宿主的肉体重新拟态出来，叫人看不出他究竟是否是一位宿主。第一个被入侵的内区人心惶惶，没有人知道擦肩而过的路人是否还是人类。

这个繁华的内区很快就沦陷了。

发达的空中交通网络将寄生者送往其余的内区，他们就这样腐蚀了人类世界的高层。他们通过雨水降临地面，流淌入无数条江河，又如从前一般静静地蛰伏在波浪之下，静候将全人类一网打尽的时机。那时整个地球的智慧生命都会是他们的宿主，他们会在此繁衍、分裂，乘上飞行器前往下一个星球，生生不息。

"但还是有那么一小部分人发现了。他们知道自己也逃不了被寄生的宿命,而能传递消息的渠道几乎都被你们的人把持,所以只能通过外区的人试图把这件事传出去……这么多年了,我们本以为战争都结束了。"袁圆圆说。她在梅普的终端上敲击几下,"两个人……我随便在通讯录里找两个人发就好了,这个倒计时就能解除了吧。"

"但这样你能得到什么呢?你非但一无所获,余生还将在痛苦中度过。"面前的屏幕上露出女明星哀戚的面容,泪水自她的双眸中淌下,"你可以选择加入我们,从此不再痛苦和烦恼。就像她一样。"

袁圆圆恍然大悟:"所以她那次回家就是发现了这个?她知道了寄生的事?她告诉了我妈?怪不得我妈从那之后老是怪怪的……之后她就被寄生了是吗?所以她再也没寄信回家来。"

屏幕再次一花,这次出现的是老袁的脸。平凡普通的中年妇女,完全不似美貌的女明星那般赏心悦目。袁圆圆咬住了嘴唇,仔细地打量着她。面庞,打扮,神色。老袁的一切都与曾经没有半分区别。

"她只是成了'我们'。她那次没有告诉我全部的事实,只说自己可能遇到了麻烦。傻孩子。我成为'我们'之后才知道,她那时是怕我担心。"老袁露出一个无可奈何的笑容,平日里她见袁圆圆犯了错时也是这个表情。她的视线移到袁圆圆的脸上,她注视着她,声音放低,循循善诱。"圆圆,你可以在这里见到我。妈妈会永远和你在一起。我们将很幸福,不会再受苦了。"

袁圆圆没有说话。

"我们从前过得很苦。但你也看到了,内区多么美!我们不用再去收废品,我们和全人类中所有高贵美丽的人同在。"屏幕中的老袁仿佛想摸摸她的脑袋。这个动作如此熟悉,袁圆圆不自觉地把脸凑近了屏幕。对面的母亲继续说:"圆圆,听我的,把飞行器开回去,打开舱门，这就够了，不会很疼，只是一瞬间的事。"

"因为你们必须依靠宿主才能行动，所以没办法进入我这个飞行器中，是吗？如果开别的机器来撞我，在撞我前我可能就把消息传出去了。"袁圆圆叹了口气。

她从座位上坐起来，调出了飞行器的控制界面。"只有一瞬间，不会很疼。"她嘟哝说。

飞行器的舱壁被她调成了透明的状态。已过凌晨，深紫的夜色温柔地将她抱在怀中，星星那样多，璀璨的星链触手可及。袁圆圆低头看去，她已经飞出了空中都市的范围，脚下便是那条将C区一分为二的大江。江上横跨着数座大桥，它们是黄金年代的遗物，多半已经废弃，桥头的雕塑也被侵蚀得看不出本来的样貌。

江的两岸是她生活与长大的城市，这座城市还哺育了老袁和女明星袁圆圆，哺育了梅普和其他许多的人。这些人有时是坏人，有时是好人，更多的时候是普通人。袁圆圆曾同他们一样，接受了基础的教育，每日辛勤地奔波工作，赚一把微薄的薪水，偶尔投入到一些娱乐项目中获得暂时的麻痹，很快就得回到忙碌的生活中。

这座城市熙熙攘攘，吵吵闹闹，人们没心没肺地活着，忧心房子和小孩，全然不知消失在新闻里的侵略者已然重返。

这里是苦难的人间。

而袁圆圆的一生中从没有哪一刻离天堂如此之近。她即将进入一个美丽新世界。那是外区梦中的桃花源，世间所有享乐荣华汇集的地方——不仅如此，那里还有她的母亲。她们将一同生活在极乐之中，不再分开。

她深深地吸一口气，猛然将控制面板的速度调整到了最大，目的地直指脚下的江水！高速行进的飞行器外壳上摩擦出了明亮的火光，启动产生的惯性将袁圆圆死死地压在了椅背上。她极为困难地抬起手臂，操纵起梅普的终端来。

屏幕上的老袁露出错愕的神情。有那么一瞬间袁圆圆似乎看见她的脸庞融化了几许，滴落下一些黑色的液体。她便笑了，冲屏幕那头竖起中指，大喊："你才不是我妈！"

"走开啦，谁要跟你一起！谁要成为脑子里只有繁衍的工具人啊！"她在急速下坠的飞行器中大笑，"我妈才不会，我也不会！"

她的母亲是一个凡人，跟所有凡人一样，贪图享乐，一边辛辛苦苦工作，一边做梦梦到天上掉馅饼，就这样普通地活着。她本该过一个凡人的一生，如果不是被寄生的话。他们这些凡人啊！道德水平参差不齐，性格也千差万别，他们有各自的人生和道路。这许许多多的人生和道路合在一起，构成了"人类"。

人类是多模糊的一个词语！它不指代一个既定的目标，不指代一个不能违拗的本能。千百年来，有无数人，为了更多人能有自己的选择和决定而肝脑涂地。他们的鲜血铺满了人类这一种族曾走过的道路。你不必向人下跪。你不必因出生而决定命运。你不必因种族和性别而被迫低下头颅。你要好好活着。我们想要好好活着！千千万万人将火炬高举过头顶，于是这跳动的火焰从未在人类的历史中熄灭。

在坠入江水前的最后一刹那，袁圆圆从逼近的江面中看清了自己。明亮的火焰包裹住了飞行器，明黄与艳红翻卷舞动，她是划破夜空的流星。

火焰点燃了整条大江。侵略者易燃惧明火的特性是人类能在早期战争中打退它们的重要原因之一。外区被这突如其来的异状惊醒了，人们睁开蒙眬的睡眼，看见火焰在江水中翻滚、流淌。

黑色的液体将江水搅得浑浊不清，江面沸腾如技法糟糕的画卷，画家用各式大小的笔刷蘸满了深浅不一的红色，在画布上用力落下触目惊心的一笔又一笔。沉眠于江水中的入侵者在烈火中翻滚挣扎，在起伏的浪潮与江水簇拥的火焰中，它们好似跳起了一支痛苦的舞蹈。火焰那样明亮与温暖，如果袁圆圆能看见，她会说：这和她想象中内区的人围绕着黄金喷泉的舞蹈一模一样。

半面天空都染上了火光，火焰点燃江水，江水便点燃了夜空。空中都市璀璨如钻石的灯火也暗淡了下去，大半座城市的人都在极目远眺。这幅场景太过诡异与耀眼，于是少有人注意到面向外区全体居民的公共论坛上，刷新出了一个新帖：

"收到这条消息的人，你好。我是□□□□□，C区内区□□□□研究所的研究员……"

作者简介
陈垚岚

西安交通大学 MTI 专业出身，热爱幻想类小说创作，陆续发表多篇作品。兴趣爱好广泛，尤其喜爱阅读、漫画与游戏。为了能够驾驶巨大化人形战斗机器人拯救世界而努力中。